二宝协奏曲

向立成 ◎ 著

北方文艺出版社
哈尔滨

图书在版编目（CIP）数据

二宝协奏曲 / 向立成著. -- 哈尔滨：北方文艺出版社，2022.1
　ISBN 978-7-5317-5360-5

Ⅰ.①二… Ⅱ.①向… Ⅲ.①长篇小说 – 中国 – 当代 Ⅳ.① I247.5

中国版本图书馆 CIP 数据核字 (2021) 第 253606 号

二 宝 协 奏 曲
ERBAO XIEZOUQU

作　　者 / 向立成	
责任编辑 / 富翔强	装帧设计 / 树上微出版
出版发行 / 北方文艺出版社	邮　　编 / 150008
发行电话 /（0451）86825533	经　　销 / 新华书店
地　　址 / 哈尔滨市南岗区宣庆小区 1 号楼	网　　址 / www.bfwy.com
印　　刷 / 武汉市籍缘印刷厂	开　　本 / 880×1230　1/32
字　　数 / 215 千	印　　张 / 11.25
版　　次 / 2022 年 1 月第 1 版	印　　次 / 2022 年 1 月第 1 次印刷
书　　号 / ISBN 978-7-5317-5360-5	定　　价 / 68.00 元

目 录

第一章	撒娇的三十岁男人	1
第二章	麻将桌上的冲突	6
第三章	妈妈睡着了	12
第四章	温雅晴应聘	17
第五章	擦肩而过	22
第六章	二胎政策全面放开	26
第七章	离一家人团聚更近了一步	32
第八章	温雅芳怀二胎了	38
第九章	温雅黛生二胎了	44
第十章	温雅晴进面试	50
第十一章	温雅晴怀二胎了	56
第十二章	温雅晴晕倒了	61
第十三章	吴宏伟动员温雅晴辞职	66
第十四章	杨火旺失踪了	71
第十五章	温雅黛搬回娘家	77
第十六章	温雅黛棍打吴云飞	82
第十七章	温雅晴再次晕倒	87
第十八章	联系上杨火旺了	92
第十九章	温雅红怀二胎了	97

二宝协奏曲

第二十章	温雅晴辞职	103
第二十一章	榨蛋	108
第二十二章	动物园，我来了	113
第二十三章	温雅晴学厨	118
第二十四章	温雅晴出师	123
第二十五章	吴宏伟出差了	128
第二十六章	理疗仪？	133
第二十七章	吴运来上当	139
第二十八章	广场舞	145
第二十九章	杨火旺东山再起的契机	150
第三十章	吴运来捡纸皮	155
第三十一章	给公公婆婆买手机	161
第三十二章	吴运来受伤	166
第三十三章	吐槽	172
第三十四章	噎住了	177
第三十五章	坦白从宽	183
第三十六章	报培训班？	188
第三十七章	一问老公全剧终	193
第三十八章	去隔壁睡	199
第三十九章	温雅晴生二胎了	204

目 录

第四十章	先天性心脏病？	209
第四十一章	虚惊一场	214
第四十二章	坐月子不能洗澡？	219
第四十三章	吃撑了	224
第四十四章	净坛使者	230
第四十五章	小聚	235
第四十六章	恶性？良性？	241
第四十七章	忐忑不安	246
第四十八章	尘埃落定	251
第四十九章	苦肉计	256
第五十章	沙参百合润肺汤	261
第五十一章	两头受气	266
第五十二章	起床困难户	271
第五十三章	迟到了	277
第五十四章	吴云飞给妹妹换尿片	283
第五十五章	手好吃吗？	288
第五十六章	鼾声如雷	293
第五十七章	腺样体肥大	299
第五十八章	一孕傻三年	305
第五十九章	没你说话的分	311

二宝协奏曲

第六十章	幼儿园开放日	316
第六十一章	叛逆期	321
第六十二章	破坏狂人	326
第六十三章	亲子辅导课	331
第六十四章	游乐场的小冲突	336
第六十五章	温雅晴应聘成功	340
第六十六章	大团圆	345

第一章 撒娇的三十岁男人

2015年2月10日晚十点左右,一个声音跨越两千多公里清晰地传到了吴宏伟的耳中:"先不跟你说了,我要给儿子讲故事了,他闹着要睡觉了。挂了……"电话的另一头,温雅晴边洗脸边开着免提打着电话。

"哎呀,再聊一会儿嘛,每次都是这么急匆匆的。"吴宏伟故意撒娇道。

"你得了吧,都三十岁的人了还撒娇。再聊一会儿就太迟了,儿子困了,明天早点儿打啊。阿宝,来跟爸爸说再见。"温雅晴对正在玩拼装积木的儿子吴云飞说道。

"爸爸再见,你回来时候,一定要给我买个大大的玩具。我要一个变形金刚,你要记住啊!"快三岁的吴云飞头也不抬地说道,语言表达能力很强,已经可以表达得很清楚了。

"好,买个比你还大的玩具,你要听妈妈的话,好好吃饭,快点长大,这样爸爸买的玩具就更大了。爸爸再过几天就回去了。"吴宏伟不失时机地教育吴云飞要好好吃饭。

"太好了,爸爸再见。妈妈,我不想玩玩具了,快点给我讲故事吧,我要听昨天晚上那本《花衣吹笛手》。"吴云

飞只听到了爸爸会给自己买个大大的玩具,后面交代的话都当耳旁风了。

"挂了……明天再说啊,过几天回来不要带那些羊奶制品了,上次带回来的还没吃完。"温雅晴柔声说道。

"好好好,快哄儿子睡吧,想你们……"吴宏伟不舍地说道。

温雅晴顿了一下,说道:"想我们就想办法调回来吧,哪怕离家远点也行。先挂了,你保重身体,不要怕花钱,不要亏待自己。"

"放心吧,我都有坚持锻炼,身体倍棒。你哄儿子睡觉吧,晚安。"吴宏伟再次不舍地说道。

挂掉了电话,吴宏伟走到窗户前,看着窗外的万家灯火,思绪飘向了遥远的南方一个山区小县城。

那个叫作荣平县的小县人口只有30万人,县城的常住人口也就10万左右。一九八五年十月初二,温雅晴就出生在这个小县城,她在家中排行老四,上面还有三个姐姐,其中大姐温雅红和二姐温雅芳是双胞胎,老三叫温雅黛。

温雅晴的成绩很好,2003年9月,她考上了全国重点大学榕州大学的英语系。在榕州大学读大四的时候,她到吴宏伟所在的华锦纺织机械制造有限公司实习,机缘巧合下,吴宏伟成了温雅晴的实习师傅。很快,两个人便坠入了爱河。

时间总是过得很快,半年的实习时间很快就结束了,吴宏伟被公司派到北方一个叫作阿里戈的城市,作为经理助理协助

第一章 撒娇的三十岁男人

经理负责市场的开拓。在吴宏伟看来，如果不是这个原因，也许温雅晴就留在榕州找工作了。

2007年6月，温雅晴以优异的成绩毕业了，取得了英语专业八级资格证书和三级笔译证。温雅晴的父亲温国栋和母亲沈敏玲催着温雅晴回荣平县找个工作先干着。温雅晴不知道的是，父亲温国栋其实是想让温雅晴留在身边，到时候找个倒插门的女婿。温雅晴也很争气，直接就考进了荣平县最好的高中荣平一中，教英语。但是签合同的时候，温雅晴犹豫了，因为合同上写着至少要在这里工作五年才能离开，不然要交一笔不小的违约金。温雅晴跟吴宏伟说了一下要签合同的事，吴宏伟也没有拿主意，只是说让温雅晴自己决定，他都支持，毕竟两人还没有到谈婚论嫁的时候，自己也不好帮着做决定。温雅晴最后还是签了五年的合同，毕竟自己对这份工作还是比较满意的。

吴宏伟和温雅晴所在的城市相距两千多公里，距离并没有隔开两颗火热的心。经过两年的热线联系，吴宏伟向温雅晴求婚了，毫无意外成功了。温雅晴的父母也是开明人，女儿既然自己找了如意郎君，便不再强求她招个上门女婿了，但是把招上门女婿的任务放在老三温雅黛的身上了。

让温国栋和沈敏玲出乎意料的是，在吴宏伟第一次到温雅晴家里的当天，温雅黛也带着男朋友回家了。这让温国栋有点措手不及，温雅红和温雅芳都已经结婚了，现在招上门女婿的希望彻底破灭。不过温国栋也是一个豁达的人，只要

女儿幸福，招不招上门女婿就显得不重要了，于是也就同意了温雅黛和温雅晴的婚事。吴宏伟是一个农村的穷小子，父母都是面朝黄土背朝天的农民。而温国栋和沈敏玲都是很成功的个体户，虽然早期在家里老人的逼迫下，为了生个儿子东躲西藏，生了四个女儿也没生出儿子。温国栋是荣平县最大的太子参收购商，办的太子参加工厂也是当地最大的加工厂，虽然谈不上大富大贵，在荣平县也是有头有脸的人物。也就是说，吴宏伟和温雅晴有点门不当户不对的感觉，没想到温国栋能够同意两个人的婚事，特别是在知道两个人相距这么远，需要两地分居的情况下同意的，这让吴宏伟非常感激。2010年10月18日，吴宏伟和温雅晴到民政局领了结婚证，两个人正式结为夫妻。

吴宏伟在阿里戈的业务拓展得很顺利，仅用了一年多时间，成功拿下了阿里戈及周边城市近五成的订单。这让经理沈家铭非常高兴，多次给远在榕州的公司总部汇报吴宏伟的表现，公司总部也连续两次给吴宏伟加薪。当然，这些成绩的取得，沈家铭必然是占据首功的，这也为他能够调回总部打下了坚实的基础。

2012年是吴宏伟大丰收的一年。第一件事情，就是2012年的春节，温雅晴生下了儿子吴云飞，虽然吴宏伟千里迢迢赶回来只陪了温雅晴母子两人一周多时间，但是贤惠的温雅晴并没有埋怨什么，毕竟现在正是吴宏伟事业的攀升期。第二件事情就是沈家铭经理成功升任北方地区总经理，吴宏伟

第一章　撒娇的三十岁男人

的经理助理的助理两个字也成功拿掉，成了阿里戈地区的经理。吴宏伟就更加忙碌了，温雅晴生了孩子以后，空闲时间就基本上都被儿子吴云飞给挤占一空，这也给两人的沟通造成了不小的麻烦，经常都是没说几句就要挂电话了。两个人每年见面的时间也是屈指可数，有时千里迢迢回来一趟，只待一周多就要走了，但是两个人都相信将来一定会好起来的，两个人的感情一直都比较好。

吴宏伟和温雅晴一直也没有买房子，温雅晴就带着吴云飞住在父母家中。在温国栋和沈敏玲的帮助下，虽然老公不常在身边，但是吴云飞还是比较懂事的，这让温雅晴也能够安心地工作，教学业绩在整个学校也是名列前茅，作为班主任所带的班级在年级也排在前列。

不知不觉，就到了2015年的春节，吴云飞马上就要三岁了。吴宏伟拉上窗帘，叹了口气，心道："明天就是小年了，今年估计要在这里过年了，自己已经跟总部提出了想调回榕州上班的意愿，总部没有正面回答，只是说综合考虑一下，看来还要等时机了。刚才跟温雅晴通电话的时候，也没敢说这个情况。毕竟温雅晴一直盼着一家人能够团圆。"

第二章 麻将桌上的冲突

"云飞,爸爸回来了!"吴宏伟进门就喊了起来。

"爸爸回来了!爸爸回来了!给我带变形金刚了吗?"吴云飞听到爸爸的声音,就冲了过来。

"有,有,给。"说着,吴宏伟把一个大大的变形金刚递了过来。

"买这么大一个?"温雅晴把变形金刚接了过来。

"妈妈,帮我拆开,我要玩。"吴云飞有点迫不及待。

"好,妈妈帮你拆……"温雅晴宠溺地摸了摸吴云飞的头。说完便把变形金刚给拆了,递给吴云飞。

"这次回来能待多久?"温雅晴看孩子去一边玩了,问道。

"说不准,两周应该没问题。我已经向总部提出调回的申请了,我这几天抽空到榕州去转转,看看情况。这几年苦你了。"说完,吴宏伟轻轻握住了温雅晴的玉手。

"明天就开学了,你回来的真是时候。"温雅晴故作不满地嗔怪道。

"我这一路穿山越岭,跋山涉水,千里迢迢地赶回来,就是为了明天送你上班啊。"吴宏伟打趣道。

第二章　麻将桌上的冲突

"去你的，我自己不会去上班啊。"温雅晴没好气地说道。

"那可不行，我在家这些天要天天接送你，我要宣示我对你的所有权。"吴宏伟笑道。

两个人正说笑着，温国栋和沈敏玲买菜回来了。"宏伟回来了？一路顺利吧？"温国栋笑着问道。

"爸，妈，一路都很顺利，年前回不来，这次回来过十五，路上没啥人。"吴宏伟说道。

"好，我和你爸先去弄饭，晚上陪你爸喝点。雅晴，你给你几个姐姐打打电话，看他们有没有空，晚上一起回来吃饭。"沈敏玲说道。

"嗯，我这就打。"温雅晴很乖巧地说道。

小县城不大，接到温雅晴的电话后，不大一会儿，温雅红、温雅芳和温雅黛几家人都回来了。每一家都带着一个孩子，好不热闹。几个孩子也都拿到了吴宏伟带的礼物，都开心地玩了起来。

"小吴，怎么样？我们家漂亮不？"吴雅黛虽然跟吴宏伟都是1984年出生的，但是她是3月份生日，吴宏伟是4月份生日，她在吴宏伟面前始终有着很强的优越感，说话语气间都带着点趾高气扬的感觉。

正在和大家聊天的吴宏伟微微一滞，没好气地说道："漂亮，很漂亮。"说实话，温国栋把这个家装修得很漂亮，总共六层楼，第一层是一个大大的入户花园，进门一个偌大的大厅，加上一个乒乓球室和钢琴房，还有一个卫生间，加上

一个大大的天井。整个第一层的面积将近四百平方米,全是红木装修的,尽显奢华气质。上面五层也是相当不错,每一层都设置了厨房、卫生间和卧室,配上宽大的旋转楼梯和一部小电梯,绝对是富贵人家的装修风格。

"要不,你和我妹还年轻,赶紧再生一个,跟雅晴姓,这个房子分一层给你们咋样?"温雅黛意有所指地说道。

"雅黛,你说啥呢?赶紧去厨房帮忙去。"温雅晴看温雅黛狗嘴里吐不出象牙,赶紧阻止道。

"好了,你们赶紧去帮忙,我和宏伟去打会儿乒乓球,今天挺冷的,活动活动去。宏伟,走。"大姐夫陈志平拉着吴宏伟就往乒乓球室走去。吴宏伟也懒得理温雅黛,就顺坡下驴跟着陈志平去打乒乓球了。

"雅黛,你咋不再生一个啊?"温雅红问道。

"我也想生啊,去年不是刚流掉一个嘛,休息休息,明年生。"温雅黛说道。温雅黛的老公杨火旺是做生意的,开了一个小酒庄,生活还比较滋润。但是在去年装修自家房子的时候,温雅黛经常去当监工,结果可能是油漆味闻多了,动了胎气,已经怀了将近七个月的第二个孩子没保住,引产出来的时候还是个男孩。可把温雅黛气坏了,让装修工程队赔钱。装修工程队当然不会认账了,本来都挺烦温雅黛一天到晚在那里挑毛病,现在怎么可能会去赔钱。后来温国栋嫌这事丢人,不让温雅黛闹腾,这才把这件事压了下来。不过这件事以后,温雅黛性情更加易怒,经常动不动就要打骂孩子。

·8·

第二章 麻将桌上的冲突

平日里家里人也让着她,没怎么说她。

"现在只有你能生,国家开放的政策是单独两孩,现在我和你大姐还不符合,估计等全面放开二胎,我们年龄也大了,我们也不敢生了。"温雅芳说道。

"不是说有传言今年就会全面放开吗?"温雅红说道。

"传言归传言啊,咱们都三十多岁了,孩子都快上初中了。雅黛你可以抓紧点,就你条件最适合。我们不一定赶得上了。"温雅芳劝道。

"嗯,我跟火旺商量一下,准备准备,今年看要不要生。咱妈上次也问了我一次,我说还没准备。走吧,咱们上去帮忙去。火旺,你也去跟他们打球去吧,在这看啥电视啊,看你胖成啥样了。"温雅黛扭头就开始数落起自己男人了。

杨火旺本来想反驳两句,张了张嘴,没说话,看了一眼温雅芳的丈夫吕伟广,扭了扭头,说:"走吧,咱也活动活动去?"

吕伟广本来看电视看得津津有味,看温雅黛这么一说,也不想触霉头,就说道:"走,咱们也去锻炼锻炼。你也确实够胖了,哈哈……"杨火旺这几年做生意没少应酬,体重每年都在往上涨,眼看就要超过两百斤,这也成了温雅黛一天到晚嫌弃他的理由。不过这也怪不得杨火旺,小地方做生意,特别是做酒庄的生意,不去应酬还真不好拿单子。

几个姐妹轮流看孩子,在厨房帮忙,在孩子们鸡飞狗跳的吵闹声中,一桌丰盛的晚餐终于开席了。

餐桌上,大家轮流敬温国栋酒,不一会儿,温国栋就有点不胜酒力了。说起来,四个女婿里面,杨火旺的酒量最好,毕竟是开酒庄的,一个人估计喝倒另外三个连襟都没啥问题。在温雅晴的极力阻止下,吴宏伟总算没有贪杯,不过吴宏伟的大腿没少被温雅晴掐。

酒足饭饱之后,温雅黛提出打麻将,还死活要拉着吴宏伟打。吴宏伟拗不过她,就坐下来打麻将了。结果吴宏伟的手气非常旺,连着坐庄连着赢,牌好得想不赢都难。温雅黛作为牌场老手,面子上有点挂不住了,本来把吴宏伟拉过来想赢他两把,结果却一直输。

"不玩了,没意思。"又输了一把后,温雅黛把牌一推,不玩了。

"结账,结账。"吴宏伟一直赢,心情大好,要大家结账的话就脱口而出。

"结什么账?没见过钱啊?"温雅黛一听火冒三丈。

吴宏伟一听不乐意了,这叫什么话,于是回怼道:"我就是没见过钱,怎么了?"

"就看不起你这种人,眼里就只有钱。不知道怎么把我妹妹骗到手的。"温雅黛毫不客气地说道。

吴宏伟指着温雅黛,手都在发抖了,"你……"然后一把把麻将桌掀翻了,说道,"以后打麻将别叫我。"扭头上楼去了。

温雅晴瞪了温雅黛一眼,抱着吴云飞也跟着上楼了。

第二章　麻将桌上的冲突

"你呀你，不就打个牌吗？"沈敏玲对着温雅黛说道，"都赶紧回家吧，走走走，看你们干的啥事。"沈敏玲看着大厅满地的麻将牌，烦躁地把几个不知道怎么处理的女儿女婿赶走了。

第三章 妈妈睡着了

"儿子睡了吗?"吴宏伟小声地问道。

"嘘,妈妈睡着了,小点声。"吴云飞小声回道。吴宏伟有点哭笑不得,这熊孩子怎么还不睡,今天晚上自己一回来,儿子玩得太兴奋了。

"快睡吧,快睡吧。"温雅晴把云飞揽了过来,轻轻地拍着他的后背哄着。吴宏伟就只能耐着性子在温雅晴的后面等着儿子睡着,结果因为这一路舟车劳顿,自己却睡着了……

温雅晴好不容易把吴云飞哄睡了,转过身,却发现吴宏伟打起了呼噜,实在是不忍心叫醒了,就钻进他的怀里睡了……

第二天,温雅晴就开学了。吴宏伟就每天骑着自行车载着温雅晴,一直把她送到学校门口,惹得不少人为之侧目,吴宏伟很享受这种感觉。温雅晴每次都感觉不好意思,说了好几次不让吴宏伟送了,却没有什么效果,只得作罢。温雅晴虽然不是什么让人惊艳的大美女,但也是第二眼美女,长得很耐看,全身上下透着南方女子的温婉与灵秀,在荣平一中还是很受欢迎的。吴宏伟这样大摇大摆地"拉仇恨",肯定有不少人腹诽

第三章 妈妈睡着了

不已。不过吴宏伟才不管这个，他来学校门口就是宣示对温雅晴的所有权，别人的眼光在他看来，那就是羡慕嫉妒恨。

周四的早上，吴宏伟在送完温雅晴上班之后，直接坐车来到榕州，主要目的就是去公司总部走动走动，看调回总部的有没有什么机会。

到了华锦纺织机械制造有限公司，吴宏伟发现门口的保安都已经换掉了，毕竟离开总部这么多年了，物是人非也是很自然的事。按照保安的要求登记了一下，吴宏伟就走进了公司大门。

轻车熟路地来到了人力资源部，敲了敲门，里面的人抬头看了看，忽然发现是个熟人，正好是认识的同事刘东波。刘东波一愣，马上绽放笑容站了起来，迎了上来："宏伟，你咋有空回来了？回来了也不说一声？"

"这也是刚回来，在忙着？"吴宏伟问道。

"还好，中午一起吃个饭，你稍等我一下，我把手头这个事情处理完就走。"刘东波抱歉地说道。

"没事，你先忙，我等你。"吴宏伟说道。

没多久，刘东波就把手头的事情处理完了，收拾了一下桌子，走过来对吴宏伟说道："走吧，宏伟，去吃点东西，边吃边聊。"于是两个人就结伴出去了。

刘东波领着吴宏伟找了个川菜馆，点了一个水煮活鱼和几个凉菜，两个人就聊了起来。

"宏伟，这次回来待多久？"刘东波问道。

"待一两周吧,下周估计就得走了,年后阿里戈那边还是比较忙的。"吴宏伟答道,"东波,你说我想调回来,现在有没有适合我的位置?你帮我琢磨琢磨。"

"想调回来这个时候估计有点难,你估计得等到下一批了,年前刚任命了一批中层领导。不过如果你有合适的理由的话,我觉得可以去找找老总。"刘东波说道。

"我和你嫂子两地分居太久了,一个人在那边,你嫂子太不容易了,其他也没啥理由。"吴宏伟说道。

"这个理由看起来没问题,但是外派的调回总部基本上都是用这个理由,领导会让你再坚持一下。"刘东波在人力资源部对于这种事情见惯不怪了。

"那咋办?你给我出出主意。"吴宏伟满脸写着希冀。

"你这样吧,你先打个申请,我到时候帮你递上去,再帮你吹吹风,把自己写得惨一些,但是也不要太夸大啊。因为想回总部的人太多了,其实我觉得你还是要找到公司高层,如果能有人帮你说话,那就问题不大了。"刘东波参谋道。

"好,我今天回去就打个申请,全拜托你了。我也不认识公司的高层,前几年被派出去,就见过一个姚副总经理,她去阿里戈视察过工作。"吴宏伟说道。

"你说的是姚副总,她已经不在总部工作了。这条路也走不通了。你还是好好弄申请,其他的等待一下时机,要知道,会哭的孩子有奶吃,你不说,没人会主动把你调回来,毕竟你在那边干得还不错,给公司也创造了不少产值。这也是你

第三章　妈妈睡着了

的功劳，可以写进申请里。"刘东波说道。

两个人谈了一会儿，基本上吴宏伟已经大致明白调回来的希望比较渺茫了，需要一个契机。吴宏伟抢着把餐费付了，也没有再回公司总部，就匆匆告别刘东波回荣平了。

回到荣平，吴宏伟憋了两天，写了一份工作调动的申请，传给了刘东波，刘东波答应帮他递上去。吴宏伟也就不去想了，因为他知道想也没用，只能等待。

接下来的几天，吴宏伟给了温雅晴极尽的欢愉，滋润得温雅晴每天容光焕发。吴宏伟每天陪着吴云飞玩耍，父子两个的感情越来越好，不用玩具和零食收买，也能凑在一起玩了。

让吴宏伟开心的是，温雅黛这些天再也没有出现，也避免了尴尬的出现。不过，吴宏伟挺不放心这个有点神经质的女人，毕竟吴云飞还小，自己跟温雅黛关系这么僵，对孩子也不好。吴宏伟心想，还是要找个机会缓和一下。于是吴宏伟把这个想法跟丈母娘沈敏玲说了一下。沈敏玲也早就想着这个事了，于是说道："后天是云飞的生日，我弄点菜，晚上把他们都叫回来，吃个饭，大家聚聚。你估计也快走了吧？年轻人要爱惜身体。"

吴宏伟的脸一红，听出来了丈母娘的意思，怪不得丈母娘最近经常煮一些大补的东西，昨天还吃了羊腰。吴宏伟讪讪地说道："是快走了，昨天那边还打电话过来了。等云飞过完生日我再走吧。"

"嗯，那就这样定了，一会儿我就打电话通知他们。"

沈敏玲说道。

　　过了两天,温雅晴的三个姐姐都带着丈夫和孩子回来了。不知道是不是错觉,吴宏伟觉得温雅黛就像变了个人一样,对温雅晴和吴云飞分外地热情,让人有一种非常不舒服的感觉,猛一看非常做作,就像在演戏一样,但是又不好挑什么毛病。

　　吴云飞这个小寿星的生日宴会在一团非常和谐的氛围中结束了。温国栋和沈敏玲看着这一幕也非常开心。

第四章 温雅晴应聘

在儿子吴云飞生日过后的第三天，阿里戈那边催得比较紧，吴宏伟就告别了家人，又回到了阿里戈。繁忙的工作冲淡了吴宏伟对家人的思念与担忧。

纵有万般不舍，温雅晴也收拾好了心情，因为儿子生日过后，作为高三班主任的她也不得不投入到了繁忙的工作当中。这一届学生是温雅晴带过的最好的一批学生，整体成绩一直是年级的榜首，甚至有几次各个学科都是第一。越是优秀，温雅晴的压力就越大，也就越要抓紧一些。

在做好学校工作的同时，温雅晴也在密切关注着榕州的一些学校的招聘信息。这天，在浏览招聘网站信息的温雅晴注意到了一则消息：

根据《事业单位人事管理条例》、市委办公室市政府办公室关于印发《榕州市市直事业单位进人管理暂行办法》的通知（榕办发〔2015〕18号）和《榕州市事业单位公开招聘人员实施细则》（榕人字〔2015〕9号）规定，经市人事工作领导小组同意，榕州市工业学校面向社会公开招聘教师等工作人员。现将有关招聘事项公告如下……

温雅晴越看越是高兴,这个榕州工业学校居然招聘非应届生,也就是说,她也有机会考试。平时她浏览的时候,基本上都是招聘应届毕业生和"三支一扶"的人员,自己想考都没有机会。

温雅晴赶紧把这个好消息告诉了吴宏伟,吴宏伟也很是兴奋,如果温雅晴能够靠自己努力考进榕州的学校,那自己就不用发愁她工作调动的事了,全力以赴把自己调回总部就好了。

于是温雅晴就开始着手准备报名考试的事了,每天晚上把儿子吴云飞哄睡以后,挑灯夜读事业单位考试的书籍。

俗话说:"一孕傻三年。"温雅晴揉了揉发痛的鬓角,呼了口气,心道:"现在这记性真的不行了,昨天才看过的,今天就忘光了,这样怎么考啊。那些刚毕业的年轻学生记忆力可是好着呢。"

就在这时,放在旁边的电话响了起来。温雅晴看了一眼手机,是吴宏伟的微信视频请求,便接通了,吴宏伟的视频画面传了过来:"雅晴,在干啥呢?"

"还能干啥,备考啊,6月份就要考了,还剩3个月,越学越没信心啊。"温雅晴抱怨道。

"儿子睡了?"吴宏伟没话找话。

"睡了。他不睡我根本没法学。"温雅晴回道。

"下午公司总部人力资源部刘东波给我打电话了,问了一下我家庭的基本情况,说是今年有希望调回去,公司准备

第四章 温雅晴应聘

从外派的人当中调回一批,应该是从业绩比较好的人中选取。让我好好努力,年底前业绩好一些的话,希望更大一些。"吴宏伟说道。

"那你好好干,云飞在家你放心,咱爸妈对他都很好,我下班都会自己带的。现在儿子也已经上幼儿园了,老师说表现还不错。"温雅晴说道。

"我们一起努力,争取这两年团聚。加油!"吴宏伟挥了挥拳头。

隔着屏幕,温雅晴看着吴宏伟,对着他竖起了大拇指,自己也咬了咬牙。挂掉了视频,温雅晴又埋头开始了学习。

时间过得很快,转眼间就到了考试的时间,温雅晴提前一天到了榕州,看了考场之后,便找了个宾馆住下了。

考试的时候,缺考率挺高,差不多六成左右。温雅晴暗自高兴,人越少竞争对手就越少。温雅晴自认为考试发挥得还不错,基本上除了一些数学类和图形类的题目把握不大,其他的题目做得挺顺手,这三个多月的付出没有白费。出了考场,本来想给吴宏伟打个电话,想了想还是发了个微信:"老公,我考完了,感觉还不错。现在准备回家了,12点半的班车。"发完微信,温雅晴很开心地哼着曲子往外面走去,一起奋斗的感觉真好。

温雅晴找了个店铺,给儿子买了点麦芽糖。也不知道儿子在家怎么样,温雅晴归心似箭。回到家,儿子吴云飞就扑了过来。从出生吴云飞从来没有晚上和温雅晴分开过,扑进

怀里就哭了起来。温雅晴赶紧把吴云飞抱了起来,从包里拿出麦芽糖。看到有好吃的,吴云飞立马破涕为笑,把自己为啥哭也忘记了。

"妈,我们回来了。"人未到,声先至。温雅晴一听就知道是温雅黛回来了。

"雅晴回来了,考得咋样?"温雅黛关心地问道。

温雅晴打心眼里不想理温雅黛,一天到晚咋咋呼呼的,于是应道:"考得还行吧,正常发挥。"

"那就好,吴宏伟啥时候能调回来?你们这样一直分居不是办法啊。刚开始就跟你说不要找外地的,找一个我们荣平本地的多好。"温雅黛哪壶不开提哪壶。

温雅晴真心不想理她了,话不投机半句多。于是抱着吴云飞就往外面走去。

"这死丫头,关心你,你还不理我。"温雅黛气呼呼地上楼去了,"妈,我回来了。"

"回来就回来,一直大呼小叫啥呢?"沈敏玲说道。

"好事,妈,我怀孕了。"温雅黛高兴地说道。

"怀上了,啥时候的事?"沈敏玲喜道。

"嗯,今天中午刚测的,怀上了。"温雅黛肯定地说道。

"那你准备咋办?在婆家养胎还是在家里养胎?"沈敏玲问道。

"我两边住吧!反正离得也不远。妈,你说我这次是男孩还是女孩?我感觉是个男孩!"温雅黛说道。

第四章 温雅晴应聘

"你头胎是个男孩,你想要男孩女孩?"沈敏玲问道。

"我想再要个男孩,生下来让他跟我姓,也姓温。"温雅黛说道。

"等生下来再说吧,你先不要宣扬怀孕的事,显怀之前要保密啊。"沈敏玲叮嘱道。

"嗯,我知道的,我就跟你说了,连火旺我都没说。"温雅黛说道。

"要跟他说,不然他乱来怎么办?"沈敏玲不放心地说道。

"嗯,我一会儿回去跟他说。"温雅黛乖巧地说道。

"听说二胎政策快放开了,也不知道雅红、雅芳要不要生。"沈敏玲自言自语道。

二宝协奏曲

第五章 擦肩而过

等待的日子总是很漫长,温雅晴考完试以后,就焦急地等待着。我们常说希望越大,失望越大。公布成绩的这天,温雅晴早早地把儿子哄睡了。坐在电脑前,温雅晴用颤抖的手握着鼠标,在确定查询的按钮上犹豫了好几次,才下定决心点了下去。

"73分,排名第7。"

这个分数在温雅晴的意料之中,但是后面的排名让她傻了眼,如果不出意外,能够进入面试需要进入前6名。自己排名第7,这就说明自己以毫厘之差与面试擦肩而过了。

温雅晴头有点发晕,回想起自己这三个多月没日没夜地苦读,最后却是这样的结果,特别是这么小的差距,真的让人难以接受。温雅晴很想哭出来,但是眼泪在眼眶中来回打转,却没有掉下来,因为她一直紧紧抿着自己的嘴唇,迫使自己去勇敢面对这个结果。

就在这个时候,温雅晴的手机微信来了视频请求。温雅晴知道是吴宏伟打过来的,本来不想接的,但是吴宏伟锲而不舍地又发出了一次视频请求。温雅晴暗自一叹,用纸巾沾

第五章 擦肩而过

了沾眼角的泪水,接通了视频。

"雅晴,儿子睡了?有没有想我?"吴宏伟温柔地说道。

"儿子睡了。"温雅晴声音有点低沉。

"怎么了?感觉你的情绪有点低迷?对了今天可以查成绩了吧?"吴宏伟发觉了温雅晴有点不对劲。

"差一点,没进面试。我要是再努力一点就好了。"温雅晴低沉地说道。

吴宏伟一愣,迟疑了一下安慰道:"雅晴,你已经很棒了,没事,我们还有机会。这次积累了经验,下次会考得更好。"

"没事,你不用安慰我,我顶得住。不过真的是很可惜,我已经很努力了。这个机会真的很难得,很少招往届生的。我真的很不甘心啊!"说着说着,温雅晴哽咽了起来。

吴宏伟有点慌神,没有说话,他知道温雅晴需要释放一下压力,这段时间真的是苦了她了,体重都减了四五斤,人也明显憔悴了很多。

温雅晴啜泣了一会儿,紧抿着嘴唇憋住了哭声。

吴宏伟心疼地说道:"雅晴,我今年的业绩在直线上升,今天我还得到了公司一个副总的电话表扬。"

温雅晴哭了一会儿,感觉心里好受点了,听到吴宏伟说他的业绩有了很大的进步,也为他感到高兴,说道:"真好,业绩好一点,年底就能调回来了。我和孩子在家等你。"

"雅晴,你也早点休息,不要在意了,塞翁失马,焉知非福。说不定还有更好的位置等着你。爱笑的女人命都不会差。媳妇,

来给相公笑一个!"吴宏伟费尽心思想要逗笑温雅晴。

"扑哧……"温雅晴还真被吴宏伟逗笑了。

"好了,我没事了,就是有点可惜。你要锻炼锻炼身体啊,我看你最近又有点发福了。下巴的肉都堆起来了,是不是吃饭也不应时,随便应付应付?"温雅晴开始"审问"吴宏伟。

"有时候跑业务吃饭不赶趟,最近确实胖了一点。我马上就开始锻炼。放心吧,我会照顾好自己的。"吴宏伟满口打着包票,能不能落实只有他自己知道了。

"你照顾好自己,我先去睡了,最近累坏了。晚安。"温雅晴温柔地说道。

"快去睡吧,替我亲下儿子。"说着吴宏伟对着温雅晴挥了挥手。

挂断了视频,温雅晴又重新查了一遍成绩,跟上次的结果一样。温雅晴叹了口气,关掉电脑,回到床上睡下了。

温雅红的家里。温雅红躺在陈志平的臂弯里说道:"志平,你知道吗?我今天听我妈说,雅黛怀孕了,准备生个儿子姓温。"

"这样啊,随她去吧。咱们也不跟她去争。你爸你妈已经帮我们够多了。"陈志平不咸不淡地说道。他的性格就是这样,什么事都好似漠不关心的样子。

"你这人是不是榆木疙瘩?你说雅黛这一步是想干吗?"温雅红说道。

"这不是明摆着的吗?想分家产呗。你爸你妈年纪越来越大了,家里的工厂和房子总得有人继承吧?"陈志平用一副看透一切的样子说道。

"对了,雅芳上次还说要给他女儿改名字,叫什么吕温怡佳,你说她是不是吃饱撑着了,没事改啥名字?"温雅红发出了疑问。

"我看你才是个榆木疙瘩。老二这一出跟老三一样。你仔细品一品,怡佳怡佳,不就是一家人的意思吗?这是故意拉近跟你爸你妈的关系。"陈志平分析道。

"对呀,让你这么一说,确实是这么回事!要不咱们也把咱儿子名字改了,我看叫陈温就行,还谐音沉稳,挺好。"温雅红说道。

"你可拉倒吧,对你爸你妈好点,比啥都强,你别整这些幺蛾子。快睡吧,咱们没法生二胎,如果能生,咱们也生一个?"陈志平试探着说道。

"那我们现在生一个?"温雅红在陈志平的怀里拱了拱说道。

"好!"

"小点声,儿子还在隔壁呢……"

二宝协奏曲

第六章 二胎政策全面放开

"看到新闻没？二胎政策全面放开了！"温雅晴一到办公室，就听到大家的议论。

"什么时候的事？"温雅晴问道。

"就是今天。雅晴，你还年轻，你还能再生一个。"同事张静开玩笑道。

"再生一个不敢啊，一个都搞不定了。"温雅晴笑道，接着，她点开了网站，果然各大网站都有全面放开二胎的消息了。

温雅晴没有仔细看，基本上已经明白了，就是不管双独、单独都可以生二胎了，也就是说，自己也是符合条件的群体。

"叮咚。"温雅晴的手机微信来了条消息。温雅晴点开一看，是吴宏伟发来的，"雅晴，全面开放二胎了。"

"是啊，不过你没调回来，咱也不敢生啊！"温雅晴回道。

"工作调动的事有很大希望，我在大名单里了。过几天总部过来考核检查，到时候我再好好表现一下，争取争取。"吴宏伟回道。

"嗯，你加油！如果你能调回来，我就给你再生一个。"温雅晴鼓励道。

第六章 二胎政策全面放开

"好,儿子一个人确实很孤单。"吴宏伟回道。

"我先去上课了,你保重身体。"温雅晴回了个"想你"的表情,然后把手机放到抽屉里就去上课了。

家里,温国栋和沈敏玲也看到了全面放开二胎的消息,坐在沙发上聊着天。

"老温,你说咱们这四个女儿要不要生二胎?"沈敏玲问道。

"这个她们自己定就行,嫁出去的女儿了,咱也不能替她们做决定啊。"温国栋拨弄着手机,头也不抬地说道。

"现在年轻人一天到晚把生不起、养不起挂在嘴边。你看咱要不要赞助他们一些,这样他们也有动力。我觉得还是要多生一个好一些,一个孩子太孤单了。"沈敏玲说道。

"这样看,确实是这样。你看要不这样,我们鼓励他们响应国家号召,如果生了,我们帮他们分担经济压力。带孩子靠我们俩肯定不行,我们身体也一天不如一天,没法帮他们带。"温国栋说道。

"这样也行,我跟孩子们说?让她们生?"沈敏玲说道。

"这样吧,周末把孩子们都叫回来,大家碰个头商量商量,看他们自己有啥想法。"温国栋说道。

"就这么定了。还是老温你有办法。"沈敏玲说道。

到了周末晚上,温家又是一片欢腾。电视声、聊天声、嬉笑声,再偶尔夹杂着孩子们的争抢哭闹声,俨然一副大家庭的真实写照。

"叫你们回来，主要是想跟你们谈个事情。现在国家全面放开二胎了，你们有没有什么想法？"温国栋清了清嗓子说道。

"爸，我生。我已经响应了！"温雅黛抢先说道。

温国栋看了看温雅黛已经五六个月的肚子，说道："嗯。你们几个呢？"

温雅红是老大，大家都看着她。她看了自己的丈夫陈志平一眼，说道："我跟志平也商量过，准备等等再说。"说完看向了温雅芳。

温雅芳会意，说道："我最近还生不了，前些天单位体检，说我子宫里有个疙瘩，我还准备过几天复查一下。"

"啥时候的事啊，咋不早说？赶紧去看，赶紧去看，这可不是闹着玩的。"沈敏玲立马警觉了起来，赶紧叮嘱道。

"下周一去看。"温雅芳说道。

"去哪里看？"温国栋说道。

"就在咱县医院看吧。"温雅芳说道。

"这样吧，我给市里一个朋友打个电话，你还是去市里看吧。周一上午就去。"说完，温国栋就去给朋友打电话了。

过了一小会儿，温国栋回来了，说道："跟朋友约好了，到时候你挂完号去找他，给你约了医生。这么大的事怎么能不上心。"温国栋对温雅芳说道。

"爸，没事的，这个很常见。"温雅芳赶紧劝说道，生怕温国栋过于担心。

第六章 二胎政策全面放开

"先去检查吧。雅晴你有没有生二胎的打算?"温国栋问温雅晴。

"我前两天也跟宏伟商量了,等他调回来再说吧。现在我也没精力带孩子。"温雅晴说道。

"宏伟工作调动的事情有没有眉目?"温国栋问道。

"说是有很大希望,具体我也不太清楚。"温雅晴说道。

"嗯,加把劲。争取早点调回来。"顿了一下,温国栋又说道,"现在二胎政策放宽,你们现在都是一个孩子,还是要再生一个,孩子也有个伴,这个还是要早点下决心,不然上了年纪就不好生了。老大老二你们更要抓紧点。"

"嗯,我们再商量商量。"陈志平说道。

"钱的事不要担心,我和你妈商量了,你们经济压力要是大的话,我和你妈还有些积蓄,可以帮你们。生完二胎,我们每个月给你们补贴四千块,你们看行不?要是实在照顾不过来,可以雇个保姆帮你们。错过了这两年,会后悔一辈子。"温国栋说道。

"爸,妈,那我们就不犹豫了,争取明年生个羊宝宝。"陈志平下定了决心说道,没有了后顾之忧,他自然想再生一个。

"爸,妈,我还是再等等。明年看看情况。"温雅晴说道。

"我去看下子宫那个疙瘩咋样?要是不影响,我们也生。"温雅芳说道。

沈敏玲走了过来,提醒道:"不管生不生,你们还要问一下孩子的意见,把前面的工作做好,省得生出来闹别扭。"

"是啊,前几天我也问了女儿的意见,可是她挺反对给她生个弟弟或妹妹的。"温雅芳说道。

"征求孩子的意见干啥,生下来还能不要?没必要,你们能生尽管生,不用惯着孩子。"温国栋大手一挥说道。

"我才不要弟弟妹妹!"客厅里传来了吕温怡佳的尖叫声。

"怡佳,你怎么能这样?你把自己的事情做好就是了!"温雅芳气不打一处来,对着孩子吼道。

吕温怡佳是几个孩子里最大的,现在已经11岁了,上小学六年级了,此时的她气呼呼地站在那里,尖叫道:"反正我就是不要弟弟妹妹,生出来我也不喜欢,你们不要给我生!"

吕伟广感觉血气上涌,因为自己女儿一直都有些叛逆,这下好了,还没生弟弟妹妹就已经这样了,要是生出来,还不知道会闹成啥样。

"好了好了,都先回去吧,一听你们这样血压都上升了。"温国栋像赶苍蝇一样,挥了挥手,然后回屋去了。

温雅芳和吕伟广对视一眼,拉着死活不肯挪步的吕温怡佳走了。

温雅红和温雅黛跟沈敏玲道了别,嘱咐要照顾好温国栋,也带着丈夫和孩子走了。

沈敏玲看着孩子们都走了,回到房间,看到温国栋坐在那里抽着烟,过去把他的烟拿了过来掐掉。温国栋这几年一抽烟就咳嗽,所以沈敏玲一直控制他抽烟。

第六章　二胎政策全面放开

沈敏玲说道："我们是不是操之过急了？"

"那个怡佳啊，教育成什么样子了？不要弟弟妹妹，这明显是自私的表现。"温国栋气呼呼地说道。

"现在很多独生子女不都是这样，不想分享父母的爱，可以理解。给她点时间吧。"沈敏玲开导道。

温雅红和温雅芳同一天结的婚，不过温雅芳先生了孩子。

"不管他们了，气得我血压呼呼往上飙，我出去走走。"温国栋非常不爽地说道。

"把烟拿出来，别抽了。"沈敏玲知道温国栋是想躲出去抽烟，于是上去把烟搜了出来。

"你这个老婆子，管得也太宽了！"温国栋更加不爽了，出去溜达了。

第七章 离一家人团聚更近了一步

"雅晴,我快调回去了!"一大早,温雅晴就接到了吴宏伟的电话。

"真的?!太好了!啥时候的事?"温雅晴高兴地跳了起来。

"早上刚接到电话,我第一时间就来问你报告了。"吴宏伟高兴地说道。

"快跟我说说是咋回事?"温雅晴满心欢喜。

"前段时间总部来人过来考核,我这边的业绩在整个公司的分公司里排到了第三名。当时带队考核的就是分管人力资源部的林贵山副总经理,他问我有没有需要总部帮助解决的问题,我就说了两地分居多年,想回总部任职的意愿。林副总经理表示年底会有一批交流任职的计划。没想到,没过多久通知就下来了。我被调回总部的销售部任副部长,真没想到还能给我个头衔。我现在等着新的经理来交接,然后就可以回榕州了。"吴宏伟一口气说道。

"能回来就好,能回来就好。我也考虑了很久,实在不行我就辞职,到榕州再找工作,我还不信自己找不到工作。

第七章　离一家人团聚更近了一步

只是这么多年事业单位的工龄没有了。"温雅晴说道。

"我先回去，我们再看看你工作的事情。调动估计是很难，辞职是最后一步。现在你还可以再考，留意一下招考信息，说不定还有机会。"吴宏伟说道。

"我每天都有上网看，现在有时间我还是会复习复习，现在要考的话，我更有把握了。"温雅晴说道，对考试充满了信心。

"我也有留意，但是我发现榕州的学校招考都是针对应届毕业生或者毕业两年以内的毕业生，往届的和已经工作的除非是'三支一扶'的，要不然真的没啥机会。"吴宏伟也开始为温雅晴发起了愁。

温雅晴其实也思考了很久，觉得自己真的不忍放弃教学生涯，而且自己很热爱教育事业，虽然苦一点累一点，但是看到学生们每天都在取得进步真的很欣慰、很开心。

想了一下，温雅晴说道："今年你先回来，明年再用一年时间，如果不行，我就辞职，到榕州应聘一个私立学校也是不错的选择。我还是想当老师，不太想去公司上班。"

"我支持你。先不说了，我要忙一会儿。"吴宏伟说道。

"好的，你去忙吧，我把作业改一下。"温雅晴温柔地说道。

又过了一周，吴宏伟成功调回了榕州总部。还没来得及回荣平跟温雅晴团聚，就投入到了繁忙的工作当中。总部销售部的工作量非常大，特别是到了年底。还好吴宏伟对销售这块比较熟悉，很快就上手了，现在所缺的就是人脉资源。

虽然忙，但是吴宏伟很高兴，毕竟离老婆孩子很近了，三个小时的路程就能到家，相比原来，真的是天壤之别。为了一家人能够团聚，吴宏伟更加卖力地工作着。

"雅晴，现在宏伟也调回来了，你也做好去榕州的准备了。你们可以先看看，买套房，没有房子不行。"沈敏玲在家里跟温雅晴聊着家常。

"嗯，周末我带云飞去榕州看他，顺便去看看房子。现在榕州房价可不低啊，是咱们这小县城的五六倍啊。"温雅晴担心地说道。

"没事，你们先去看，看好了再说，我和你爸帮你们一些，首付帮你们付了。买个大一点的，到时候生二宝也宽敞一些。再说了，我和你爸过去了也可以在家里住。"沈敏玲平淡地说道。

"嗯，谢谢老妈了。等我和宏伟看完再说，这个不着急。"温雅晴说道。

"急，干吗不急。这个要快点。现在你随时都可能去榕州，云飞上学需要户口，你们还要买个好一点的学区房，可不能马虎了。"沈敏玲叮嘱道。

"妈，我回来了！"人未到，声先至。

沈敏玲和温雅晴对视一眼，一听就知道是温雅黛回来了。

沈敏玲不满地说道："马上就是两个孩子的妈了，稳重一点，要学会轻声细语。别吓着肚子里的宝宝了。"

"妈，改不了了，我就是这种大嗓门了。对了，爸呢？"

第七章 离一家人团聚更近了一步

温雅黛问道。

"找你爸干啥?他刚出去遛弯去了,估计快回来了。"沈敏玲说道。

"火旺想投资一个化油器加工厂,现在不愁销路,他有个朋友也是做化油器销售的,可以帮忙代销。这个事想跟老爸商量一下。"温雅黛说道。

"说吧,需要多少钱?"沈敏玲一听就知道温雅黛的意思了。

"前期投资要不了多少,估计弄下来要一两百万,设备我们可以去买一些二手的设备,火旺前几天也去看了一下工厂的设备,基本上八九成新,可以盘过来直接上马,工人都是现成的。"温雅黛说道。

"这事你跟你爸商量去,我做不了主。"沈敏玲说道。

"跟我商量啥啊?"温国栋出去转了一圈,哼着小曲回来了。

"爸,我跟火旺想投资一个化油器加工厂,看了一家这样的工厂,我们觉得在我们小县城可以做,投资不大,一两百万就能搞定。不愁销路。"温雅黛赶紧说道。

"考察过市场了?"温国栋说道。

"没去考察市场,火旺的一个朋友是销售化油器的,销路没问题。"温雅黛说道。

"钱不够?"温国栋算是听懂了。

"嗯,如果把酒庄盘掉,还差个百八十万吧。"温雅黛

试探着说道。

"酒庄经营得好好的,干吗盘掉?缺的钱我和你妈,还有你几个姐妹凑一凑,酒庄不要卖了。丑话说到前头,这钱不是白给你们的,几个姐妹每人给你出十万吧,你每年要给她们分红,分多少就看你们的心意了。有钱大家一起赚才是硬道理。"温国栋直接就确定了集资方案。

"谢谢老爸,太好了。"温雅黛高兴地抱着温国栋在他脸上亲了一口。

"多大的人了,稳重点,挺个大肚子动作慢一点。"沈敏玲赶紧阻止道。

温雅黛高高兴兴地走了。

"爸,妈,我和宏伟没啥积蓄,十万块有点难度啊。"温雅晴说道。

"十万不用你们出,我帮你们出了,但是算你们几个姐妹的,要让雅黛感激你们,你们要互帮互助。"温国栋可谓是用心良苦。

"噢,那这么大一个厂,会不会太仓促了?"温雅晴还是觉得决定下得太快了。

"化油器加工厂可以弄,前段时间我也在考虑,这个代加工的小厂,只要有销路,不会亏本的,完全可以搞。"温国栋说道。

"你是一家之主,你说了算,不过这个事你得盯着点。我也觉得不稳,一两百万又不是一两百块。雅黛这性格,

第七章 离一家人团聚更近了一步

你又不是不知道,不是做大事的人。"沈敏玲也泼了瓢冷水。

"妇人之见,这事就这么定了,没问题的。放心吧。"温国栋看大家都反驳他,有点不爽。

二宝协奏曲

第八章 温雅芳怀二胎了

　　温雅黛的老公杨火旺最近可以说是春风得意。荣平县知道了他要建化油器加工厂，各种审批手续一路绿灯。化油器加工厂顺利推进，也少不了温国栋的功劳。杨火旺还得到了县长的亲切接见，县里还把加工厂这个项目列为政府重点扶持项目，在加工厂的选址上也给予了充分的扶持。小地方也有小地方的好处，像杨火旺这种小厂，如果在大一点的城市，根本就不起眼，但是在荣平县那可算是一个不小的工厂了。

　　向荣化油器加工厂的奠基典礼上，荣平县政府的常务副县长温清、源东镇镇长叶文军也亲自到场。杨火旺可谓是名利双收，也上了荣平县的电视和报纸，他第一次有了一种企业家的感觉，内心极度舒爽。

　　向荣化油器加工厂很快就建了起来，在小县城还是引起了不小的轰动。很多人就开始活络了起来，本来地方小，结果就造成了七大姑八大姨全部找到了杨火旺这里，要把自己的亲戚塞进这个小厂里上班。杨火旺来者不拒，很享受大家求着他的感觉。最后消停下来了以后，发现自己答应了太多人了，自己的小厂估计养不了这么多人，现在让谁来、不让

第八章　温雅芳怀二胎了

谁来难住了杨火旺。最后和温雅黛一说,免不了被一顿数落。后来温雅黛出了个主意,把这些人都招了,找个机会再裁员吧,毕竟答应人家了。

开业这天,向荣化油器加工厂的28名工人齐聚一堂,大家忽然发现都是熟悉的人,都跟杨火旺说这是家族企业啊,杨火旺听了大为高兴。看到高薪聘请来的4名师傅,心里才算有了点底儿。

4名师傅花了一周时间,才把这一帮参差不齐的"亲友团"培训得能够操作机器。其中一名师傅是个实诚人,私下里跟杨火旺说:"东家,这个小厂最多20个人就够了,现在人手太多了,没必要。"

杨火旺听了以后,苦笑了一下说道:"我没当过老板,这些人慢慢消化一下吧。先干着。这事先别说了,你们几个大师傅我不会亏待你们的。"这个师傅听完摇了摇头走开了。

温国栋有事没事也会来向荣化油器加工厂转一转,看着器件生产出来了,也是大为高兴。第一个月生产出来的产品,第一时间都被运走了。虽然养了这么多工人,但还是有不少的盈利。杨火旺心思就又开始活络了起来,既然不愁销路,要不然再扩大一下规模?也可以把这些工人消化掉,一举两得。于是,杨火旺找到了温国栋,说起了这事。温国栋还是有些心动,觉得此事可行,但是他已经没有空闲的资金资助杨火旺了。上次办厂的钱已经掏空了他所有的空闲资金。最后,温国栋在杨火旺的游说下,决定筹资扩大规模。经过温

国栋的东拼西凑加贷款,化油器加工厂的二期工程也上马了。钢架结构的厂房建设很快,不到一个月,厂房就建好了。为了省钱,杨火旺找到了一家倒闭的化油器加工厂,把里面的机器买了回来,放到了扩建的厂房。为了保证生产质量,杨火旺还专门把3个专业师傅派到了新厂房调试旧机器。

"什么?!你有了?"沈敏玲惊讶道,"那个肌瘤不是还没拿掉吗?"

"那个肌瘤是良性的,医生说生二胎时一起拿掉就行了,现在不用管。如果不生二胎,还是要早点做掉。"温雅芳说道。

"怡佳的工作做通了?"沈敏玲问道。

"没有做通,小孩子不管她了,生出来就好了。"温雅芳抚额苦笑道。

"还是要开导开导怡佳,这孩子脾气很拗,有时候还比较难做工作的。家里的第一个孩子,被你们宠坏了。"沈敏玲说道。

"爷爷奶奶护着,我和伟广有时候也真是没办法。怡佳有时候恃宠而骄,再大一些估计会好一些吧。"温雅芳也对自己女儿感到非常头疼,但是她一点招都没有。

"我觉得怡佳也大了,你们完全可以搬出来住了。你们鑫隆花园的房子装修得怎么样了?"沈敏玲问道。

"装修好了,在通风。准备过几个月再搬。不过我现在怀孕了,还是住在家里好一些,如果搬出去,什么都要自己做。伟广现在在县委工作,工作比较忙,什么都要我一个人做,

第八章　温雅芳怀二胎了

我也做不来。"温雅芳说道。

"其实我现在不太操心你们,我操心的是雅晴他们一家。现在雅晴往榕州调动太难了,我看不行就辞职,在榕州找个工作也可以。"沈敏玲说道。

"是啊,这些年苦了雅晴了,一个人又当爹又当妈,不知道的还以为是个单亲妈妈。还是要早点结束这种生活。我也觉得如果调动不了,辞职也行。毕竟咱们荣平的工资水平也很低。"温雅芳赞同地说道。

"嗯,晚上等雅晴回来,我跟她商量一下,下一步云飞上学还是到榕州上学比较好。"沈敏玲深以为然。

"妈,我回来了!"温雅黛一进门就喊了起来。

"回来就回来,又咋咋呼呼的。厂子怎样了?"沈敏玲问道。

"火旺在那里盯着,一切正常,我和火旺商量了一下,准备年底就把姐妹们的钱还回来了,再给她们分红一万块。妈,你看行不行?"温雅黛大大咧咧地说道。

"放你那就行了,每年给她们分红就行了,你也算是帮助一下姐妹们,沾点红利。"沈敏玲说道。

"这样啊,我还以为是借她们的,还想办法赶紧还上。"温雅黛揣着明白装糊涂。

"你要是有盈利,能周转得开,先把你爸那边的还上,很多钱都是周转过来的,还欠着人情呢。"沈敏玲说道。

"噢,好吧。对了,妈,你说我肚子里的孩子起个什么

名字好呢？我感觉还是个男孩。昨晚做梦还梦到了。"温雅黛高兴地说道。

"等生出来再说吧，现在不着急。还有一个多月就生了吧？"沈敏玲问道。

"是啊，预产期还有一个多月，我跟火旺商量了，孩子姓温，他答应了。"温雅黛说道。

"这个还是等生出来吧，你奶奶前段时间也说了这事，男孩子姓温可以，女孩子就算了。"沈敏玲说道。

"那好吧。二姐，你也在啊。"温雅黛好像刚看到温雅芳一样。

温雅芳没好气地说道："是啊是啊。"便懒得理温雅黛了。几个姐妹都不怎么待见温雅黛。

也不知道温雅黛是根本没看出来温雅芳的轻慢，还是说毫不在意，依旧说道："怡佳最近咋样？还是公主脾气？我跟你说啊，你家怡佳要好好调教一下，这样子怎么行，我都不敢让我儿子跟她玩。"

"行了吧，你儿子教育得多好一样。有没有一科及格的？"温雅芳毫不客气，直接怼回去了。

"这次还行，单元考试考了81分。"温雅黛炫耀地说道。

对于情商为零的温雅黛，温雅芳实在是不想理她，于是朝着厨房说道："妈，我先回去了，学校还有点事。"

"你现在在学校不是不用坐班了吗？还去学校干啥？再

第八章 温雅芳怀二胎了

待一会儿,晚上在家吃饭吧。"沈敏玲在厨房喊道,说着就走了出来。

"妈,不用了,我先回去了,晚上家里有饭。"温雅芳说完也没理温雅黛,挎着包就走了。

第九章 温雅黛生二胎了

"生了生了,温雅黛的家属在吗?来确认一下,是个女孩儿。"护士抱着一个女婴向产房外候着的一帮人说道。

杨火旺的母亲秦红梅轻轻拉开了包裹婴儿的包被,看了一下,跟护士说:"嗯,女孩没错。"

"来,你们先把婴儿带到产房吧,产妇还要观察一下,等一下再出来。"护士说道。

秦红梅小心翼翼地从护士手中接过了婴儿,慢慢地走向产房。杨火旺本来想跟上去,犹豫了一下,还是守在了手术室门口等温雅黛出来。门口就剩下温国栋、杨火旺和陈志平了,女的都跟着婴儿到产房去了。

"爸,让您失望了。"杨火旺有点心虚地说道。

"没事没事,你们也儿女双全了,也是大好事。我生四个女儿都习惯了。"温国栋反过来开导道。

"不知道雅黛在里面怎样,她一直以为是个男孩,连名字都起了好几个。估计这会儿正在伤心。"杨火旺担心地说道。

"这个强求不来,生男生女都一样,不要往心里去。"温国栋说道。

第九章　温雅黛生二胎了

"是啊，我本来想生二胎，我儿子涵涛倒是不反对我们生二胎，还一直催着给他生个弟弟或妹妹，不过雅红到现在还没动静。你们这儿女双全也是一个'好'。说不定明年就放开三胎了，你们还可以再生。"陈志平说道。

"我倒是能想得开，我怕雅黛伤心，她连小孩子的衣服都是买的男款的。一会儿等她出来了，得好好安慰安慰。"杨火旺心里其实很清楚温雅黛心里的小九九，但是作为丈夫，看到温雅黛也是为了生活过得更好，即使是让二胎跟了娘家姓，他也是支持的，毕竟温国栋膝下无儿，如果这一次生的是儿子，跟了温姓，以后分家产也能占点优势。

几个人在门口聊着天，忽然门打开了，医生把温雅黛推了出来。杨火旺走上前去，握住了温雅黛的手。只见温雅黛红肿的双眼还噙着泪花，苍白的双唇哆嗦着，用几不可闻的声音说道："火旺，我好冷。"

"那快去产房，外面冷，啥也别说了，一切都是最好的选择。你已经很棒了。"杨火旺安慰道。

他推着温雅黛回到产房，自然是迎来了一片恭喜声。温雅黛内心中充满了失望，自己身体也比较虚弱，也懒得虚与委蛇了，直接就开始装睡了。

这时，婴儿开始哭闹了。"雅黛，宝宝饿了。先喂奶，屋里男人太多了，大家先出去逛逛。我们几个女的留这儿就行了，你们去忙吧。"沈敏玲说着把屋里的男的往外赶。

"雅晴呢，今天怎么没看到她？"秦红梅问道。

二宝协奏曲

"噢,雅晴今天有课,估计下课了会过来。"沈敏玲回道。

秦红梅"哦"了一声,顿了一下说道:"亲家,这二宝还要姓温吗?"

"这个嘛,按照雅黛奶奶的话,男丁姓温可以进族谱,女娃就……"沈敏玲欲言又止。

"那就算了,本来想着能够给你们一个孙子。不过也算是儿女双全了。"秦红梅自我安慰道。

正说着话,温雅晴推门走了进来,看到温雅黛在喂奶,就看了一眼宝宝,没有打扰。轻声问沈敏玲:"男孩女孩?"

"女孩。"沈敏玲也小声说道。

"噢,凑个'好'字。"温雅晴清楚地知道温雅黛很想生个男孩,此时也不知道说些什么,就坐在沈敏玲旁边不说话了,整个房间只留下了宝宝"吧唧吧唧"吃奶的声音。

向荣化油器加工厂杨火旺的办公室里,杨火旺刚刚从医院过来,大伯家的小儿子杨旭光就跟了进来,说道:"火哥,我觉得你给这几个外地师傅开的工资也太高了。他们每个人都是一万,我们才三千,他们干的活,我也能干,我干的还比他们多。"

杨火旺一听,知道这几个师傅工资的事走漏风声了。前些天还在跟温雅黛商量几个师傅工资的事情,没想到这么快就被大家知道了。杨火旺说道:"离了这几个大师傅,我们自己搞不定的,特别是那些旧机器,故障率还是挺高的。"

第九章　温雅黛生二胎了

"那他们工资和我们工资悬殊也太大了,大家怨言很大。其实离了他们我们照样干。"杨旭光不服气地说道。

"这事我考虑一下,大师傅还是很重要的。万一机器坏了,你们谁也不会修,停一天工就是很大的损失啊。"杨火旺说道。杨旭光看杨火旺不提给他们加工资的事,也不好意思再说了,闲聊了几句就出去了。

杨火旺看着杨旭光离去的背影,揉了揉太阳穴,暗道:"我最想辞退的不是大师傅,而是你们这些人啊。唉,转一圈,厂里没啥事,我还要去医院。"在厂里转了一圈,杨火旺看没啥问题,就又去医院了,至于辞退大师傅的事,杨火旺心里还是明白孰重孰轻的。

医院的走廊里,温雅晴给吴宏伟打着电话,说起了温雅黛生了个女儿的事,吴宏伟也没表示啥,毕竟他对温雅黛实在是没有好感。

"雅晴,我这几天去看房子了,看了几套觉得都不错,啥时候你来了,我们再去看看。首付基本上都要七八十万,这笔钱需要借。"吴宏伟说道。

"要这么多啊,我晚上跟爸妈商量一下。你爸妈那边能拿点吗?"温雅晴说道。

"估计比较难,我还有个弟弟,弟弟现在结婚还需要在县城买一套房子。"吴宏伟为难地说道。吴宏伟的弟弟学习成绩不好,大学也没考上,高中毕业以后去参军,服了两年兵役回来后就去广东打工,家里介绍了很多女孩,都提出要

在县城有套房子。其实吴宏伟老家宿阳县城的房价并不高，三千块左右一平方米，但是这对于农村人来说也是一个不小的数目。吴宏伟的弟弟吴宏凯还等着他赞助一些呢，怎么可能给他拿钱。榕州的房价差不多两万多一平方米，好一点的学区房就更恐怖了。

温雅晴很是善解人意，也知道吴宏伟的家庭条件确实有难处，也就不提这茬了，说道："没事，前些天老妈说了，首付帮我们，不过后面还贷就需要我们自己想办法了。"

"嗯，我们两个都上班的话，还贷应该不是问题。实在不行，你这学期教完还是辞职吧，这边也有很多私立学校，我问了一下，工资差不多是你现在的两倍多，我们一家人也能够团聚了，云飞也可以有更好的教育环境了。"吴宏伟说道。

"我再考虑一下，如果辞职的话，这么多年的工龄就没了。如果有机会我还是想调动或者考过去比较好。"温雅晴有点不甘心地说道。

"雅晴，咱们啥时候也生个二胎吧？云飞也越来越大了，两岁一代沟，隔太远也不好。"吴宏伟说道。

"嗯，我过段时间征求一下云飞的意见，他可是我们家的核心成员，他不同意，我可不敢生。你看雅芳现在挺个大肚子，天天还要哄着怡佳，看着就心烦。"温雅晴笑着说道。

"咱家云飞应该比较懂事，你有事没事引导引导。"吴宏伟说道。

第九章　温雅黛生二胎了

"房子的事情,你多操点心。我先挂了啊。我进去再看看雅黛。"温雅晴说道。

挂掉了电话,吴宏伟站在窗边远眺了一会儿,看着远处高楼林立、错落有致的房子,心中暗想:"一定要尽快买套房子了,不然一家人团聚还是遥遥无期啊。"

二宝协奏曲

第十章 温雅晴进面试

在温国栋和沈敏玲的帮助下,温雅晴和吴宏伟成功买下了人生的第一套房,是个108平方米三居室的二手房,终于在榕州有了落脚之地。虽然每个月还要还五千多块的房贷,但是他们有了奋斗的动力。房子的问题解决了,接下来就是如何解决一家人团聚的问题了。

2016年6月,榕州的一所很好的私立中学——东升中学招聘中学英语老师,温雅晴非常激动,终于等来了这一天,于是抓紧时间报名参加。

笔试过后,温雅晴知道这次有戏了,因为招聘考试的试卷难度是英语八级的水平,自己本来就有英语八级证书,自己工作这些年一直很注重学习和积累,英语水平没有落下,而且还把英语二级笔译证也考了下来,在考试的时候很顺利,而且是第一个交卷的。

果不其然,三天后,温雅晴就接到了面试的通知,而且她的笔试成绩是第一名。温雅晴把这个消息告诉吴宏伟的时候,吴宏伟高兴地叫了起来,引得同事们纷纷侧目。

周五下午一下课,温雅晴来不及回家就直接赶往榕州,

第十章 温雅晴进面试

因为周六早上九点钟就要去东升中学面试,如果周六早上出发就来不及了。

晚上八点半的时候,温雅晴到了榕州,晚饭还没吃,肚子饿得扁扁的了。吴宏伟已经早早地抵达了汽车站出站口。荣平县到榕州市还没有通动车,平时只能坐汽车,如果去隔壁市转坐动车,所花的时间跟坐汽车差不多,还不如坐直达的汽车比较方便。

温雅晴一出站,就迎来了吴宏伟张开的双臂。跟心爱的人紧紧拥抱了一下,温雅晴就赶紧说道:"赶紧找地方填肚子,太饿了,头晕眼花的。"

"好好,马上就去。酒店我都定好了。就在酒店附近吃吧,那边有很多好吃的!"吴宏伟说着就拦了辆出租车。

"住酒店啊,不住你宿舍了?"温雅晴疑惑地问道。

"不住宿舍了,难得你一个人来,咱们好好聚聚。"吴宏伟有点坏坏地说道。

"咱们新房子啥时候能住?"温雅晴问道。

"先上车,车上再说。"吴宏伟把温雅晴的行李放到了出租车的后备厢,拉着温雅晴就上了出租车,对出租车师傅说道:"师傅,到滨江假日酒店,谢谢。"

"咱们那房子我还没好好看呢,上次中介带着我们匆匆忙忙看了一遍,之后就买了。"温雅晴说道。

"房子很漂亮,简单装修一下就行了。现在正在整修那两个卫生间和厨房,其他地方不需要大动,等过段时间就好

了,现在不用操心,你和儿子就等着拎包入住就整修好了。"说着话,吴宏伟的手就不老实地搂住了温雅晴的肩膀。

温雅晴俏脸一红,赶紧看了一下出租车师傅,发现出租车师傅正在专注地开车,也就没有顾忌地靠在了吴宏伟的肩膀上,左手轻轻地握住吴宏伟的手,两颗心也紧紧地靠在了一起。不一会儿,温雅晴又累又饿,居然靠在吴宏伟的肩膀上睡着了。吴宏伟看着温雅晴,有点心疼,于是一动也不动,为了让温雅晴能够睡得更安稳一点,等到了酒店,他自己的肩膀和腰都酸了。

到了酒店门口,温雅晴还在熟睡。吴宏伟轻轻地摇着温雅晴:"雅晴,到了,先醒醒。等会儿吃了东西再睡。"

"噢,到了,这么快。我居然睡着了。"温雅晴慵懒地答道。

吴宏伟带着温雅晴到酒店前台办了入住手续,把行李寄存在前台,然后带着温雅晴去旁边的小吃一条街吃饭。温雅晴真是饿坏了,在小吃一条街上像一个孩子,看到什么都要买一点尝尝。吴宏伟对温雅晴很是宠溺,有求必应。温雅晴本来就吃不多,总是吃两口就递给吴宏伟吃了,结果吴宏伟吃得反而比温雅晴还要多。

两个人在小吃一条街吃了一个来回,都吃饱了,于是回到了酒店。一进房间,吴宏伟就想一亲芳泽,被温雅晴推去浴室洗澡了。吴宏伟知道温雅晴有洁癖,自己要是不洗澡,晚上估计要睡地板,便乖乖地去洗澡了。温雅晴趁吴宏伟洗澡的时候,抓紧时间跟儿子吴云飞视频通话,看到儿子在家

第十章　温雅晴进面试

很乖,她也就放心了。等到温雅晴也洗了澡,吴宏伟便一个饿虎扑食冲了上去……

"不行,今天不是安全期……"关键时候,温雅晴说了一句。

"那就再生一个二宝了……"吴宏伟管不了那么多了,箭在弦上不得不发。

温雅晴本来想坚持一下,虽然还没做好生二胎的心理准备,但听到吴宏伟这样说,便也有些心动,便不再坚持了。

"造人计划"完成后,温雅晴躺在吴宏伟的臂弯里嗔怪道:"都怪你,我还没有准备生二胎,云飞的工作还要做,这次万一怀上了咋办?"

"那正好啊,你看很多人为了生二胎跑医院,各种促排卵什么的,咱要是能够顺利怀上,那不是省了很多事。一会儿要不要加强一下?来一个双保险?"吴宏伟坏坏地笑道。

"你放过我吧,我都快散架了。明天还要面试,你就让我好好休息一下,明天面试完再说吧。也不知道云飞在家睡了没有?"温雅晴不放心地说道。

"放心吧,你老妈照顾得很好的,快睡吧,明天早上我送你去面试。"吴宏伟搂着温雅晴的手臂紧了紧。

"嗯,睡吧,好累。"温雅晴困意来袭,温柔地说道。

第二天一大早,温雅晴和吴宏伟就醒了。吴宏伟一醒就想"造人",被温雅晴"一会儿还要面试"为由坚决制止了。吴宏伟看事不可为,也没有强求。两个人在酒店吃了早饭,

便赶往东升中学。温雅晴面试抽签抽得不错,第六个面试。

轮到温雅晴面试的时候,已经过去了将近两个小时,马上就要十一点了。温雅晴也知道了面试的细致性。

果然不出温雅晴所料,在五个面试官的轮番提问后,时间过去了二十分钟。提问的问题非常详细,从上学到毕业,再到家庭情况,甚至问到了生理期是否正常之类的细节,温雅晴都照实作答。当问到是否近期要生二胎的时候,温雅晴犹豫了一下,因为她知道这个回答很关键,但是她想到了昨天晚上没采取措施,自己也确实有生二胎的计划,便照实回答近期有生二胎的计划。温雅晴敏感地捕捉到了中间的面试官微微皱眉的表情。最后,面试结果没有当场宣布,而是让温雅晴回去等消息。

温雅晴一出东升中学的大门,就看到了吴宏伟焦躁不安地在那里走来走去。温雅晴赶紧走了过去,挽起吴宏伟的胳膊说道:"走吧,面试好了,发挥还算正常,看老天爷的安排了。"

"回酒店?"吴宏伟不怀好意地笑道。

温雅晴鄙夷地看了吴宏伟一眼,说道:"先别回酒店了,我想去看看我们的房子。"

"那好吧,都听你的。房子在装修,乱乱的,有啥好看的。"吴宏伟失望地说道。

吴宏伟刚说完,就感到自己手臂内侧一阵酸爽,赶紧求饶:"一定要去看看房子,万一工人不用心怎么行,走走走,

第十章 温雅晴进面试

赶紧去！"温雅晴被吴宏伟的见风使舵逗笑了，便放过了吴宏伟手臂内侧的软肉。

温雅晴不知道的是，东升中学的面试官们正在争得面红脖子粗。

面试教室里，其中一个面试官力挺温雅晴，她觉得温雅晴是六个面试者中最优秀的，综合素质也是最好的，至于生二胎的问题是个社会问题，不应该影响到招聘。但是其中两个面试官持反对态度，觉得温雅晴不是最合适人选，因为学校用人之际，不可能让她按部就班生二胎。坐在中间的面试官其实在心里对温雅晴也是比较满意的，但是若温雅晴要生二胎，很难适应学校的快节奏工作。同时，作为私立中学，不可能让员工刚进学校就回去休产假。最后，主面试官请示了校董事会，决定录用表现稍微弱一点的第二名应聘者，因为她是一个刚出校门的单身女性，可能更加适合学校的节奏。

第十一章 温雅晴怀二胎了

回到荣平后,温雅晴边工作边焦急地等待东升中学的反馈。可是左等右等没接到通知,就这样过了两周以后,温雅晴实在是等不下去了,便给东升中学招聘办公室打电话,然而却被告知招聘工作已经结束。挂掉电话,温雅晴久久不能平静。俗话说:"希望越大,失望越大。"温雅晴这会儿就是这种心情,她非常想找个没人的地方大哭一场,但是一会儿还有课,她只能忍下心中的悲痛,调整心情去上课。

在榕州的吴宏伟的心情则是相反,因为他觉得温雅晴这几天的任何一个电话都可能是报喜的电话,这种等待不是患得患失的等待,而是一种甜蜜的期待。

然而现实是残酷的,当温雅晴告诉吴宏伟没有录用她时,吴宏伟反而难以接受这一现实,手机都掉落了,还好是斜靠在床上打电话。弄得温雅晴反过来安慰吴宏伟。就这样过了好几天,温雅晴和吴宏伟才算接受了现实,那就是东升中学真的去不了了。

"真的?有了?"吴宏伟在电话的另一头提高了音量。

"是的,这个月例假已经过了四天了,还没来,我一向

第十一章 温雅晴怀二胎了

很准的。"温雅晴肯定地说,"我一会儿去买个测孕纸看看。"

"太好了,雅晴你真棒。"吴宏伟高兴地说道。

"棒啥啊,不就是怀个二宝嘛。"对于吴宏伟这种无脑夸,温雅晴也是很无语。

"我不管,我老婆就是最棒的!"吴宏伟耍起了赖皮。

"好了好了,你安心工作吧,我下班后测一下再说。"温雅晴赶紧打住,不让吴宏伟再说下去了。

下了班,温雅晴第一时间到药店买了测孕纸,回家一测,过了三分钟,两条线非常明显地显现了出来,果然怀孕了。于是温雅晴拍了一张测孕纸上显现两条线的照片,用微信发给了吴宏伟。吴宏伟看到照片后,也是一阵狂喜,果然怀上二宝了,于是一通不要钱的马屁就拍了过去,逗得温雅晴哈哈直乐。

温雅晴正在忍受孕吐的不良反应的时候,温雅芳的第二个孩子出生了,这次又生了个女孩,温雅芳和吕伟广虽然有些失望,但也欣然接受了这个女孩的到来。让温雅芳和吕伟广感到难受的是,大女儿怡佳始终没来医院看二宝,打电话也没接,看来她还是没有接受妹妹。

温雅晴看着温雅芳和吕伟广无奈又心酸的样子,心里暗暗下定决心,一定要让吴云飞接受二宝的到来,不然后续还真是麻烦事。

温雅芳的家里,吕伟广和吕温怡佳两个人大眼瞪小眼地对视着。

"我就是不喜欢这个妹妹,你们没经过我同意就给我生个妹妹,凭什么让我去喜欢她。"吕温怡佳大声地对着吕伟广吼道。

"你,你这是,你这是没有一点姐姐的样子!"吕伟广被吕温怡佳气得有点语无伦次。

"我为什么要有姐姐的样子?我就没打算当这个姐姐,是你们非要给我生一个妹妹,我自己又没要求要当姐姐的!"吕温怡佳有点歇斯底里地喊道。

吕伟广指着吕温怡佳:"你,你,你……"连说了三个你,却没有说下去,只感到心口一阵阵憋闷。

"你们别吵了,头疼。"在里间坐月子的温雅芳有点虚弱地说道。

"你该干啥干啥去,看到你都烦。"吕伟广不耐烦地对着吕温怡佳挥了挥手,就好似赶苍蝇一样。

吕温怡佳双眼通红,扭头跑出了家门。

"你给我回来!"吕伟广犹豫了一下,还是追了出去。里间,温雅芳看着怀中正在吃奶的二宝,眼圈止不住地红了。

"怡佳,爸爸错了,跟我回家吧。"吕伟广喘着粗气,对着离他五米远的吕温怡佳说道。

"你哪里错了?是我不懂事,是我没有责任感,是我错了,你们大人怎么会有错?我什么都要听你们的,你们什么时候可以听我一次?"吕温怡佳大声喊道。

吕伟广看了看路过的路人,不好意思地笑了笑,路人也

第十一章 温雅晴怀二胎了

抱歉地笑了笑走开了。

"怡佳,我和你妈当时也很努力地做你的工作了,我们没想到你这么抵制。你放心,爸爸妈妈对你的爱不会少的,我们还会像以前一样陪你。"吕伟广说道。

"是吗?"吕温怡佳放松了紧绷的情绪。

"是的,你放心。"吕伟广用肯定的语气说道。

"那你这个周末带我去漂流?"吕温怡佳说道。

"这个周末可能不行,要等你妈妈坐完月子,到时候我们再去,你看行不?"吕伟广不好意思地说道。

"骗子,刚说会像以前一样陪我,现在又变卦。根本就不想陪我,你是要陪妹妹吧!哼!"吕温怡佳大声说道,说完扭头就继续往前跑。

"你这孩子,现在不是,现在爸爸不是走不开嘛!"吕伟广边追边喊道。

"我不管!我就要你们陪我!"吕温怡佳完全听不进吕伟广的话。

"好好好,带你去,带你去!我也真是服了你了!"吕伟广看思想工作做不通,只得先答应了下来。

听到吕伟广答应带她去漂流,吕温怡佳停下了脚步,回头说道:"一言为定,以后每周都要抽时间带我去玩,你们不能只陪妹妹一个人。"

"妹妹这么小,更需要大人的照顾啊,你也可以帮爸爸妈妈照顾妹妹啊。"吕伟广不放弃任何一次机会引导道。

"我才不要照顾妹妹,我还是个孩子,我也需要照顾!"吕温怡佳蛮不讲理地说道。

"你还是个孩子,你还是个孩子,你都多大了,还是个孩子?"吕伟广看着吕温怡佳的个子,差点被吕温怡佳气得背过气去。

"走吧,回家吧,被你追得我肚子都饿了。"吕温怡佳没心没肺地说道,完全没意识到吕伟广被她气成什么样子了。

第十二章 温雅晴晕倒了

"妈妈，你肚子里是弟弟还是妹妹？"吴云飞瞪着大眼睛问道。

"你想要个弟弟还是想要个妹妹？"温雅晴温柔地问道。

吴云飞抿着嘴唇，想了想说道："我想要个弟弟，这样就可以跟我一起玩车了。要是妹妹的话，肯定喜欢玩布娃娃，我不爱玩布娃娃。"

"真乖，那你自己问一下，看是弟弟还是妹妹？"温雅晴把肚皮露了出来。

吴云飞把嘴凑到了温雅晴的肚皮上，非常认真地问道："你是弟弟还是妹妹啊？"

温雅晴被吴云飞认真的小模样逗乐了，用肚皮轻轻顶了一下吴云飞的小嘴唇。

"哎呀，踢了我一下，太顽皮了。咦，妈妈。你肚皮上怎么了？"吴云飞看到了温雅晴剖宫产的疤痕。

温雅晴迟疑了一下，说道："云飞，你就是从这个地方生出来的，医生从这里把你从妈妈肚子里拿出来的。"

"那你疼不疼，这么大一个口子，我摸摸。"吴云飞的

小手轻轻地抚摸着温雅晴的疤痕,仔细观察着妈妈的肚皮,忽然发现了一些白痕,抬起头问道:"妈妈,那这里是怎么了?你的肚皮上怎么有花纹?"

温雅晴知道吴云飞说的是妊娠纹,于是开玩笑地说道:"你在妈妈肚子里的时候,很顽皮,天天蹬来蹬去的,结果妈妈的肚皮快要裂开了,于是就有了花纹呀。"

吴云飞一听是自己把妈妈肚皮蹬破了,马上急了,眼圈一红,就哭了出来:"妈妈,我是不是很不乖?"

温雅晴一看吴云飞哭了,自己有点哭笑不得,只得说道:"我的云飞最乖了,小孩子在妈妈肚子里都会蹬来蹬去的,每个妈妈的肚子都跟西瓜一样,再过一段时间,妈妈肚子里的二宝也会蹬来蹬去的,到时候你就可以隔着妈妈的肚皮跟二宝玩了。"

吴云飞听妈妈这样一说,立马破涕为笑,说道:"我到时候跟二宝说,让二宝轻点踢,不然妈妈会疼的。"

"嗯,云飞真乖,你一定会是一个好哥哥。不管二宝是个弟弟还是个妹妹,你一定会爱护二宝,是不是?"温雅晴不失时机地引导道。

"嗯,我是大哥哥,我会保护好二宝的。到时候你和爸爸去上班,我带二宝玩。"吴云飞肯定地答道。

"云飞真乖,快去刷牙吧,早点睡,明天还要上学呢。"温雅晴摸了摸吴云飞的脑袋。

吴云飞很乖巧地"嗯"了一声,就去卫生间刷牙去了。

第十二章 温雅晴晕倒了

看着儿子乖巧的样子，温雅晴悬着的心放了下来，心想：目前来看，吴云飞对自己生二宝还是满怀期待的，看来还是要多引导啊。二姐那边现在真的很麻烦，之前工作没做好，现在大女儿对二女儿一点都不亲近，反而僵在那里了。也不知道最近咋样了，前几天跟她通电话的时候她还在发愁。唉，家家有本难念的经啊。自己工作的事情现在还是没有眉目啊。

第二天一大早，温雅晴吻了吻还在熟睡中的吴云飞就去上班了。因为早上前两节有监考，需要早一点到学校领试卷。不巧的是，她经常光顾的早餐店关门了，看了看别的店铺，没啥想吃的，没吃早饭就去学校了。

第一节课就开始考试了。温雅晴沿着教室的走廊转了两圈，感觉有点累，就找了个凳子坐在讲台边上监考。坐着坐着感觉眼前一黑，就什么都不知道了。

温雅晴醒来的时候，已经躺在医院的病床上了。睁开眼睛就看到沈敏玲红肿的双眼，明显刚刚哭过。

"雅晴，雅晴，你没事吧，你可醒过来了。你可把妈妈吓坏了。"沈敏玲哭着说道。

"妈，没事。我这不是好好的嘛。"温雅晴安慰道。

"医生说你血糖低，你怀着身孕，一定要注意，千万不能再晕倒了。实在不行，咱先别去上班了，在家好好养着。"沈敏玲说道。

"那可不行啊，我就是休息也要教完这届学生，不然中途走掉，学校很难办。"温雅晴说道。

"你都这样了,还管那么多干啥啊。"沈敏玲没好气地说道。

"妈,你不懂,这届学生真的很好,我也舍不得离开他们。"温雅晴试图劝慰沈敏玲。

"那你这个样子,还能教书?四姐妹里面,你从小身子骨就弱,现在又怀二胎,高三的工作又那么忙,我怕你身体顶不住啊。要不然别当班主任了,只管教书就行了。"沈敏玲以退为进地说道。

"我跟学校申请一下。"温雅晴知道沈敏玲也是心疼她,为了她好,也不好意思拂了她的心意。

"雅晴醒了?"门口传来了一声呼唤。

"校长,您来了。"温雅晴一看是校长于仲桂来了,赶紧欠了欠身,想坐起来。

"雅晴,你躺着,先别动。"于仲桂赶紧上前两步,阻止了温雅晴。

"校长好,我是雅晴妈妈。"沈敏玲向于仲桂打了个招呼。

"您好您好,您养了一个好女儿啊。"于仲桂握住了沈敏玲的手说道,"雅晴是学校的教学骨干,她这一倒下,可把我们吓坏了。"

"校长啊,雅晴还怀着身孕,您看能不能让她不要当班主任了,就教教书就行了。"沈敏玲赶紧借坡下驴,顺着于仲桂的话就说起了不当班主任的事。

"啊,雅晴你咋不早说啊。"于仲桂沉吟了一下,说道,"现

第十二章　温雅晴晕倒了

在换班主任有点太突然了。你看这样行不，我让新来的实习生王爱娟专门给你当助手，班主任的活儿你可以让她协助你，咋样？"

"那谢谢校长了，我没意见。我下午就可以回学校了，放心吧，就是血糖有点低，可能是没吃早饭的原因。"温雅晴说道。

"还是要多休息，我回去以后向你们教研组交代交代，少给你派活。你先安心休息，这是学校工会的一点心意。"于仲桂说着，递过来一个信封。

"校长，没事没事，不用了。"温雅晴赶紧推辞道。

"收着吧，这也是工会的慰问。"于仲桂坚持道。

温雅晴看推辞不过，就接过来了，说道："谢谢于校长，也谢谢咱们学校工会的关心。"

"那我先回去了，你安心休息，争取早点回到讲台上。"于仲桂轻轻拍了拍温雅晴的肩膀，又跟沈敏玲道了个别就走了。

第十三章 吴宏伟动员温雅晴辞职

"老师回来了！老师回来了！"温雅晴还没走进教室，就听到教室里的学生在大声喊着。

"老师，您没事吧？"

"老师，您可回来了！"

"老师，我中午还跟同学打赌说你下午就会回来，我赢了！"

……

学生们一窝蜂似的围了上来，大家七嘴八舌地说着。

"大家回到座位上吧，我们准备上课了。放心吧，我也舍不得离开大家，也不会离开大家的！"温雅晴大声说道。看着一双双真诚的眼睛，温雅晴非常感动，眼睛似乎也蒙上了一层雾气。

接下来的一节课秩序非常好，没有人开小差，几个平时总爱打瞌睡的学生居然也没有打瞌睡。这也让温雅晴感到，这帮学生真的很可爱，真的长大了，也坚定了把他们教到毕业的决心。

第十三章　吴宏伟动员温雅晴辞职

温雅晴刚回到办公室，忽然一阵恶心，她暗叫不妙，妊娠反应又来了。第二胎的妊娠反应比第一胎还厉害。

"呜……呜……"温雅晴捂着嘴巴，忍着胃中翻腾的感觉走到了办公室外面的洗手池旁边，再也憋不住吐了起来。教研组长张静宜是个比较细心的人，看到温雅晴不对劲，立马跟了出来，看到温雅晴在那里吐，她明白了。张静宜站在温雅晴的背后，轻轻地拍打着温雅晴的后背，想让温雅晴好受点。

待到温雅晴的孕吐稍歇，张静宜轻声问道："几个月了？"

"快三个月了，我不怎么显肚子。"温雅晴擦了擦嘴角，有气无力地说道。

"走吧，先回去休息一下，怀孕了也不说一下，我们也好少让你干点活啊。"张静宜关心地说道。

"大家都很忙，我不想给大家添麻烦。"温雅晴轻声说道。

张静宜轻轻搀扶着温雅晴走回了办公室，大家都在忙着手头的事情，倒是没人注意到温雅晴的异样。

"静宜姐，我没事，我有经验，你去忙吧，我吃个小面包就行了。"温雅晴说完，从自己的包里拿出了常备的小面包，她每次吐完都要忍着难受劲，再吃一点进去。张静宜看着温雅晴的难受劲，也帮不上啥忙，只得拍了拍温雅晴的肩膀，回到了自己的座位上。

"雅晴，听咱妈说你晕倒了？"电话另一头的吴宏伟焦急地问道。

"是啊,昨天的事了,早饭没吃,有点低血糖。"温雅晴说道,"不用担心,没事了,我现在包里都装着糖,不舒服我就吃一颗,没问题的,不用担心。"

吴宏伟在电话的另一头,满脸凝重,想了一下说道:"雅晴,要不咱辞职吧,在家安心养胎,我养得起你。"

"那怎么行,再有两个多月就高考了,我把这届学生带完再说吧。"温雅晴坚决地说道。

"那我不放心你啊。现在毕业班的工作强度那么大,妊娠反应那么强烈,我怕你身体吃不消啊。"吴宏伟担心地说道。

"不会了,我在学校上班,这么多人照顾我,没事的,放心吧。我先挂了啊,我还有事。"温雅晴不想让吴宏伟劝自己辞职,逃避地说道。挂掉了电话,温雅晴长舒了一口气,暗自给自己打气:"加油!坚持住!"离七月份高考不远了,再坚持一下,然后再辞职。

晚上,吃饭的时候吕温怡佳也来吃饭了。沈敏玲也知道吕温怡佳不喜欢妹妹,于是试着问道:"怡佳啊,最近妹妹咋样啊?"

"就那样呗,天天晚上哭,吵死了,我现在每天晚上都休息不好,白天上课都犯困,烦都烦死了。"吕温怡佳抱怨道。

"小孩子是日夜颠倒的,调整过来就好了,你小时候也这样子的。"沈敏玲说道。

"我现在好想去新家住,我爸妈又不愿意去。云飞,你妈妈肚子里也有宝宝了,生出来你就知道有多烦人了。"吕

第十三章　吴宏伟动员温雅晴辞职

温怡佳扭头对吴云飞说道。

"怡佳姐,不会的,我妈说了,她肚子里的宝宝是最乖的宝宝,比我还乖,才不会吵我呢!等二宝生出来,我陪二宝玩。"吴云飞嘟着小嘴说道。

沈敏玲赞许地看着吴云飞,说道:"云飞真乖,怡佳你当姐姐的,要让着点妹妹,你妹妹还小,不懂事,哭闹一下很正常啊。"

"你们大人就会这样说,凭什么我让着她啊,我也要人陪啊,我快成没人管的野孩子了,你看,到现在了,我爸妈还不来接我回家,肯定都在家陪我妹妹。自从生了妹妹,我就成了孤儿了。"吕温怡佳生气地说道。

"你这孩子,你怎么成孤儿了,你父母、你妹妹不都在吗?你怎么能这样说话呢?"沈敏玲骂道。

"他们都当我不存在,我也当他们不存在,我不就是孤儿了吗?"吕温怡佳气呼呼地道。

沈敏玲一听,沉默了。

"怡佳姐,你还有我啊,我也可以陪你玩啊。你无聊的时候,可以来找我玩啊。"吴云飞睁着大眼睛说道。

"我才不跟你玩,你太小了。我玩的东西你都不会玩。"吕温怡佳鄙夷地看了吴云飞一眼说道。

"你叫以教我啊,我很聪明的,老师还夸我学东西很快的。你看,我还得了穿套头衫大赛一等奖。"吴云飞骄傲地指着墙上的奖状说道。

二宝协奏曲

吕温怡佳抬头看了看吴云飞幼儿园的奖状,用手抚着额头,无奈地说道:"我亲爱的云飞弟弟,我跟你玩穿套头衫吗?你这幼儿园的小儿科的东西,我早就不玩了。"

"那我只会这些啊,对了,我还会搭积木,还会画画,还会剪纸,我们一起玩吧?"吴云飞兴奋地说道。

"得,你还是饶了我吧,外婆,我先回家了。"吕温怡佳实在不想跟吴云飞说下去了,于是跟沈敏玲告别。

"你路上慢点,注意看车,回去有时间逗逗妹妹,你爸爸妈妈还是爱你的。只不过现在妹妹还小……"沈敏玲不放心地交代道。

吕温怡佳听不下去了,把手举过头顶,摇了摇,潇洒地转身走了。

沈敏玲看着吕温怡佳的背影,叹了口气。

第十四章 杨火旺失踪了

"什么？火旺不见了？"温国栋接电话的声音不自觉地提高了分贝。

"爸，我联系不上他，电话也是关机的，微信也没反应。昨天晚上就没回来。"温雅黛哭着在电话里说道。

"到底咋回事？"温国栋沉声说道。

"我也不知道啊，最近火旺经常不着家，好像是去打牌了，有时候回来会说赢了多少钱。"温雅黛说道。

"这小子是去赌钱了？"温国栋强压着怒火说道。

"应该是，厂里的事最近他也不怎么上心了。爸，这可咋办啊？"温雅黛哭着说道。

"等等，先别报警了。今天估计就有人找你了，有人找你的话，你第一时间告诉我。"温国栋冷静地分析道。

温雅黛刚要答话，就听到了敲门声："是不是杨火旺家？开门！"接着敲门声更重了。

"爸,有人来找火旺了，正在敲门，我拖住他们，你赶快来，我怕……"温雅黛带着哭腔说道。

"你先拖住他们，不要开门，我马上赶过去。"说完,

二宝协奏曲

温国栋就立马骑着自行车出门了。温国栋家离温雅黛家不算远，骑自行车十分钟就到了。

温国栋自行车蹬得飞快，平时十分钟的路程，五分多钟就骑到了。到了温雅黛家门口，果然看到四个男的在擂门。

"哎，先别敲了，雅黛，你把门开一下。"温国栋忍着怒气，让温雅黛开门。

温雅黛就在门内，听到温国栋的声音，赶紧颤抖着把门打开了。

"进来说吧。"温国栋冷着脸对着门口的几个男的说道。

到了屋里，几个人坐下来，其中一个男的拿出了一张纸，扔在了茶桌上。

温国栋拿起来一看，上面写着：

借条

因杨火旺近日手头不便，特向张明雷借款2000000元（两百万元整），预计在一个月内归还。口说无凭，立字为证。

出借人：张明雷

借款人：杨火旺

见证人：温青

2016年5月21日晚

借条的后面是杨火旺的身份证复印件。

第十四章　杨火旺失踪了

温国栋看着杨火旺红彤彤的手印，气不打一处来，就要把借条撕掉。

拿出借条的那个男的说道："老爷子，这张纸是复印件，你撕掉也没用。钱还是要还的。我们也打听过了，杨火旺有一个工厂，县里有三套房，市里还有一套房。还是有能力还钱的。"

温国栋看了一眼温雅黛，温雅黛好像也是蒙蒙的。只见温雅黛喃喃说道："火旺怎么有这么多房子，我咋不知道？"

温国栋看着温雅黛丈二和尚摸不着头脑的样子，也懒得问她了，对着那几个男的说道："我知道欠账还钱，但是冤有头债有主，你们也不能为难妇道人家。"

"老爷子，你是个明理人，杨火旺跑了，我不找他老婆孩子，那找谁要钱去？"那个男的不紧不慢地说道。

"你们先稍坐一下，雅黛，你过来。"温国栋把温雅黛叫到了里间。

"爸，这可咋办啊？"温雅黛到屋里就开始哭。

"哭什么！就知道哭！起先我就不同意你们结婚，现在惹这么大祸。我还有脸在荣平待啊？你呀你！"温国栋被气得胸膛不断地起伏着。

"爸，别生气了，要不然我们把工厂给他们吧，还有几套房，还可以东山再起。"温雅黛说道。

温国栋差点没背过气去，说道："工厂是下蛋的母鸡啊，房子给他们一套吧。你们偷偷摸摸买这么多房子干啥？你那

三个姐妹都还在挣扎着还房贷。"

"我也不知道啊。那把市里的给他们吧。但是我也没有产权证,都是火旺弄的,我是真不知情啊。"温雅黛辩解道。

温国栋从来就是一个干脆的人,打开房门走出来,对几个人说道:"钱也确实拿不出来,市里那套房子抵给你们吧!你们看行不?"

"你在开玩笑吧?杨火旺市里的房子是个小户型,才50多平方米,按市场价顶多值五六十万。荣平的三套房也不值什么钱,加起来顶多值六十万,这才一百二十万左右。还有那个厂,我们也去看了,机器那么破,顶多值八十万,全部加起来算两百万吧。"那个男的慢条斯理地说道。

"你们!你们……"温国栋一阵头晕目眩,倒在了地上。

"爸,爸……你不要吓我啊……"温雅黛扑过去哭了起来。

几个男的看了一眼,互相使了个眼色,拿出借条的那个男的说道:"明天我们还会来,你们考虑一下,最好是给我们现金,我们也不想要房子和厂子,变现也很麻烦。"说完,几个人扬长而去。

就在温雅黛慌乱地拨着120的时候,温国栋醒了过来,看到温雅黛在拨打急救电话,赶紧说道:"别,别打了。"

温雅黛见温国栋醒了,赶紧蹲坐下来,把温国栋扶坐了起来。

温国栋定了定神,说道:"想办法联系到杨火旺,然后再商量下一步咋办。"温国栋说话的时候已经不再说火旺了,

第十四章 杨火旺失踪了

直接叫杨火旺了，如果杨火旺这会儿在面前的话，估计要挨温国栋一个大耳刮子了。

"我联系不上他，电话打不通。"温雅黛说道。

"他会跟你联系的，如果他还是个人的话。"温国栋生气地说道。

正在这时，温雅黛的电话响了。温雅黛一看，是个陌生号码。

"愣着干什么，接啊，这肯定是杨火旺。"温国栋骂道。

温雅黛赶紧接听了电话。电话那头没有人说话，温雅黛"喂"了好几声，那边才有了动静。

"雅黛，我是火旺。"杨火旺低沉的声音传来。

"你还有脸打电话，你不声不响地走了，欠人家那么多钱，你干了啥事啊！"温雅黛一下子就哭了起来。

"雅黛，你先别哭。你收拾一下，快点来跟我会和，我们不能在荣平待了。"杨火旺焦急地说道。

"跑？我们跑得了吗？上午人家已经上门了，已经盯上我们了。"温雅黛哭着说道。

"厂子和房子给他们，我们不要了，他们不会为难你的。我在市里还有一套房子，我们还有机会东山再起。"杨火旺说道。

"你偷偷买那么多房子干啥？人家都已经掌握了，你赶紧回来吧，要杀要剐，你都要接着。"温雅黛说道。

"我不能回去，那帮人饶不了我。厂子和房子不要了，

产权证就在高箱床下面的一个绿色袋子里,你给他们吧,他们不会为难你的。"杨火旺说道。

"你一个人跑了,我们娘仨可怎么办啊。"温雅黛继续哭道。

电话那头陷入了沉默,过了一会儿,电话断掉了。温雅黛回拨过去,发现关机了。

第十五章 温雅黛搬回娘家

"您拨打的电话已关机……"沈敏玲的电话里响起了冷冰冰的电子音,不知道拨了多少遍杨火旺的电话,永远都是这个声音。

"当时我就反对你把钱一股脑儿都投进去,现在可好了,血本无归。"沈敏玲对着温国栋抱怨道。

"妇人之见,你不要说了。要是杨火旺走正道,效益还是很好的。"温国栋讲起来明显有点底气不足,没有平时的声音大。

"那现在怎么办?火旺人也跑了,人也联系不上了。"沈敏玲说着话就要哭出来,"我们也没那么多钱周转啊。要不咱们报警吧?"

"报什么警?还不够丢人吗?人家白纸黑字的欠条,你报警也没有用啊。"温国栋没好气地说道。

"我听说他们这种情况有可能是设局的,报警怎么没用?"沈敏玲回怼道。

"这事你先不要管了,现在雅黛家的产业勉强可以抵债,就让她拿去抵债吧。我们息事宁人。"温国栋有气无力地说道。

二宝协奏曲

"那雅黛娘几个怎么办?要不让他们回来住?三楼那一层给他们,反正咱们房子够住。"沈敏玲心疼自己的女儿,试探着说道。

"回来住也不是不可以,但是你忙乎得了这么一大家子吗?光做饭洗碗你都受不了。"温国栋惆怅地说道。

沈敏玲也陷入了沉思,现在自己的女婿跑了,女儿能不能跟他过下去还是个问题,况且雅黛公婆也不怎么带孩子,雅黛在那边肯定受罪。想到这儿,沈敏玲说道:"回来吧,辛苦一点就辛苦一点吧,权当上辈子欠她的吧,从小就不让人省心,长大了更让人操心。"

"那你跟她说一下吧,到时候我过去接他们回来。"温国栋说着,不自觉地从烟盒里抽出了一支烟。

沈敏玲本来下意识地就想把烟夺下来,不让温国栋抽,正要伸手又停住了,心下暗叹一声:"抽吧,这老温心里难受,抽两根心里会好受点。唉,这个杨火旺,作孽啊。"

第二天,温国栋就把温雅黛和两个孩子接了回来,请自己厂里的几个工人弄了辆小卡车,把东西也搬了搬,算是搬回来住了。

温雅黛带着儿子杨旭升、女儿杨璐菁回来住,全家最高兴的就是吴云飞,因为他觉得他有伴儿了。

当天下午放学后,吴云飞就拉着杨旭升和杨璐菁的手到自己四楼的房间玩了起来,把玩具摆了一地,让他们两个随便玩,杨旭升和杨璐菁也是玩得非常开心。虽然他们俩不明

第十五章 温雅黛搬回娘家

白妈妈为什么天天以泪洗面，但是他们知道肯定是因为自己爸爸的原因，因为每次他们问妈妈，爸爸去哪里了，都会被妈妈骂一顿，让他们不要提爸爸。跟吴云飞在一起玩真的很开心，因为吴云飞很懂事，懂得分享。吃完晚饭，三个孩子又凑在一起玩了起来。

"旭升、璐菁，下来洗澡睡觉了。"温雅黛站在三楼喊了一嗓子，叫两个孩子下来。

"妈，我们再玩一会儿，等下就下去。"杨旭升应道。

"我让你们下来，听见没有！作业还没做完，玩什么玩？"温雅黛声音更大了。

"妈，我作业做完了，我可以玩一会儿吗？"杨璐菁回答道。

"你们两个都给我下来，听见没有？！"温雅黛的声音又提高了几分。

"姨妈，你跟我妈说一下，我们还想跟云飞玩一会儿。"杨旭升可怜巴巴地看着温雅晴说道。

温雅晴看了看三个孩子，无奈地耸了耸肩，但是看着几个孩子眼巴巴的眼神，她还是走到了房门口，对着下面说："雅黛，再让他们玩十分钟吧，很快就下去。"

"不行！现在马上下来！要不然今晚就不要下来了！"温雅黛吼了起来。

温雅晴被温雅黛吓了一跳，回头看了看被吓得够呛的杨旭升和杨璐菁，轻声对他们说道："你们赶紧下去吧，你妈

二宝协奏曲

妈发飙了,你们下去乖一点。"

"姨妈,我妈会打我们的,我怕。你看,我胳膊还是紫的。"杨旭升胆怯地说道,说完撸起了袖子。

温雅晴一看,果然有好几个紫色的印痕,她轻轻摸了摸,说道:"快下去吧,要不然你妈妈更生气了,我也没办法啊。"

杨旭升和杨璐菁垂头丧气地下了楼。

"磨蹭什么呢,你们两个磨蹭什么呢?四楼是天堂啊,三楼是地狱啊,喊半天都没反应,你们两个是不是长本事了?走快点!"温雅黛大声地呵斥着杨旭升和杨璐菁。

"砰"的一声,三楼的房门重重地关上了。

吴云飞看着温雅晴,说道:"妈妈,三姨妈好可怕,我以后不去三楼玩了。"

温雅晴轻轻揽过吴云飞,轻轻地摸了摸他的脑袋,说道:"咱们过段时间去榕州跟爸爸相聚,我们有自己的新房子了。你这段时间要好好跟旭升和璐菁玩,他们跟你在一起很快乐。"

"嗯,我跟他们一起玩也很开心。我以前都是一个人玩的,好无聊的。对了妈妈,你肚子里的宝宝什么时候可以出来跟我玩,我都有点等不及了。"

"等过了春节,你再大一岁,二宝就出来了。你要好好吃饭,快点长大,这样才是一个大哥哥,你就可以抱动二宝了。爸爸妈妈也可以轻松一些了。"温雅晴说道。

"嗯……"吴云飞似懂非懂地点了点头,"那我们什么时候去新家?那里有我的同学吗?我的同桌是19号,她叫陈

第十五章 温雅黛搬回娘家

橙然，我很喜欢跟她一起玩，如果我们去新家，她会不会也过去上学？"

温雅晴被吴云飞一连串的提问整得有点蒙了，不知道怎么回答了。想了一下，温雅晴说道："儿子，你不管去哪个学校上学，班里都会有一个19号，而且也有很多像陈橙然一样可爱的小伙伴。"

"我就要陈橙然当我的同学，我才不要很多，我只要这一个。"吴云飞说着说着就要哭了。

温雅晴有点哭笑不得，赶紧说道："我们现在还在这边上学啊，你还可以天天见到陈橙然呀，我们周末的时候约陈橙然出来玩，你看可以吗？"

"那你明天就约，我们一起去公园玩，对了，不去公园玩了，我们带她去你学校操场那个沙坑玩沙子，好不好？"吴云飞瞪着大眼睛看着温雅晴说道。

"好好好，妈妈明天就约陈橙然，到时候你们到妈妈学校那个沙坑玩。那你现在要去刷牙洗脸了，妈妈一会儿给你讲巴布工程师的故事好吗？"

"好——"吴云飞拉着长音高兴地答道。

二宝协奏曲

第十六章 温雅黛棍打吴云飞

一个周末,连续下了几天雨的荣平县迎来了一个难得的大晴天。吴云飞、杨旭升和杨璐菁在一楼大厅玩着积木,不时响起欢快的笑声。

"旭升、璐菁,你们快点,我带你们去看电影。"温雅黛挎着个小包从二楼旋转楼梯边往下走边喊道。

"我不去!"杨旭升和杨璐菁异口同声应道。

"票都买了,快点,走吧。"温雅黛继续催促道。

"妈妈,我不想去,我想跟云飞在家玩。"杨璐菁倔强地说道。

"昨晚不是说好的吗?票买了怎么能不去看?"温雅黛有点不耐烦了。

"我就是不想去看电影,我也要跟云飞在家玩。"虽然杨旭升经常挨温雅黛揍,看到杨璐菁这么坚持,也壮着胆子说道。

"三姨妈,你就让他们在家玩吧,我们哪里也不去,在家玩也挺好的。"吴云飞也帮着说道。

"就是因为你!要不是你,旭升和璐菁怎么会不愿意跟

第十六章 温雅黛棍打吴云飞

我去看电影！旭升、璐菁，你们两个跟我走，以后不许跟他玩。"温雅黛气急败坏地说道。

"我不去，我就不去！"杨璐菁继续坚持道。

"再问你们一句，去不去？"温雅黛有点歇斯底里了。

"不去！"杨璐菁梗着脖子说道。杨旭升在后面拉了拉杨璐菁，但是毫无作用，他知道温雅黛会发飙的。

温雅黛怒火中烧，回头一看，看到了一个晾衣撑杆，随手举了起来。

杨旭升被温雅黛打怕了，他知道温雅黛会真的打他们，于是他立马就开始往外跑，也顾不得拉杨璐菁和吴云飞。杨璐菁没想到温雅黛会真的打她，于是就站在那里瞪着眼睛看着温雅黛。

温雅黛本来是想拿棍子吓唬吓唬他们，可是没想到杨璐菁居然无视自己的威严，火呼呼地往上蹿，就拿棍子往杨璐菁身上抽去。

说时迟那时快，吴云飞看着棍子要落到杨璐菁身上的时候，一把把杨璐菁推开了，可是棍子却无情地抽在了他的胳膊上。这一棍子可真狠啊，吴云飞马上就感到了一阵火辣辣的疼痛。吴云飞眼睛红红地含着泪水，紧绷着嘴唇，毫不示弱地盯着温雅黛。

温雅黛更生气了，想到自己两个孩子跟自己越来越疏远，一有机会就跑过去跟吴云飞玩，一点都不黏自己了，脑袋一热，又是一棍子抽了过去。杨璐菁大哭着喊道："别打了，我跟

你去看电影,你别打云飞了。"说着,杨璐菁挡在了吴云飞的前面。

最终,这一棍子,温雅黛没有再抽下去,不是心疼杨璐菁,而是被她保护吴云飞的样子震住了。

"云飞,你怎么了?雅黛你在干什么啊?!"沈敏玲本来在楼顶洗衣服,听到楼下的动静赶紧下来了,就看到杨璐菁和吴云飞与拎着棍子的温雅黛对峙着。

看到沈敏玲,吴云飞再也憋不住了,"哇"的一声哭了出来,"外婆,我胳膊疼。"

沈敏玲一步跨两三个楼梯往下走,走得太快,差点摔倒。跑到温雅黛的身边,一把把棍子夺了下来,扔到一边。蹲下来撸起了吴云飞的袖子,发现一道红红的印痕,心疼得一下子眼睛就红了。

沈敏玲站起来,用手指头点着温雅黛的额头,咬着牙说道:"你呀你,你打自己孩子下得了手,雅晴的孩子你也下得了手,等雅晴下班回来怎么交代啊?真是作孽啊!"说着,眼泪就掉了下来。

吴云飞看沈敏玲哭了,连忙说道:"外婆,我不疼了,你不要哭了。"

"好孩子,外婆心疼你啊。"沈敏玲看着吴云飞胳膊上的红印痕,气不打一处来。

温雅黛本来还有一点点内疚,看到沈敏玲护着吴云飞,心里又开始不爽了,一把拉过杨璐菁,说道:"走!"杨璐

第十六章　温雅黛棍打吴云飞

菁挣扎了一下,还是顺从了。一直躲在门口偷瞄的杨旭升也被温雅黛拉走了。

"云飞,走,外婆带你去看医生去。这个雅黛,也真下得了手。你妈回来咋说啊。唉……"沈敏玲担忧地说道。

"外婆,我不疼了,你看,我胳膊还可以活动。"说着,挥舞了一下自己的小胳膊,嘴角不自然地抽了一下,还是有点痛的。

沈敏玲看在眼里,痛在心里,真的为这个懂事的外孙感到欣慰。沈敏玲还是不放心,带着吴云飞到了街上一家外科诊所,医生仔细检查了一下,表示骨头没事后,沈敏玲才放下心来。沈敏玲想了又想,觉得应该瞒着这个事,毕竟温雅晴还挺着大肚子,如果知道了又要伤心,动了胎气就不好了。

"云飞,你晚上跟外婆睡好不好,让妈妈休息休息,外婆也可以给你讲故事。"沈敏玲说道。

"不行啊,妈妈昨天讲的巴布工程师还没讲完,今天要给我讲'救救小刺猬'呢。"吴云飞直接拒绝道。

沈敏玲继续引导道:"你晚上跟外婆睡的话,我给你看巴布工程师的视频,比妈妈讲得还好听。"

"真的?!那我跟你睡。你跟我妈妈说好吗?我怕她不同意。"吴云飞一听有视频看,立马同意了。

"好,一会儿你妈妈回来,我跟他说,你胳膊这个红印不要跟妈妈讲啊,明天一早就能好了。"沈敏玲接着说道。

"嗯。我不跟妈妈说。我很勇敢的。我现在已经不疼了,

医生也说没事了。"吴云飞很懂事地说道。

当天晚上，温雅黛和她的两个孩子没有回来吃晚饭，沈敏玲最担心的是吴云飞会告诉温雅晴自己被打的事，所幸的是吴云飞并没有把这件事说出来。

吃完饭以后，吴云飞就缠着外婆讲故事了，还推着温雅晴让她上楼去，不要打扰自己和外婆，弄得温雅晴感觉很诧异，但是又说不出哪里不对劲。

温国栋最近很少在家吃饭，生意也不是太顺利，在外面应酬也变多了。沈敏玲每次都劝温国栋不要太拼了，年纪这么大了，也该歇歇了。但是温国栋不太听劝，因为被杨火旺抽走那么多资金，贷款还有个大窟窿要去填，不由得温国栋不去拼。

沈敏玲给吴云飞讲了一会儿故事，口干舌燥的，于是把电视打开播放《巴布工程师》给他看。吴云飞看得津津有味的，不时发出咯咯咯的笑声。

沈敏玲又一次拨打了杨火旺的电话，依旧是"您拨打的电话已关机……"看着窗外，沈敏玲叹了口气，心道："火旺这孩子在外面也吃苦啊，有事大家一起扛，你这跑路算是啥事啊。弄得一大家子现在乱哄哄的。"

第十七章 温雅晴再次晕倒

荣平县是一个海拔六百米的小山城。夏日的荣平总是黏糊糊的,弥漫在空气里的燥热和潮湿把人裹得密不透风。天地被炽热的阳光照得通明,厚重的柏油马路蒸腾起带着沥青味的热气。

以往,温雅晴都是骑着自行车上下班,现在肚子一天天大起来了,她感觉骑自行车不够安全,于是就走路上下班。下午下班后,温雅晴照常打着个遮阳伞往家里走去。走着走着,温雅晴感觉眼前一片恍惚,心道"不好",连忙四周看了下,找可以休息的地方,可是四周却空荡荡的,甚至连个阴凉的地方都没有。温雅晴的头实在是有点晕,只好一只手撑着伞一只手扶着被太阳晒得有点烫手的墙壁。

再一眨眼的工夫,温雅晴眼前一黑,歪倒在了地上。

等到温雅晴再次睁开眼睛的时候,又是熟悉的一幕。沈敏玲在床边抹着眼泪,校长于仲桂和英语教研组长张静宜也在床边焦急地踱着步。

"雅晴,你醒了。你感觉怎么样?"沈敏玲惊喜地喊道。

"我怎么到这里了?于校长,静宜姐,你们也来了。"

温雅晴虚弱地问道。

"你晕倒在路边了,还好过路的行人看到了,打了120,把你送到了医院,要不然……"沈敏玲说着又要哭了。

"雅晴,你感觉咋样?你这下可是把我们吓坏了。"于仲桂说道。

"肚子里的孩子咋样?"温雅晴来不及回答自己的感受,先想到了肚子里的孩子。

"医生说没啥问题,要注意观察。倒是你咋又晕倒了?"沈敏玲问道。

"可能是天气有点热吧,还有点孕期的低血糖,最近一段时间我已经很注意了,包里都会放着糖。"温雅晴说道。

"雅晴啊,你看还有一个月就要高考了,你带的那个班,我们可是给予厚望啊。你先安心养着,班上有没有啥不放心的,我们先安排人去做。"于仲桂关心地问道。

"我这是老问题了,没事,生第一胎的时候也晕倒过几次,你们不用担心。我休息一下就可以上班了。今天下午有个模拟考试,可能需要帮忙看着点。"温雅晴也知道于仲桂校长虽然很关心自己,但是更加放心不下学生。

"好的,我们到时候统一考试,会找人看着点,现在学生已经很自觉了,没人去偷瞄别人了。"张静宜说道。

"那就好,其他没啥事。我明天早上还有两节课。我应该可以上班了,于校长、静宜姐,你们放心吧。"温雅晴说道。

"雅晴,咱能不能多休息几天啊,你这个样子教毕业班,

第十七章　温雅晴再次晕倒

强度会不会太大啊。"沈敏玲也知道劝不住温雅晴，还是想让她多休息休息。

"我真的没事，一会儿观察一下，我就可以回家了。放心吧，我自己的身体，我很清楚的。"温雅晴捏了捏沈敏玲的手说道。

"于校长、静宜姐，你们放心吧，我明天准时上班。"温雅晴对着于仲桂和张静宜说道。

"好！好！好！"于仲桂连说三个好字，"我替你班上的学生谢谢你了，这一个月很关键，别的我也不多说了，雅晴你要是真扛不住，你要说啊，千万别硬撑。"于仲桂说道。

"嗯，放心吧，我不为自己考虑，也要为肚子里的二宝考虑啊。学校这么忙，你们不用在这里陪我，先回去吧，我妈在这里就行了。"温雅晴说道。

"好，那我们先回去，你要保重身体。"于仲桂和张静宜叮嘱了一遍就走了。

当天下午，温雅晴就离开医院回家了。沈敏玲拗不过她，本来还想让温雅晴在医院再待一晚观察一下。

晚上吃完饭，本来沈敏玲还想让吴云飞在二楼睡，这样温雅晴可以好好休息一下，可是吴云飞还念叨着要听妈妈讲故事。不过，吴云飞还是在二楼跟外婆玩了一会儿，这才风风火火地跑到了四楼妈妈的房间。

一进房间，吴云飞就对着温雅晴说道："妈妈，我刚才从外婆房间飞奔上来的，累得我气喘呼呼的。"

温雅晴一愣,连忙纠正道:"云飞,那个叫气喘吁吁,不叫气喘呼呼。"

"嘘嘘不是小便吗?"吴云飞瞪着大眼睛说道。

温雅晴哭笑不得,解释道:"这个气喘吁吁的'吁吁'和小便的那个'嘘嘘'是不一样的。记住了吗?累得直喘粗气,叫作气喘吁吁。"

"噢,我以为跑得累了要大口呼吸,所以叫气喘呼呼,我记住了,叫气喘'嘘嘘'。哎呀,我要去小便。"吴云飞说完就跑进卫生间。

温雅晴被吴云飞逗乐了,笑道:"你这孩子,还挺有幽默感啊。"白天的疲惫被吴云飞这一逗,一下子烟消云散了。

就在这时,三楼传来了杨旭升的哭喊声:"我错了,我再也不玩游戏了,我马上做作业。"

"你给我跪下!"温雅黛大声地吼道。

"妈,别打我,我知道错了,我再也不碰电脑了。"杨旭升哭着求饶道。

"不打你,你想得美!"温雅黛说完,手里的小棍子就往杨旭升身上招呼了上去。

"啊……啊……"三楼传来了杨旭升的惨叫声。

"雅黛,你把门开一下。"沈敏玲听到杨旭升的哭叫声,连忙跑到了三楼敲门。

"你们都不要管,看我今天好好收拾他。都快期末了,还一天到晚就知道玩,作业也不做。"温雅黛大声说道。

第十七章 温雅晴再次晕倒

"我不会做,我用电脑查一下。"杨旭升哭着说道。

"查解题方法?"温雅黛说着,又是一棍子招呼了上去,"不会做就去查,你这不是作弊吗?你不会好好想想啊!"

"我想不出来,做不出来啊!"杨旭升哭着说道。

"那你在学校干啥了?都是课本上的东西,你为什么不会做?"温雅黛越说越气,又是一棍子。

"妈,怎么办?门被反锁了。"温雅晴也从四楼来到了三楼,看到沈敏玲待在门口,凑了过去小声问道。

"唉,我也不知道咋办,雅黛有时候下手也没个轻重,万一把孩子打坏了咋办?"沈敏玲担心地说道。

"这样子不行啊,我敲敲。"温雅晴说完,敲了敲门,喊道,"雅黛,你把门开一下,好吗?"

"不用你们管,你们都走开。"温雅黛说着,又是更重的一棍子下去。

"雅黛,你冷静点,别把孩子打伤了。"沈敏玲在门外急得团团转。

"妈,我们别敲门了,雅黛最近精神有点恍惚,我们别说话,越说越刺激她。"温雅晴拉住了沈敏玲要敲门的手。

果然如温雅晴所料,过了一会儿,温雅黛平静了一些,杨旭升也没有再哭叫了。沈敏玲和温雅晴对望了一眼,不约而同地叹了口气,各自回房了。

二宝协奏曲

第十八章 联系上杨火旺了

临近高考,温雅晴更加忙碌了,经常把一些工作带回家来做。最近温雅黛情绪不稳定,温雅晴也不敢让吴云飞到楼下跟杨旭升和杨璐菁玩,总怕温雅黛忽然发作,伤到孩子。

"妈妈,你跟我玩会儿吧,不要改卷子了。"吴云飞可怜巴巴地拉着温雅晴的衣角说道。

温雅晴正在统计分数,被吴云飞这一打岔,又算错了,于是没好气地说道:"滚到一边去,玩你的玩具去,妈妈再过几分钟陪你玩。"

"扑通……"吴云飞立马躺到了地上,滚到了远处,拿起玩具玩了起来。

温雅晴被吴云飞的这一波操作惊呆了,忍俊不禁。

温雅晴抓紧时间把手头的活儿干完了,过去坐在地板上陪吴云飞玩了起来。吴云飞立马开心了起来。

"妈妈,今天是几月?"吴云飞问道。

温雅晴被吴云飞搞蒙了,连忙纠正道:"云飞,要问今天是几号或者几日?记住了吗?"

"你上次不是说二月份二宝就会出生吗?"吴云飞说道。

第十八章　联系上杨火旺了

温雅晴现在才明白，吴云飞是想着二宝早点出生，于是摸了摸吴云飞的脑袋，说道："快了快了，等到妈妈坐不下来跟你玩的时候，二宝就可以出来陪你玩了。"

"噢，妈妈，你用手机给我放故事听吧。"吴云飞说道。

"嗯，好的，你想听什么呢？"温雅晴说道。

"我想听《巴布工程师》。"吴云飞说道。

"没问题，妈妈给你放。"温雅晴用手机给吴云飞播放《巴布工程师》。

听了一会儿，温雅晴的手机快没电了，时间也不早了，温雅晴想让吴云飞睡觉，于是说道："云飞，我们该睡觉了，手机要没电了。"

"妈妈你等一下。"吴云飞立马爬了起来，拿起了空调遥控器，递给温雅晴说道，"妈妈，你看着屏幕亮着，这里面的电池有电，你拿出来先换到手机上，我还想听一会儿。"

温雅晴被吴云飞弄得哭笑不得，只得解释道："云飞啊，手机电池和空调遥控器的电池不一样，不能换的。没事，妈妈给手机充会儿电，你还可以听，你现在去刷牙吧。"

"好，那我现在去刷牙。"吴云飞蹦蹦跳跳地去卫生间了。

温雅晴摸着隆起的肚子，看着开心的吴云飞，自己也开心地笑了。

就在这个时候，二楼沈敏玲挂掉了一个电话，转头小声对温国栋说道："国栋，火旺跟我联系了。"

"什么？他联系你了？他咋说？"温国栋连忙问道。

"他现在在海南省海口市，在帮人家开旅游小巴，每个月有七八千的收入，养活自己没啥问题。"沈敏玲说道。

"那他有没有说以后怎么办？雅黛跟两个孩子怎么办？"温国栋说道。

"那倒没问，他好像很忙，都没来得及说几句就挂了。"沈敏玲不好意思地说道。

"号码给我，我来问他。"温国栋不高兴地说道。沈敏玲把杨火旺的新号码给了温国栋。

温国栋二话不说，立马拨了过去，可是铃声响了很久，却没人接听。温国栋不死心，又拨了一通，最后接通了。

电话里传来了杨火旺的声音："爸，我都没脸接你的电话。"

"没脸接，你还接？"温国栋气不打一处来。

"爸，我现在努力挣钱，争取早点把钱还上。"杨火旺唯唯诺诺地说道。

"还钱，你开车能赚多少钱？你拿什么还钱？"温国栋训斥道，"出了事，你一个人跑了算什么男人，留下老婆孩子帮你收拾烂摊子，你还有脸打电话？"

"爸，现在雅黛和两个孩子咋样了？雅黛不接我电话。"杨火旺小心地问道。

"现在我连骂你的心情都没有了。雅黛和两个孩子都在我这边，你那边的房子都给人家了。你怎么那么糊涂啊。"温国栋无力道。

第十八章 联系上杨火旺了

"都是我的错,好好的家……唉……"杨火旺叹口气说道。

"现在说什么都晚了,你下一步什么打算?还准备回来吗?雅黛和两个孩子怎么办?"温国栋问道。

"我没脸回去啊,爸,我还欠你那么多钱,还有雅红、雅芳、雅晴他们都投钱到我厂里,等我有钱还他们,我再回去吧。"杨火旺说道。

"有事情大家一起扛,等你想明白了,就回来再说吧,雅黛那边你还是要想办法多安慰,毕竟夫妻一场,还有两个孩子。你还是要负起这个责任。开小巴赚钱太慢了,你想办法考个A证,开大货车赚钱快点,虽说比较辛苦。"温国栋说道。

"爸……我……我真的没脸回去了。让雅黛跟我联系一下,我和她……还是……还是离了吧,我也不能耽误她,她还年轻。"杨火旺哽咽着说道。

"你们两个的事情,你们自己解决。等你想清楚了再说吧。"温国栋说道。

"爸,欠你们的钱,我会还你们的,但是得给我点时间。"杨火旺接着说道。

"钱能解决的事情,都是小事,你现在最紧要的事情是把雅黛和两个孩子安顿好。这样下去不是办法。"温国栋说道。

"爸,我知道了。辛苦你们了!"杨火旺说道。

挂掉了电话,温国栋久久没有说话,站在阳台看着远方,默默地抽了支烟出来,点着深深吸了一口,喃喃道:"都说浪子回头金不换,也不知道火旺能不能扛过去,如果能够回心转意,要不要再帮他一把?"

沈敏玲看着温国栋寂寥的背影,张了张嘴,还是没有说话。

第十九章 温雅红怀二胎了

在温雅红家，陈志平高兴得像个孩子一样跳了起来，因为刚刚温雅红宣布怀上二胎了，这也让他倍感惊喜。

温雅红姐妹四个人，温雅红排行老大，三个妹妹都已经怀上二胎了，可是她却迟迟没有动静，甚至她都开始催丈夫陈志平去医院检查是不是有问题，每次陈志平都说，第一胎都生了，能有什么问题，再说了在小县城查这个，第二天大家都全知道了，结果就是说什么也不去。

这次一听温雅红说怀孕了，陈志平特别高兴，至于是因为自己没问题还是因为怀了二胎，那只有他自己知道了。但不管怎么样，陈志平是发自内心地高兴。

"志平，你说咱们儿子知道他要有个弟弟或者妹妹，会不会开心？还是说像怡佳那样抵触？"温雅红担心地说道。

"我觉得应该不会，咱家涵涛性情比较温和，不像怡佳那么情绪化。不过，我们还是要好好引导引导，不然可是后患无穷啊。"陈志平虽然嘴上说着不担心，但是心底还是有点拿捏不准。

"你说这事要不要告诉我爸妈，让他们也高兴一下，这

段时间家里被雅黛一家弄得乌烟瘴气的,我爸妈明显都有点显老了。"温雅红说道。

陈志平想了一下说道:"还是别说了,等三个月以后再说。你说了,他们也不见得多高兴。现在我们也很少回你爸妈那边了。那边人太多了,我们一回去,你妈又要忙活半天。"

"是啊,雅黛啥也不干,连孩子也不带,一天到晚不着家,也不知道在干啥。现在她那两个孩子成绩一塌糊涂,以后怎么办啊?受累的还是我爸妈。"温雅红说道,"也不知道杨火旺现在在哪里,上次我问雅黛,她差点跟我翻脸,她不让我提他。现在关键是杨火旺拍拍屁股跑了,我爸还欠了银行一屁股债,当时办厂的时候,还有一部分钱是银行贷款。"

"当时你们几个姐妹一人投进去十万,那钱还是爸妈出的,我估计雅黛跟火旺也不一定知道。这三十万也没听雅黛有个说法,其实就是咱们出的,咱们也不会要了。"陈志平说道。

"这个就先别管了,关键是雅黛和两个孩子怎么办?不能一直这样下去。两个人还能不能过了?虽然是劝合不劝离,但是这个样子不离婚也不是办法啊。"温雅红说道。

"你有空还是要多回家转转,我上次去感觉气氛很不好。云飞那孩子那么可爱,现在也不怎么活泼了。"陈志平担心地说道。

"雅晴的孩子教育得真好,又有礼貌又懂事,雅晴现在确实很辛苦。云飞的变化,还不是因为雅黛,上次打了云飞一棍子,现在雅晴也不敢让云飞跟雅黛那两个孩子玩,怕出

第十九章　温雅红怀二胎了

事啊。雅黛打孩子时候,那可真是没轻没重的。可怜了那两个孩子。"温雅红说着说着就有点哽咽了。

"好了好了,咱不说这个了。你别伤心了,动了胎气可不好。"陈志平一看温雅红有点伤感了,连忙劝道。

一中的教室里,讲台上温雅晴看着台下密密麻麻的学生,心中有点不舍。今天是高考前的最后一天,也是这学期的最后一堂课,也可能是温雅晴这辈子的最后一堂课,因为她已经打定主意,这届学生毕业就准备辞职了,如果以后不当教师,那这节课将会是她的最后一节课。

"老师,你看下黑板。"坐在教室最前排的一个女生小声提醒温雅晴。

温雅晴扭头一看,愣住了。只见中间的一块黑板上写着:

请假条

尊敬的温老师:

我们因即将高中毕业,特向您请假,请假时间从2016年7月9日至永远。望批准。

高三七班全体同学
2016年7月6日

黑板的右侧,密密麻麻地填满了学生的签名。

"全体起立。"班长喊了一声。全班同学齐刷刷地站了

起来。

"老师,您辛苦了!"全班同学齐声说道。

看着教室里真诚的学生们,温雅晴眼圈微微泛红,嘴唇微微颤抖,用有点哽咽的声音说道:"快坐下吧。"然后拿起粉笔,转身在黑板上写下了"同意"两个字,犹豫了一下,又在"同意"的前面加了个"不"字。

班里几个泪点低的女生,已经开始小声啜泣起来。

温雅晴稳定了一下情绪,她清楚地知道,现在不是煽情的时候,最需要的是让大家稳定住情绪,才能够在高考的战场上稳定发挥。想了一下,说道:"同学们,如果我对你们说,高三的天空是碧空万里,霞光万丈的,没有乌云遮日,没有狂风暴雨。请问我说出来你们相信吗?当然,答案必然是否定的!相反,你们刚刚经历了高三,高三的天空中时常有电闪雷鸣,高三的河流总会有惊涛骇浪,高三的道路上必定是荆棘丛生,而这些却合成了惊心动魄的高三交响乐。我们都知道,经受得住狂风暴雨的袭击,松柏才会更加青翠。经受得住严寒的磨炼,百花才会分外娇艳。我很欣慰地看到了你们的成长。要知道,经受得住高三的砥砺,生命之树才会郁郁葱葱。"

顿了一下,温雅晴继续说道:"今天我想问大家一件事,作为中国规模最大的考试的参与者,高考对我们来说究竟意味着什么?可能大家会说是优异成绩,它支撑我们上一个好的大学,但是我想说这只是其中一小部分,我们无法用成绩

第十九章　温雅红怀二胎了

作为评价人的唯一标准。所以高考只能影响人的一生,并不能决定人的一生。那是不是意味着,分数就不重要?如果你得出这样的结论,那就说明你还没有意识到高考真正的意义。高考不能决定我们的一生,但起码可以决定我们未来四年,甚至是未来七年平台的高低,也可能更为久远。"

温雅晴看着台下的学生们,她知道这个时候要让学生们放下思想包袱,不能把弦绷得太紧,于是说道:"我们不可以忽略一个事实,北大为学生提供的资源,要远远好于其他学校提供的资源。换句话说,如果你在一本学校,你遇见的同学可能更成功。当你在二本的某师范学校,你遇见的同学可能是未来的马云。而高考所给予我们的是一次公平竞争的机会,无论你将来处在怎样的人生高度,这次考试都将是你的一次人生际遇,但这并不是决定因素,未来能到多高、能走多远,还有很长的路要走。现在你们需要做的就是,放轻松,发挥出自己的水平,只有在稳定发挥的情况下,才可能超常发挥。"

温雅晴接着说道:"考上大学,绝不是一个终点,而是一个全新的起点,这些话本来应该你们的大学老师来讲。但是高考完你们就将迎来一个三个月的长假,作为一名过来人,我真的很希望你们能够珍惜这三个月。未来的就业趋势,本科已经是最基本的,很多好一点的单位、公司都要求硕士研究生学历了。俗话说,'不怕同学是学霸,就怕同学放暑假。'千万不要放松,甚至放纵。"

二宝协奏曲

  温雅晴喝了口水,用手臂撑着讲台继续说道:"不要在该奋斗的年纪选择安逸,一分耕耘一分收获,不去耕耘绝对没有收获。当你觉得学习太苦太累的时候,你渴望外面的花花世界、渴望手机、渴望游戏。可是手机能带给你一时的欢乐,却不能带给你一世的欢乐!很多时候,你们在学习的道路上难免会产生孤独感,仿佛外面的灯红酒绿、欢声笑语与我们无关。你们所见到的只是白花花的试卷,写不完的题、听不完的课。但是你们始终要知道,我们并不是孤独的,因为在你们身后会有一群陪伴着你们的老师,默默关心你们的家长。你们那些咬牙坚持的瞬间,你们那些奋笔疾书的时刻,我们都记在心中。青春无悔筑华章,纵然高考如千军万马过独木桥,但是你们在奔赴独木桥的那条路上,始终有老师、家长的陪伴。我希望你们能勇往直前,迎来属于你们自己的人生!"

  教室里响起了经久不息的掌声……

第二十章 温雅晴辞职

三天的高考真的很快,一眨眼,随着最后一科的交卷铃声响起,到各个学校参加高考的学生也陆陆续续回到了一中,整个学校逐渐沸腾了起来。

温雅晴没有去班上,饶有兴趣地走在校园的林荫道上,她看到有人在相互告别,微笑话别,有人在抱头痛哭……

不知不觉就走到了高三的四层教学楼的楼下,这里已经成了狂欢的海洋。从一楼到四楼,同学们在宣泄着青春的活力,无数的纸片从空中如雪花般飘落,地上已经铺满了厚厚的一层纸屑。

"毕业啦……毕业啦……"一阵阵的"雪花"继续飘着……

就在这个时候,校园的广播里放着歌曲《祝你一路顺风》。

"那一天知道你要走,我们一句话也没有说……最亲爱的朋友,祝你一路顺风……"整个校园的人们都在齐唱这首歌,整个校园就像一场盛大的演唱会一样,到处弥漫着伤感惜别的氛围。

广播室的老师把这首《祝你一路顺风》设成了单曲循环,一次次地把这种离别的情愫。

温雅晴轻轻抚着隆起的肚子,也在跟着哼唱。这首歌是送给毕业的高三学生,何尝不是送给她的,因为她的辞职报告已经写好了,准备给学生发完毕业证就递上去。

"温老师好!"就在温雅晴沉浸在这种离别的氛围的时候,一群学生围了上来,正是自己班上的几个学生。

"呀,你们都回来了。咋样?"温雅晴笑着说道。

这群学生七嘴八舌地说着,大体意思温雅晴算是听明白了:"这次考得很顺利,正常发挥。"

"考得顺利就好。过几天成绩出来就可以填志愿了。有没有想去哪个大学?"温雅晴听到大家发挥得不错,也很高兴。

"老师,你是不是要走啊?"有个很俊俏的女生问道,正是温雅晴班上的英语科代表。

"你们都知道了?是啊,我想去榕州。你们师公一个人在那里,我带孩子过去和他团聚。"温雅晴说道。

"那你以后还教书吗?我太喜欢你的课了,你的发音是我见过最准的,听着好舒服。"有个同学说道。

"你们到了大学,会见到更加优秀的老师,那时候你们就会发现,高中的老师只是你们学习生涯中的昙花一现。"温雅晴谦虚地说道。

"老师,您太谦虚了。我们不是小孩子了,好坏还是分得出来的。我也想报师范专业,老师你觉得我们省的师范大学怎么样?"英语科代表问道。

第二十章　温雅晴辞职

"以你平时的成绩,完全可以考上。但是我不建议你上这个大学,你可以报更好一些的学校。等成绩出来,我再跟你一起研究一下。"温雅晴笑着说道。

"老师,你给我签个名吧。"一个学生从书包里抽出了个本子递了过来。

"我也要签名,我也要签名……"一群学生一看有人要签名,大家一起抢着说道。

"老师又不是大明星,签啥名啊。"虽然嘴上说着,温雅晴还是接过了本子,认认真真地写上了自己的名字,然后想了一下又写了一句"做最好的自己!"

"谢谢老师!谢谢老师!"拿到签名的同学如获至宝。

"老师,你签我衣服上吧,我没拿本子。"一个平时很调皮的学生凑了过来。

"那不行,我签你手背上吧,你可以拍照留念。"温雅晴说着在那个学生手背上签上了自己的名字。

"我这只手以后就不洗了。"调皮的学生说道,引来了大家的哄笑。

跟学生们调笑了一会儿,温雅晴伤感的情绪也似乎淡了很多。跟学生们道了别,温雅晴继续在校园踱着步,一些学生看到她还是会热情地打着招呼。温雅晴很享受这种感觉,觉得自己的付出没有白费,得到了应有的尊重。

正在路上走着,遇到了教研组的张静宜组长。"雅晴,领导对你还是非常满意的,本来下学期想让你再教一届,但

是你怀有身孕,还要休产假。我们考虑让你先教高二,你看咋样?"张静宜说道。

"组长,谢谢你们为我考虑。我还没来得及向你们报告,我准备辞职了。"温雅晴不好意思地说道。

"什么?!辞职?干得好好的,为啥要辞职?"张静宜有点难以置信。

"那个……组长,真对不起。我知道你们对我好,可是我跟我先生两地分居太久了,现在工作调动太难了,我只能辞职跟他团聚。原来他在大西北,现在调回到榕州了,我可以带孩子过去,然后找个工作干干,也算是一家人团聚了。"温雅晴说道。

"这样啊,那你现在辞职,工龄啊什么的都没有了。到那边都要从头开始。"张静宜惋惜地说道。

"管不了那么多了,鱼与熊掌不能兼得,总得有所舍弃。我辞职报告都写好了,本来想晚些天再递上去,那我今天就递上去,你也帮我说说。"温雅晴不好意思地说道,总感觉有点对不起张静宜。

"我支持你。你拿着辞职报告,我跟你一起去说。教研组的事情你不用担心,我们想办法解决,不知道现在招老师来不来得及。走吧,咱们赶紧找校长去。"张静宜是个雷厉风行的人,立马拉着温雅晴去了办公室。

在于仲桂校长办公室,温雅晴递上了辞职报告,说了自己想辞职的想法。

第二十章　温雅晴辞职

　　于仲桂也很震惊，但是张静宜也在旁边帮着温雅晴游说着。

　　于仲桂也是再三挽留温雅晴，但是温雅晴去意已决，最后于仲桂耐不住温雅晴和张静宜的连番轰炸，也在辞职报告上签了字。

二宝协奏曲

第二十一章 榨蛋

温雅晴班级的高考成绩出来了,引起了全校的轰动,创造了荣平一中近十年新的纪录——全班55个人全部都过了本科二批录取分数线,上一本线的人数达到了21人,其中一人夺得了市高考理科状元,并考上了清华大学。这让温雅晴非常欣慰,也算是为她在荣平一中的教学生涯画上了一个圆满的句号。

温雅晴辞职的事情很顺利,荣平县教育局也开会通过了她的申请。于仲桂校长还专门召集了高三年级的一些老师为温雅晴饯行,席间大家互诉衷肠,也让温雅晴数度落泪。真的要走的时候,就难免有太多的不舍,毕竟是曾经真情付出、倾力奋斗过的地方,有汗水、有泪水,更多的是收获。

安顿完学校的事情,没过几天,吴云飞的幼儿园也放假了。吴宏伟也专程从榕州借了辆车赶了回来,接上温雅晴和吴云飞一起回榕州。

在回榕州的路上,温雅晴对吴宏伟说道:"宏伟,我们也买个车吧,在城市里没个车也不方便,不能老借别人的车。周末,我们也可以开车出去玩,如果没车就不方便了,我们

第二十一章 榨蛋

的活动半径也会小很多,你说是不是?"

吴宏伟没有接温雅晴的话茬,想了一下说道:"咱们再攒点钱,等二宝稍微大点再买吧,现在要还房贷,你刚刚辞职,正是用钱的时候,我们先稳一稳。"温雅晴本来就很知书达礼,一听吴宏伟说得有道理,也就没有反驳。

车里陷入了短暂的安静。只听"噗"的一声。吴云飞在车里放了个响屁,一股臭鸡蛋的味道在车厢里弥漫,吴宏伟被熏得方向盘都有点抓不稳了,赶紧把车窗打开了一条缝。

过了一会儿,吴云飞又是"噗"的一声,跟上一个屁有过之而无不及。温雅晴没好气地说道:"儿子,你是不是吃炸弹了,怎么连着放啊,还一股臭鸡蛋的味道。"

"是啊,我早上吃炸弹了,榨菜加鸡蛋,不就是'榨蛋'吗?"吴云飞煞有介事地说道。

吴宏伟和温雅晴笑得眼泪都出来了,第一次听说"炸弹"是这样子的。吴云飞不知道爸爸妈妈为什么笑得那么开心,也跟着开心地笑了,车厢里激荡着一家三口的欢声笑语。

就在温雅晴一家三口走后,沈敏玲明显觉得家里一下子冷清了很多,以前小外孙吴云飞总是喜欢黏着她,跑前跑后地帮忙,当然,大部分时候是帮倒忙。现在温雅晴和吴云飞一下子都走了,家里忽然显得有点寂寥。

温雅黛似乎心情很不错,吃完饭后,破天荒地主动要求刷碗,边刷碗还哼起了小曲。

沈敏玲看着温雅黛的背影,心中暗叹一声,忖道:"这

个雅黛前几年虽然有些做作,但心肠还不算坏,这两年被杨火旺刺激一下,脾气很不稳定,有时候脾气上来,简直就是六亲不认。现在雅晴一家走了,她好像心情忽然之间好了不少。管不了那么多了,孩子们能够开心快乐,我也能宽心不少。我现在放心不下的还是火旺这孩子,一个人在外面也不知道过得咋样了。"

"妈,我想去报个瑜伽班,我想学瑜伽。你看咋样?"温雅黛跟沈敏玲说道。

"好啊,去学去学,既锻炼身体,又愉悦身心。你去报吧,妈妈支持你!"沈敏玲一听温雅黛要去学瑜伽,立马赞成,"对了,妈帮你出学费,你尽管去学,好好学。回头我跟你爸说下,把楼上改造一下,给你弄一个瑜伽房。你看咋样?"

"谢谢老妈,你对我真好。"温雅黛搂着沈敏玲的脖子,在脸上"吧唧"亲了一口说道。

沈敏玲看到温雅黛这么开心,也很高兴,笑着说道:"你学好了,到时候也教教我。我早就想去学了,可是看人家都是年轻人在练,我一个老太婆都不好意思去学。正好你学会了教教我。"

"妈,你一点都不老!我不许你这样说。那我一会儿就去报名。老妈你要给我报销学费啊。"温雅黛高兴地说道。

就在沈敏玲和温雅黛母慈女孝、其乐融融的时候,温雅芳的家里一场家庭战争正在爆发。

"你就知道玩游戏,薇薇的学习你不管,二宝的尿片你

第二十一章 榨蛋

不换,还有,你能不能抬眼看一下我,游戏有什么好玩的?"温雅芳抱怨着。

这时,吕伟广的手机里传出了游戏失败的声音。吕伟广放下了手机,不高兴地说道:"我上班赚钱那么辛苦,我回到家稍微休息一下,还不行吗?"

"你这叫休息一下?抱着手机就不放了。前几天二宝生病,我两天两夜基本上没合眼。你倒好,跟单位请了假,说是孩子病了需要照顾。你回来照顾孩子也行啊,你给我的感觉就是难得放个假一样,可以自由自在地玩了。弄得我跟个单亲妈妈一样,你在家里就是个透明人。"温雅芳控诉道。

吕伟广有点赧然,无言以对。因为这两天他玩的游戏本赛季即将结束,他很想圆一下自己的王者梦,因为自己的段位就差一点就能够晋级为最强王者了,自己也确实没怎么照顾孩子。于是解释道:"我这两天不是要奋斗一下,争取晋级为王者,也为自己的游戏画个圆满的句号。我晋级为王者就把游戏删掉,好好陪你们怎么样?"

温雅芳有点哭笑不得,骂道:"你算是彻底着迷了。这个游戏就那么重要吗?你已经是两个孩子的爸爸了,怎么还跟个小孩子一样。"

"你不懂,我跟你说你也理解不了。今天晚上赛季就结束了,我还差三个星就可以晋级王者了,你就让我安安心心地晋级王者吧。"吕伟广说道。

温雅芳被气得七窍生烟,继续骂道:"你说说你,自从

玩了这个游戏,也不出门锻炼身体了,也不管孩子了,有空就是玩游戏,你甚至连碰我都懒得碰了。你说说,你是不是个透明人?出去遛娃都是我一个人去遛。不知道的还以为我是单亲妈妈呢!"

吕伟广听到"单亲妈妈",感觉心神一震,张了张嘴,没有说出话来。

温雅芳继续说道:"自从有了二宝,我连睡一夜整觉都是奢侈。晚上刚睡着,孩子就醒了,你睡得多熟啊。白天,我又得趁孩子小睡的时候洗衣服,洗尿布,收拾家务,给二宝做各种辅食……尽管累成狗,第二天必须满血复活,然后每天周而复始……你都没看到吗?"

"雅芳,你别说了,我把游戏卸载,这真的没啥大不了的。我陪你们,晚上想吃啥消夜?我去给你弄。"吕伟广当着温雅芳的面,把游戏删了。

温雅芳看到这一幕,心头的火气消了大半,佯怒道:"看你行动!先把二宝的裤子洗洗吧,就在阳台盆里泡着。"

"小的这就去办。"吕伟广向温雅芳作了个揖,倒着往阳台走去。

温雅芳被吕伟广的滑稽样子逗笑了。

第二十二章 动物园，我来了

"云飞啊，你觉得妈妈肚子里是个弟弟还是个妹妹？"温雅晴闲着没事跟吴云飞聊着天。

"我想有个弟弟，这样他就可以和我一起玩枪战了，要是妹妹，整天就知道玩布娃娃，我也陪不了她。"吴云飞想了一下说道。

温雅晴有点哭笑不得，笑着说道："那我给你生个双胞胎，一个弟弟一个妹妹，你看咋样？你可以当一个勇敢的哥哥，保护弟弟妹妹。"

"真的吗？你肚子里有弟弟妹妹？我摸摸。"吴云飞兴奋地说道，伸出胖乎乎的小手摸了摸温雅晴的肚子。

"妈妈的肚子里只有一个宝宝。可能是弟弟，也可能是妹妹。不管是弟弟，还是妹妹，你都会当一个勇敢的大哥哥是吧？"温雅晴说道。

"那二宝会不会跟我抢玩具？妈妈，你老是说我的玩具已经够多了，如果二宝生出来，就可以玩我小时候的玩具了，那样的话，你和爸爸就可以给我买新玩具了吧？"吴云飞说道。

"那肯定的了，你的玩具给二宝玩了，你的玩具就少了，

爸爸妈妈肯定会给你买新的玩具了。"温雅晴很高兴允诺道。

"太棒了,妈妈,那你多给我生几个弟弟妹妹吧,我就可以不停地买新玩具了。"吴云飞兴奋地说道。

温雅晴哈哈笑了起来,摸了摸吴云飞的头,说道:"现在国家政策不允许多生,只能再生一个了,你放心,不管生几个,都会给你买很多新玩具的。"吴云飞似乎被新玩具吸引了,反而对温雅晴肚子里是弟弟还是妹妹不太关心了。

就在这时,温雅晴的妊娠反应又来了,忽然一阵阵的恶心袭来,她连忙往卫生间快步走去,吴云飞赶紧跟着妈妈跑向洗手间。温雅晴双手撑在洗手台上,弯腰吐了几口,感觉舒服了一些,漱了漱口,才发现吴云飞用一种惊恐的眼神看着自己。温雅晴知道自己这个样子吓到吴云飞了,连忙说道:"云飞,妈妈没事,这是怀宝宝的正常现象。"

"妈妈,是不是二宝在里面踢你了,你才会吐的?"吴云飞瞪着大眼睛问道。

"是啊,二宝在里面慢慢长大,妈妈的胃要给二宝让空间,所以就容易吐了。你在妈妈肚子里的时候,妈妈也会吐。"温雅晴安慰道。

吴云飞摸了摸温雅晴的肚子,把嘴巴凑过去说道:"二宝,你要乖乖的,妈妈很辛苦的,要是不乖的话,到时候我不让你玩我的玩具。"

温雅晴听到吴云飞的话,心中一暖,摸了摸吴云飞的小脑袋,妊娠反应的难受劲似乎也淡了很多。

第二十二章 动物园,我来了

第二天是周六,天气很好。吴宏伟和温雅晴带着吴云飞到榕州市动物园玩。

刚到动物园,就恰巧看到了孔雀开屏。吴云飞感到很稀奇,站在栏杆旁边不肯走。这只孔雀也是一个十足的"人来疯",一堆人围着看,这只骄傲的孔雀开着大屏,后面的毛都立起来支撑着艳丽的羽翎,左转转右转转,还不时抖抖它的长羽翎,发出簌簌的声音。

"妈妈,你看这只孔雀很爱美,跟个模特一样。"吴云飞看得津津有味。

"是啊,孔雀是一种很美丽的动物。孔雀本来是一种很胆小的动物,但是这只好像不怕人。"温雅晴说道。

吴宏伟觉得看得差不多了,催促道:"走吧,前面还有更精彩的。"

吴云飞又磨蹭了一会儿,直到孔雀收起羽翎,才被温雅晴拖着往前走了。

走到了火烈鸟的池子旁边,有几块石头上还趴着几只甲鱼在一动不动地晒太阳。温雅晴不失时机地给吴云飞灌输知识,说道:"云飞,你看石头上那几只动物,叫作甲鱼。"

吴云飞乖巧地点点头,表示知道了。忽然有一只甲鱼可能是晒够了,动了一下,从石头上滑进了水里,优哉游哉地游了起来。

吴云飞大叫一声:"妈妈,那不是假鱼,那是真鱼,你看它在动呢!"

不仅温雅晴和吴宏伟哈哈大笑起来，周围的游客也开心地大笑起来。吴云飞不明所以，也跟着大家嘿嘿直乐。

温雅晴赶紧说："云飞，我说的甲鱼不是假的鱼，甲鱼是一种动物。"

吴云飞也意识到自己闹了笑话，不好意思地"哦"了一声，赶紧拉着温雅晴往前走。吴宏伟喝了不少水，交代了一声说去卫生间，就离开温雅晴和吴云飞了。

温雅晴和吴云飞走到一个拐弯处，一个五六岁模样的小男孩直直地撞了过来，一下子撞到了温雅晴的腿上。温雅晴没什么反应，小男孩却倒在地上，哇哇大哭起来。

"你们怎么走路的，看把我孙子撞的。宝宝，你哪里痛？"一个老奶奶从后面追了过来，蹲在地上问小男孩。

那个小男孩一看自己奶奶过来了，底气更足了，哭的声音更大了，指着温雅晴说道："她推我。我屁股摔成两半了，呜呜呜……"

温雅晴哭笑不得，说道："小朋友你不要乱说话，是你撞到我身上的。"

"哎，我孙子怎么可能撒谎，你这个大人也是当妈的人了，怎么能撒谎。"老奶奶生气地说道。

"不想理你们，云飞我们走。"因为吴宏伟不在，温雅晴也懒得跟他们争执，拉着吴云飞就要走。

那个老奶奶不依不饶站了起来，冲了过来一把抓住了温雅晴的胳膊一拉，温雅晴一个趔趄，差点跌倒。

第二十二章 动物园，我来了

吴云飞一看自己妈妈吃亏了，像一个小狮子一样冲了过去，一把抓住了老奶奶的胳膊，吼道："放开我妈妈！"

这时，周围有个游客说话了："老人家，你家孙子撞了人家，还倒打一耙，人家还是个孕妇，你还是好好问问你孙子咋回事吧。"有几个看到情况的游客连忙附和。

老奶奶的脸一阵红一阵白的，大声问自己孙子："到底咋回事？"

小男孩看事情败露，不敢隐瞒，说道："是我跑太快了……不是她推的……"

"你呀你！那个，真不好意思，孩子的话不能信啊，唉，对不起，对不起，抓疼你了吧？"老奶奶一看是误会，赶紧道歉。

"没事，没事，人多，看着点孩子，还好是撞着我腿了，要是撞到我肚子里的宝宝就麻烦了。云飞，我们走吧，也不知道爸爸上个卫生间上到哪里去了。"温雅晴拉着吴云飞慢慢地走了。

"你这个死孩子，怎么学会撒谎了啊？谁教你的？！"老奶奶大声地呵斥着小男孩。周围的游客也笑着离开了，一场风波消弭于无形了。

二宝协奏曲

第二十三章 温雅晴学厨

就在温雅晴和吴云飞跟那个老奶奶起争执的时候,吴宏伟正在卫生间里优哉游哉地上着厕所,拿着手机看小说,浑然不知自己老婆孩子差点跟人起冲突。

"你问我爱你有多深,我爱你有几分……"熟悉的电话铃声响了起来,吴宏伟才意识到温雅晴可能等急了,赶忙接了电话说道:"你们在哪里?找你们半天没找到。"

温雅晴和吴云飞正站在卫生间门口,温雅晴哭笑不得,强压着怒火说道:"你在哪里?我们去找你。"

吴宏伟听出了温雅晴的不满,连忙说道:"马上来了,马上来了,你们等我下,在哪个位置?"说完他赶紧收拾一下往卫生间外走去。走出了公共厕所大门,一眼就看到了温雅晴和吴云飞。温雅晴一脸铁青地看着他,吴云飞一副"你死定了"的表情。

"雅晴,那个,那个我忘了时间了,对不起对不起,中午想吃啥?"吴宏伟赶紧赔着笑脸。

"吃,吃,吃,你就知道吃,又不会做饭。"温雅晴生气地说道。

第二十三章　温雅晴学厨

"我上次做的酸辣土豆丝不是挺成功的吗？"吴宏伟反驳道。

"别提你那土豆丝了，做了三次，三种味道，没有一次好吃的，我说好吃是为了鼓励你做下去，怕打击你的积极性。"温雅晴说完这句话也有点后悔。

吴宏伟愣住了，没想到自己卖力地对着菜谱一步一步地炒菜，反而没有得到认可，他有点不死心，转过头问吴云飞："儿子，你跟我说实话，我炒的菜好不好吃？"

"不好吃，不过看你在厨房弄得满身大汗，我也不好意思说啥。"吴云飞认真地说道。

"你们合着伙来骗我啊。那我也不做饭了，我真的不会做，以前都是吃食堂或者在外面吃，几乎不在家煮饭的。"吴宏伟说道。

"快走吧，在厕所门口讨论吃的，真有你的。"被吴宏伟这么一打岔，和儿子一起鄙视了吴宏伟的厨艺后，温雅晴的气也消了。

"走吧，去前面再转转，一会儿咱们去吃鱼，听说新开了一家鱼庄，口碑不错。"吴宏伟看温雅晴不生气了，赶紧说道。

"老在外面吃也不是办法，外面的东西我总感觉吃完以后口渴。要不这样吧，你抽空去厨师学校学一下？"温雅晴灵机一动说道。

吴宏伟正走着，被温雅晴天马行空的思路吓到了，不由

二宝协奏曲

地停下了脚步,迟疑了一下说道:"我问问吧,榕州有几所厨师学校,不知道有没有短期班,或者周末班也行,我去培训一下。"

吴宏伟是个行动派,立马在网上查到了榕南厨师学校的电话,咨询了以后,很无奈地向温雅晴摊了摊手,说道:"不是我不想去,厨师学校没有周末班,最短的班也要两个月,而且是上午理论,下午实操,基本上不能请假。这样的话,没办法去。"

温雅晴一听,也有点失望,说道:"那算了,我们多买几本家常菜谱吧,你就对着菜谱做吧,多失败几次就能成功了。"

"妈,我爸去不了,你可以去啊。"站在一旁的吴云飞说道。

温雅晴一愣,说道:"对呀,我咋没想到,我现在虽然是大肚子,不耽误我学厨艺啊。"

"那可不行,你这个样子我怎么能放心。"吴宏伟连忙制止。

"怎么不行?我当老师时候,最多的时候一天要站四节课,去学厨艺,当学生有什么累的,你说是不是?"温雅晴觉得自己去厨师学校学厨艺非常可行。

吴宏伟还是有点犹豫,说道:"可是你肚子一天一天大了起来,学了厨艺也没有用武之地啊。"

"这个你就不用担心了,你忘了我是老师了?我学会了,完全可以培养你啊,哈哈哈……"温雅晴想到自己学完厨艺,

第二十三章 温雅晴学厨

可以教吴宏伟做饭,然后自己坐在那里指点指点就好了,想着这一幕,她忍不住乐了起来。

吴宏伟一想也对,温雅晴虽然怀着身孕,但是还有四五个月时间生产,完全可以去学一下,刚想说同意,转念一想,自己本来设想的是让自己父母过来,帮忙带孩子做饭什么的,她学厨艺,那不是百般挑剔了,于是说道:"雅晴,过段时间,让我父母过来吧,我爸的厨艺还是不错的。"

"咱爸炒菜太咸了,我吃不惯呀。我去学厨艺跟爸妈来不冲突,到时候也可以帮爸妈提高厨艺,你说呢?"温雅晴这个时候一门心思想去厨师学校培训了,反过来劝吴宏伟道。

"那行吧,咱家的第一位大厨必将是你。"吴宏伟看说不动,也就不再坚持。

"那可不一定,咱家的大厨说不定是你啊,哈哈,你舍得让我去吸油烟啊?"温雅晴调皮地说道。

"那肯定不舍得啊,那你好好学,到时候好好培养我,咱家第一厨非我莫属!哈哈……"吴宏伟顺杆爬的功夫也是一流,把温雅晴逗乐了。

"太棒了,太棒了,妈妈,你快去学,家里有好吃的了。"吴云飞欢呼雀跃起来。

温雅晴说干就干,打电话报了名,正好再过几天下个月1号就有一个短期班开班。

温雅晴准备了一下,就正式开始了自己的厨师学校学生

生涯。每天温雅晴都准时到厨师学校上课,课堂笔记记得满满的,实操课上也是认认真真地操作,不知不觉间成了厨师学校的一道风景线,因为学校历史上也没有孕妇来学厨艺的。学校的培训老师对温雅晴也是照顾有加,温雅晴的厨艺进步神速,短短两周已经能够做好多道菜了。温雅晴每天都不忘回家给吴宏伟进行培训,吴宏伟也学得有模有样,每天都变着花样炒菜,红烧肉、拔丝土豆、酸辣土豆丝、鱼香肉丝、栗子炒鸡块等几个菜得到了温雅晴和吴云飞的好评。

第二十四章 温雅晴出师

　　两个月的时间，看似很长，其实很短。温雅晴紧张忙碌的"学生时代"眨眼间就结束了，期间还有幸作为老师的副手，到电视台录制了一档美食节目，也算是露了一手。

　　榕南厨师学校培训班结业仪式上，给考核合格的学员颁发了合格证书。现场就有几个星级酒店向温雅晴抛出了橄榄枝，其中有一家叫作榕州大酒店的五星级酒店愿意出资让温雅晴继续在厨师学校培训，条件就是毕业后到榕州大酒店工作。前往厨师学校招聘的那个经理非常看好温雅晴，想弄一个美女主厨的噱头。

　　温雅晴志不在厨艺上，本来学厨艺就是为了家人，自己也没打算在厨师这条路上发展，就婉言谢绝了。看着那个酒店经理失望的眼神，温雅晴有那么一瞬间的动摇，但是马上就坚定了自己不走厨师这条路的想法。

　　回到家，温雅晴站在吴宏伟的背后，就像厨师学校的老师一样，指挥吴宏伟炒菜。还真别说，吴宏伟在炒菜这方面还真有灵性，虽然还比较生疏，但是菜品的品相已经有了一定的雏形，稍微锻炼锻炼就能出师了。温雅晴看着吴宏伟在

厨房里忙碌的身影,深深为自己的英明决定而自豪,这次去厨师学校培训的决定还是很及时、很正确的。

温雅晴的妊娠反应还是很强烈,吴宏伟变着花样给温雅晴做好吃的,短短一个多月,温雅晴的体重在飙升,已经长到了130多斤,而且还处在猛增的势头。

俗话说:一通百通。自从温雅晴对吴宏伟进行了厨艺特训之后,吴宏伟好像开了窍一样,以前对着菜谱炒出来的菜味道不对劲,现在炒出来的菜跟菜谱上的已经相差无几了。用吴宏伟的话说就是"以前看不懂菜谱上的少许、适量、稍热等说法,现在依然是看不懂,但是在火候的掌握上,似乎无师自通了,咸淡也能控制得比较好了,最重要的是菜的品相也比较好了"。

好景不长,国庆节刚过不久,公司成立了一个考核组,到外驻点进行考核,吴宏伟将作为考核组副组长参加考核。本来吴宏伟想推掉,但是这次考核组组长是分管人事工作的副总,吴宏伟就想好好表现一下,为下一步提升打好基础。但是摆在他面前是两难的抉择,考核一遍至少到年底了,保守估计起码要两个多月,自己老婆身怀六甲,属实是走不开。

回到家,吃过晚饭,吴宏伟看温雅晴心情不错,就找个机会说道:"雅晴,公司想让我参加一个考核组,对外驻点的负责人进行考核,我是考核组副组长人选,你看……"

"啊,那怎么行啊,我肚子这么大,还要照顾云飞,你走了,我一个人搞不定啊。还要这么长时间……"温雅晴立马反对。

第二十四章 温雅晴出师

吴宏伟确实觉得不太可行,但是机会实在难得,就试着说道:"要不,让我父母过来照顾你们,二宝生出来还是需要人手的。"

"这样啊,我和云飞都吃惯了你做的菜,你这一出差,我们就没口福了。"温雅晴不置可否。

吴宏伟看温雅晴没有反对,赶紧顺杆爬:"那我跟爸妈联系一下,看他们啥时候能过来,我出差可能还要几天,目前在筹划阶段,还要通知各个外驻点做好准备。"温雅晴还没消化完吴宏伟的话,吴宏伟就给家里爸妈打电话。

过了一会儿,吴宏伟高兴地说:"我爸妈同意了,不过他们没出过远门,还没来过榕州,我给他们买票吧,这几天就过来。你说是坐飞机还是坐火车过来?"

"啊,这么快就定下来了。你定吧,怎么方便怎么来。你老家坐飞机方便吗?"温雅晴虽然没反应过来,看着吴宏伟跃跃欲试的样子,也就没有反对。

"那还是坐火车吧,我们那个县城好像没有动车,坐K打头的车,有直达的,虽然慢几个小时,但是不用转车了。我先订票,然后过两天如果我来不及去接,你就去火车站接一下,不麻烦。"吴宏伟说道。

"行吧,那你安排好。我先把房间收拾一下,爸妈来了可以住。"温雅晴说着就要去收拾房间。

"不着急,慢慢收拾,还要两三天才来呢。我先订票。"说完,吴宏伟就忙着上网订票了。订好了票,吴宏伟认认真

二宝协奏曲

真地给父母打了电话,讲清楚了只要带身份证就可以进站上车,说了将近一个小时,终于把事情安排好了。

星期四这天,本来是下午四点多的火车,吴宏伟父母怕误了车,中午吃过饭就出门了,到火车站还不到两点,就在那里等着了。后来吴宏伟打了电话,知道父母顺利上车了,这才放心了。吴宏伟父母第二天的下午六点多钟到,吴宏伟交代了温雅晴到时候去接二老,便去上班了。

星期五,温雅晴下午很早就出门了,但是没想到周五下午堵车,在出租车上,温雅晴给公公婆婆打电话,却发现二老的电话关机了。到了火车站的时候,公公婆婆坐的火车早就到了。温雅晴在出站口附近找了一圈,心道:"不好,这可怎么办,自己一个大肚婆,也不太能走。"于是赶紧给吴宏伟打电话,吴宏伟下班接了儿子刚到家,本来在厨房忙乎着做饭为父母接风,一听没接到,顿时蒙了,赶紧拉着吴云飞打车赶去火车站。

吴宏伟找到温雅晴后,三个人在火车站附近寻找,一遍一遍地拨着父母的电话,但是一直是关机状态。

"快看,那是不是爷爷奶奶。"吴云飞指着快餐店门口台阶上坐着的两个人喊道。

只见不远处的台阶上坐着两个老人,旁边放着两个大旅行袋,两个人正在啃着干粮。吴宏伟一看,正是自己父母,赶紧跑了过去。

吴宏伟的父亲吴运来一看到自己儿子,赶紧拉着吴宏伟

第二十四章　温雅晴出师

的母亲张秀琴站了起来，像做错事情的孩子一样说道："宏伟啊，那个……手机没电了，我没记住你们的电话……我们也不敢走太远，怕迷路，这城市都是楼……"

"爸，妈，啥也别说了，肚子饿了吧，别吃这个了，我们先去吃饭。雅晴。"吴宏伟眼圈一红，哽咽着说道，轻轻拉了一下雅晴的胳膊。

温雅晴会意，赶紧说道："爸，妈，你们来了。"

"哎，哎，雅晴，这是云飞吧，长这么高了，真好。"张秀琴看儿子儿媳没有生气，高兴地说道。

"走，咱们先吃饭去。"吴宏伟伸手去抓两个旅行袋，一提，居然没提动，说道："爸，这里面是啥东西啊，这么重。"

"这里面不是啥贵重东西，都是老家的土特产，苞米面、粉条之类的。"吴运来说道。

"不是跟你们说别拿这些吗？现在网上什么都能买到。这么重，拿过来多累啊。"吴宏伟不满地说道。

"不累，不累，就像挑两桶水一样。我来拿吧。"吴运来说道。

"咱们一人一个，走，吃饭去。"说着，吴宏伟把一个旅行袋扛在肩上，领着几个人往出租车上车点走去。

二宝协奏曲

第二十五章 吴宏伟出差了

父母来了,吴宏伟也放心了。第二周,他就跟着工作组到二十多个外驻点考核去了。

温雅晴辞职以后就没有找工作,也没有心思去找工作,就想着把二宝先生下来再说。

吴宏伟的父母来了以后,负责买菜做饭、接送吴云飞,温雅晴啥也不用干了,早上也可以睡懒觉了。

吴宏伟出差的第二天,八点多钟的时候,温雅晴还在房间睡觉。张秀琴做好了早饭,左等右等温雅晴没起来,就推开门把温雅晴叫醒了。

"妈,我还想再睡会儿,你们吃吧,不用管我了。"温雅晴睡眼惺忪地说道。到了孕后期,温雅晴晚上经常起夜,睡得不是太好,每天都好像有睡不完的觉。

"那可不行啊,还是要起来吃点,你不为自己着想,还要为肚子里的孩子着想啊,孩子要长大,不吃东西不行的。"张秀琴执着地劝着温雅晴。

温雅晴不愿意拂了张秀琴的一番好意,很不情愿地爬了起来,洗漱了一下,坐在餐桌旁吃了几口,就又回房间继续

第二十五章　吴宏伟出差了

睡了。

张秀琴看着桌子上的剩菜，很不高兴地对吴运来说道："你也不说一说，咱这儿媳妇这样怎么行，肚子里的孩子也要营养啊，你看她瘦的。"

其实张秀琴还真冤枉温雅晴了，温雅晴在没怀二胎之前还不到一百斤，现在已经快一百三十斤了，但是张秀琴在农村见到的孕妇，哪一个不是像发面馒头一样，所以她对温雅晴的身材还是不满意，感觉还不够胖。

"你就别管了，城市人对身材比较注重，不像咱们农村人。"说着，吴运来掏出了香烟，惬意地点上了。

张秀琴看了一眼温雅晴的房间，努了努嘴说道："咱儿媳妇不是不让在家抽烟吗？你去外面抽去。"

"哎呀，饭后一支烟，赛过活神仙。在家抽习惯了，站在门外抽不过瘾。儿媳妇不在，我先抽一根。你别管了。"吴运来说道。

两个人正说着话，温雅晴拉开房门走了出来，她有点口渴，想出来倒杯水喝，结果看到公公吴运来手里燃着的香烟，她皱了皱眉，也没说什么，径直到客厅倒了杯水就回房间了。

吴运来感觉很尴尬，因为自己儿子吴宏伟千叮咛万嘱咐不要在家里抽烟，自己儿媳妇温雅晴有轻度的洁癖，最讨厌别人在家里抽烟，儿子刚刚出差，自己就犯了错，心里很是忐忑，温雅晴皱眉的样子，他尽收眼底。

张秀琴看着自己丈夫尴尬的样子，用手指了指吴运来，

二宝协奏曲

嘴里小声说道:"你呀你,说你还不听。下次千万别在家里抽了,你看这家里多干净,你好意思在家里抽烟。烟灰你都没地方弹。"

温雅晴家里本来没人抽烟,家里就没有烟灰缸。

吴运来听着张秀琴的数落,很是不耐烦,烟也没掐灭,对着窗户就扔了出去,因为他知道楼下是一块草坪,之前他也扔过几次。

忽然,楼下传来了叫骂声:"哪个不长眼的,烟头还往下扔,还是烧着的烟头。敢不敢露个头,让我认识一下?五楼的,你露个头我看看……"

吴运来一听,坏了,自己不就在五楼吗?难道烟头砸到人了?不对啊,下面是草坪啊,不应该有人啊。他听着下面叫得凶,也没敢冒头。

下面那个男的看上面没动静,就嚷嚷得更凶了。张秀琴听不下去了,为难地对着吴运来说道:"你赶紧下楼跟人家道个歉,这样叫嚷,影响多不好。"

吴运来抹不开面子,没好气地说道:"我不去,要去你去,他叫一会儿就不叫了,甭管他。"张秀琴看说不动,也懒得管了,收拾厨房去了。

温雅晴拉开房门走了出来,走到客厅,看着吴运来问道:"爸,楼下叫骂的,是不是说咱家啊?"

吴运来恨不得有个地缝钻进去,半天没吭声,憋得面红耳赤。

第二十五章　吴宏伟出差了

"是不是啊,爸你倒是说话啊。"温雅晴有点急了。

吴运来木然地点了点头。

温雅晴叹了口气,打开大门走了出去。到了楼下,温雅晴径直走到正在叫骂的那个男的面前,不好意思地说道:"这位邻居大哥,不好意思,那个烟头是我家弹下来的,没想到……"

那个男的一看温雅晴挺个大肚子来给自己道歉,也不好当着面骂了,说道:"你一个孕妇,抽什么烟啊。"

温雅晴被说得脸一红,也没反驳,说道:"大哥,烟头没烫着你吧?"

"我衣服上这个窟窿就是烟头烫的,我说你心真大,燃着的烟头也敢往楼下扔,这要是有阵风,把烟头吹到楼下邻居家里,着火了怎么办?这样的事情还少吗?!"那个男的生气地说道。

"真是不好意思,您这衣服多少钱?我赔给您吧。"温雅晴满怀歉意地说道。

"衣服倒是次要的,关键是你这乱扔烟头的习惯一定要改一改,这样下去早晚会出大事。你一个孕妇也别抽烟了,对你肚子里的孩子没啥好处。"那个男的似乎被温雅晴诚恳的态度感化了,口气有点缓和了,反过来劝温雅晴不要抽烟。

"下次不会了,大哥,真是对不起,对不起。"温雅晴连声道歉。

那个男的看温雅晴态度不错,也就没有再纠缠了,叮嘱

二宝协奏曲

了几句"别扔烟头、别抽烟"就走了。

温雅晴站在楼下的草坪上,心中五味杂陈。自己的公公婆婆是农村来的,在农村待惯了,随手乱扔东西的习惯很不好,根本没有收拾的习惯。温雅晴对自己公公的厨艺着实不敢恭维,也许是自己的嘴巴被吴宏伟养刁了,有几次,温雅晴实在是忍不住,说盐放太多了。结果吴运来像被踩了尾巴的猫一样,马上反驳说"一咸三分香"。温雅晴本来想跟他们解释一下,吃太咸对身体不好,吴宏伟猛拉她的衣角,她也就不说话了。

处理完了楼下的事情,温雅晴在楼下站了一会儿,还是决定回家。进了屋,温雅晴本来想说吴运来几句,话到嘴边,还是没说出口,就回自己房间了。

其实,下面温雅晴道歉的情形,吴运来在窗户边尽收眼底。温雅晴刚才如果说他两句,他还会好受点,结果温雅晴啥也没说,他反而更尴尬了。

第二十六章 理疗仪？

"爸，你这炒蛋可以少放点油，这样炒出来就更好吃了。"温雅晴试着用尽可能委婉的口气向吴运来建议道。

吴运来没有说话，他当然知道温雅晴觉得鸡蛋炒得太油了。张秀琴在旁边帮着说道："鸡蛋要是没油的话，不香啊，我觉得这样挺好吃啊。当家的，你明天少放点油试试，要不然弄水煮蛋也行。"

"噢，那明天弄水煮蛋。"吴运来赶紧借坡下驴，顺着张秀琴的话说道。

温雅晴一听公公婆婆这一唱一和，知道自己说的没啥效果，本来还想说青菜炒得有点老了，便不再说话了。一下子安静了下来，饭桌的气氛有点尴尬了，好在吴云飞吃完了，打破了安静："爷爷，我吃完了，你送我去上学吧。"

"好，今天在幼儿园要拿到小红花啊。"吴运来笑着说道。

"那当然了，我今天要好好吃饭、好好睡觉、好好做游戏，听老师的话，一定可以拿到小红花的。"吴云飞握着小拳头认真地说道。

二宝协奏曲

吴云飞一本正经的样子逗笑了一家人,也化解了尴尬的气氛。

温雅晴吃完饭也想去小区里走走,呼吸一下新鲜空气,于是就到楼下去散步了。小区里有个小游乐场,有一些健身器械和小孩子玩的滑梯,聚集了不少老年人和小孩子。这也是城市里的固定风景线,年轻人去工作赚钱,老年人在家里负责带孩子。

也不知道是温雅晴亲和力强,还是孕妇的亲和力强,有几个小孩子喜欢围着温雅晴玩,甚至有个两岁多的小姑娘还会眼巴巴地看着温雅晴求抱抱。温雅晴的肚子已经很大了,自然是不能去抱小孩子了,只能轻轻地搂一下小姑娘,小姑娘也是满心欢喜,似乎得到了最好的礼物。后来,温雅晴跟小姑娘的奶奶聊天的时候才知道,这个小姑娘叫小米粒,妈妈和爸爸离婚了,小姑娘的爸爸还没有再婚,所以这个小姑娘应该是缺乏母爱的。

榕州的冬天不太冷,早晨八九点钟的太阳晒在身上,暖暖的,还是很舒服的。温雅晴沐浴在温暖的阳光里,看着小朋友们在小游乐场里玩耍、打闹的情形,抚着自己隆起的肚子,再过一百天就是预产期了,心中也满是期待。

溜达了一会儿,温雅晴感觉有点累了,就回家了。回到家,发现公公婆婆居然都不在,这让温雅晴很诧异,往常公公婆婆都会在家看电视或者做家务。

到了中午 11 点的时候,公公婆婆还没有回来,好在儿子

第二十六章 理疗仪?

吴云飞中午是在幼儿园吃饭睡觉的,不用接,温雅晴也没有太在意,可能是公公婆婆在外面多溜达了一会儿。

11点半了,吴运来和张秀琴还没回来,温雅晴有点担心了,于是给婆婆打了电话,婆婆接了电话,小声对她说:"在听课,晚点再说,你要是饿了就先自己弄点吃的,你爸也在这里,放心吧。"说完不等温雅晴说话就挂了电话。

打完这个电话,温雅晴就更坐不住了,公公婆婆人生地不熟的,听什么课啊。温雅晴按下心中的疑问,翻了翻冰箱,自己简简单单煮了西红柿鸡蛋面吃了。吃完饭,有点犯困,温雅晴就回屋睡觉了。

一觉醒了,温雅晴发现公公婆婆回来了。两个人正在客厅兴高采烈地交流着学习心得。

"当家的,你说刚才那人肚子上那个包那么硬,仪器一做,十几分钟后,那个包就软了还真是神奇。"张秀琴说道。

"可不是,我还上去摸了一下,真的是个硬包,说是个脂肪瘤还是什么来着。"吴运来说道。

"今天听了课,好不容易排上号,明天可以体验一下了,今天人太多了,我这膝盖最近也不得劲,你那腰也可以试试,这仪器要是管用,我们可以弄一台回来,那咱们平时在家就可以做理疗了。"张秀琴高兴地说道。

温雅晴听到这里,弄明白了公公婆婆今天一天去干啥了,原来是去听理疗的课了。接过婆婆张秀琴的话茬,温雅晴说道:"妈,现在很多兜售理疗仪的都是骗人的,专门欺骗老年人,

你们去听课可以,千万不要被骗了。"

吴运来一听,有点不高兴了,说道:"雅晴啊,我跟你妈都这么大一把年纪了,好赖还是分得清的,今天听一天课,人家也没收我们一分钱,能骗我们啥,中午还管了盒饭。"

"是啊,雅晴,人家那些专家说得很有道理,比电视上那些专家讲得还好。不过那些专家确实说饮食上要少盐少油,这跟你经常说的一样的,你说这专家应该不是骗人的吧。"张秀琴帮着自己的丈夫说道。

"爸,妈,我不是说你们被骗了,我是说现在这种事情比较多,你们留个心眼就行了,不要被他们骗了。"温雅晴劝道。

"放心吧,我走过的桥比你走过的路还多,不会被他们骗的。"吴运来没好气地说道。

第二天,吃过早饭,吴运来和张秀琴收拾好厨房就一起出门了,温雅晴当然知道公公婆婆出去干啥,本来还想交代一下,想到公公婆婆昨天的态度,话到嘴边,她还是没说话。

中午的时候,吴运来和张秀琴依然没有回来,温雅晴懒得炒菜,又做了顿面条吃了。等到下午温雅晴午休起来,公公婆婆也回来了。两个人跟前一天一样,讨论得更加热烈了。

"太神奇了,我这腿一点都不酸了,以前走不了多远就

第二十六章 理疗仪？

走不动了,现在走这么远一点感觉都没有。"张秀琴说道。

"是啊,我这腰也感觉热乎乎的,舒服多了。明天咱们再去体验一下,要是真的有效果,咱们也弄一台吧。"吴运来高兴地说道。

"爸,妈,你们回来了。那理疗仪效果这么好?"温雅晴问道。

"是啊,今天好几个走路都要拄拐杖的,做完治疗以后,能站起来走几步了。"吴运来说道。

"这个理疗仪还能治不孕不育呢。今天那女的结婚七八年都没怀上,用这理疗仪做了一个月就怀上了,还是龙凤胎。"张秀琴说道。

"这也太神奇了吧?理疗仪能治这么多病?"温雅晴有点疑惑,感觉有点太过神奇,总给人一种不真实感。

"不光这些呢,对于糖尿病、肿瘤都有奇效呢。还是大城市好,我们在农村就没见过这么神奇的仪器。"吴运来说道。

"爸,妈,那个仪器是啥啊?"温雅晴问道。

"叫康太医家庭多功能理疗仪,原价要一万六千多呢,现在做活动,才要一万两千多。就这样还要排队,很多人争着买,每天限量供应五台,整个榕州市只能配货一百台,再晚一点就没得买了。"张秀琴说道。

"爸,妈,你们先别买,我跟宏伟商量一下,如果要买的话,我们给你们买。"温雅晴听完以后,已经肯定这是骗人的了,

于是先稳住公公婆婆说道。

"那你抓紧跟宏伟商量,晚了就没了。这可是高科技,绝对的高科技。咱们家要是有一台,以后就不用去医院了。"吴运来一听有戏,叮嘱温雅晴道。

第二十七章 吴运来上当

晚上的时候,温雅晴给吴宏伟打了电话,说了公公婆婆要买天价理疗仪的事情。吴宏伟听了以后,也觉得这件事很不靠谱,但是自己在外面出差,也没有到现场去看,没有确切的证据,也不好做决定,不过从这种迹象来看,是骗局的可能性极大。于是吴宏伟说道:"你跟咱爸咱妈也别说不买,先稳住他们,跟他们说清限量供应什么的都是营销手段,不可能没有货。另外,你也上网查一查那个什么康太医家用理疗仪是不是真的。"

"我查过了,网上没有这个理疗仪,不过网上的理疗仪的价格从几百块到几万块的都有,咱也不熟悉,你认识的人里面有没有做医疗器械的?应该会对这个熟悉一些。"温雅晴说道。

"我问问看,好像有,你先稳住咱爸咱妈,千万不要冲动消费。"吴宏伟说道。

温雅晴为难地说道:"我尽量吧,他们两个有点被说动了,估计拖不了多久。"

"那我赶紧找找有没有熟悉这方面的人,家里靠你了。

加油,雅晴,你可以的。"吴宏伟在电话的另一头鼓励道。

温雅晴挂掉电话,想了一下说辞,走出了房间。

客厅里,吴运来和张秀琴盯着温雅晴两眼放光,看来被洗脑洗得已经很彻底。

温雅晴咳嗽了一下清清嗓子,说道:"爸,妈,刚才我跟宏伟商量了一下,觉得这个理疗仪虽然好,还是要观察一下,现在市面上这种理疗仪太多了,很多都是骗局……"

还没等温雅晴说完,吴运来打断她的话说道:"那就是不买了?确实有点贵,不过真的是好东西,错过这村就没这店了。"

"爸,也不是说不买,网上很多这样的理疗仪,价格比这个便宜多了。宏伟也在托关系找做医疗器械的朋友,这家的价格有点虚高了。"温雅晴说道。

"人家这是正规公司,那一层楼都是这家公司的,那么多工作人员,我们还进去参观了,生意做得很大。你说的网上那种理疗仪跟这个根本没法比,网上那种就是两个电极,只有电击效果,没有治疗效果。给你说了你也不懂。"吴运来有点泄气,不想跟温雅晴讲了。

张秀琴也帮助吴运来说道:"是啊,雅晴,你有时间也可以去看看,那家公司确实很大,看起来很正规,每天都有分享会,很多人用了这个理疗仪以后病好了。这个理疗仪就是有病治病,没病防病,真的是个好东西。我和你爸都体验过,很舒服的,效果也是有的。"

第二十七章 吴运来上当

温雅晴看二老很执着,就说道:"这样吧,爸,妈,你们再去体验几天,如果是真的,那咱就买,不管多贵。"温雅晴看说不过二老,就开始用缓兵之计。

"那行吧,我们这几天再去体验体验,也让人家给我们留个名额。"吴运来说道。

看稳住了公公婆婆,温雅晴稍微舒了口气,心道:自己有空得去看下,到底是个什么样的理疗仪,让这些老人这么信服。

第二天早上,吴运来送吴云飞去上幼儿园以后,回家叫上张秀琴就准备去听课了。温雅晴也跟着出来了,跟公公婆婆说道:"爸,妈,我也跟着你们去听下。"

吴运来和张秀琴一愣,看了看温雅晴的大肚子,两个人异口同声地拒绝道:"你还是别去了。"

张秀琴接着说道:"里面人太多了,空气不好,乱哄哄的,你去不太好。"

"没事,我就去看看,不会待太久。"温雅晴说道。

"那里主要是针对老年人的,没看到年轻人,你要跟去就跟去吧,不过你不要乱说话啊。"吴运来不放心地说道。温雅晴点头答应。

三个人一起来到了康太医家用理疗仪的宣传现场,果然是老年人的集中地,有一些老人相互打着招呼,就像是学生去学校上课一样打着招呼:"老李,来了。""是啊,今天排到我体验了,老刘,你也来了。走吧,进去了。"

温雅晴三个人随着人流走了进去,里面已经坐得满满当当的了。温雅晴在后面找了个位置坐了下来。不一会儿,一个穿着白大褂的医师模样的人走上了讲台,然后就开始介绍康太医家庭理疗仪了。这个人口才真是好,极具煽动性,说的这个康太医家庭理疗仪只应天上有,人间哪得见的。有很多老人已经在下面嚷嚷了起来:"王医生,今天放出来几台啊?"

台上的那个医师回道:"大家不要着急,今天肯定会放出来一些的,但是今天有很多新朋友,他们还要体验,还有一些朋友使用了咱们的康太医家庭理疗仪,非常想给大家分享一下感受,我们到最后的时候再开始购买好吗?另外,大家中午不愿意回家吃饭的话,我们这里还提供免费的盒饭。"台下立马响起了热烈的掌声。

接下来就是几个老人上台谈使用感受,其中有一个女的声泪俱下,就差给王医生跪下了。

坐在温雅晴旁边的一个老人嘀咕道:"前几天这个女的得的不是这个病啊,明明说的是肿瘤,今天怎么变成半身不遂了?"

说者无心,听者有意。温雅晴赶紧问旁边的老人:"大爷,您好,您这几天都有来听课吗?"

"有啊,我每天没事的时候都会溜达过来看看,中午还有盒饭吃,不过这个理疗仪太贵了,我买不起,我就是为了凑个热闹。"那位老者答道。

"刚才您说那个女的上去过两次了?"温雅晴问道。

第二十七章 吴运来上当

"是啊,姑娘,我跟你说啊,你千万别买,那几个吵嚷着要买的,每次都来,每次都去抢着买,你说奇不奇怪?"老者凑近温雅晴小声说道。

"托儿"温雅晴心里立马蹦出这个字眼。上台谈感受的是托儿,吵嚷着要买理疗仪的是托儿,这里面不知道有多少个人是托儿。温雅晴已经基本上确定了这是个骗局。

培训教室的空气比较污浊,温雅晴不想多待,本来想把公公婆婆也叫出来,但是看了一下没找到他们两个,于是她就自己回去了。

午饭照样是温雅晴自己煮的。到了下午的时候,吴运来和张秀琴回来了。温雅晴看着二老问道:"今天听得怎么样?我听了一会儿,感觉空气不好,我就先回来了。"

"订金交了两千块,人家帮我们预留了一个购买名额。"张秀琴高兴地说道。

"啥,你们交了订金?"温雅晴有点晕了,继续说道,"我今天坐在后排,旁边的一个老人跟我说了,这个培训就是骗局,那几个上去谈感受的是托儿,吵嚷着要买理疗仪的也是托儿,人家每天都去听课,把这事看得透透的。唉,不是说让你们再等等吗?"

"都是托儿?不可能吧,你看今天那个女的在台上哭得多感人啊,台下好多人都被她说哭了。这要是没有真情实感,怎么能说得这么好。"张秀琴说道。

"这你就不知道了,这些人是经过培训的,对于把握人

二宝协奏曲

的心理特别精通,再加上里面还有一些托儿在烘托气氛,上当也是难免的。"温雅晴继续说道。

"啊,那咋办?让你这么一说,确实有问题,有几个人总是吵吵着要买仪器。那咋办?这订金人家说了不会退的。"张秀琴有点急了。

"明天你们去试试吧,看能不能退回来,不能退就算了。"温雅晴说道。

第二天,吴运来和张秀琴没有去送吴云飞,两个人早早地就去了培训的地方,结果发现大门紧闭,很多老人围在门口,都在议论着咋回事,往常很早就开门了,今天怎么这么晚了还没开门。

吴运来挤进人群,发现培训教室黑乎乎的,里面似乎已经没有人了。一些老人打销售人员的电话没人接,给销售员发微信也不回,发语音通话也不接。到了九点多钟的时候,很多老人已经不耐烦了,几个力气大的,直接把门给撬开了,却发现已经人去楼空,只剩一些孤零零的桌椅。这下,这些老人知道上当受骗了,一些人报了警。大部分老人都在骂骂咧咧的:"怪不得昨天让大家交订金,原来是准备卷钱走人。"

吴运来和张秀琴这个时候才知道自己上当了,赶紧给温雅晴打电话,说了这里的情况。温雅晴安慰他们不要着急,如果有人报警了,警察会处理的,让他们先回来。其实温雅晴清楚地知道,那两千块订金是有去无回了,就是抓到那些骗子,钱也不一定能要回来。

第二十八章 广场舞

果然不出温雅晴所料,几天后,那伙卖天价理疗仪的骗子虽然被抓到了几个,但是赃款已经被这伙人挥霍一空了。也就是说,吴运来和张秀琴的两千块钱订金打了水漂。

经过这次被骗的经历,吴运来和张秀琴变了,人也变得沉默了很多,没事不愿意出去了,整天窝在家里,家里的气氛也比较沉闷。温雅晴看在眼里,急在心里,公公婆婆老是不出门,一天两天还好,长此下去可是不行的,人老待在家里会闷坏的。

于是每天晚上吃完晚饭,温雅晴就催促着公公婆婆和吴云飞下楼到小区里散步。虽然吴运来和张秀琴也不太情愿下楼,但是在温雅晴的强烈要求下和吴云飞的软磨硬泡下,两个人还是下楼了。

小区里有几个小广场,每天晚上都有不少人在那里跳舞,有舒缓的,有激烈的,还有交谊舞。张秀琴看着迈着舒缓舞步的大妈们,眼睛里闪着亮光。温雅晴知道张秀琴有点心动,就说道:"妈,你可以站他们后面跟着学,学好了再跟着她们一起跳,她们每年还会参加一些广场舞比赛,跳的可好了。"

二宝协奏曲

"你看人家跳得那么好,我种庄稼还行,让我跳舞,那可不行,我就看看。"张秀琴不好意思地说道。

"你可以跳啊,我陪你一起跳,你看我一个孕妇都能跟着跳,你应该没有问题的。"说着温雅晴就站在人群后面,笨拙地跟着跳起来。张秀琴看温雅晴在跳,还是有点犹豫。

"奶奶,来吧,我也跳。"吴云飞推着张秀琴往前靠了靠,来了一次神助攻,成了最后一根稻草。

张秀琴半推半就地走到温雅晴的旁边,也跟着节奏跳了起来,虽然很生疏,但是有些动作还是能够跟上的。

跳了一小会儿,温雅晴不敢跳了,毕竟她挺着大肚子,稍微运动一下还行,不能太久。于是温雅晴就走到旁边的石凳旁坐下休息。张秀琴已经能够慢慢跟上广场舞的节奏了,虽然动作僵硬,但是一些转身的复杂动作已经能够有模有样了。

吴云飞跟着跳了一会儿,也兴趣寡然了,溜到了温雅晴旁边坐了下来,跟温雅晴一起看张秀琴跳舞。看了一会儿,吴云飞感觉没啥意思,跟温雅晴说了声:"我去找爷爷了。"

"哎,你等我一下,你一个小孩子别乱跑。"温雅晴赶紧跟着吴云飞。吴云飞一路小跑地跑到了另外一个场地,果然找到了吴运来。吴运来正饶有兴致地看一帮人在跳曳步舞。音乐很有感染力,一帮人服装整齐,跳起来很有气势,也很有美感。吴运来看得目不转睛,吴云飞到了他身边他都不知道。

"爷爷,好看不?"吴云飞拉拉吴运来的裤子。

第二十八章 广场舞

吴运来一看是自己孙子，不由得老脸一红，还好是晚上，看不太清楚，有点尴尬地说道："跳得真好，你奶奶有没有跟着人家跳舞啊？"

"有啊，她已经跟着跳了，跳得可好了。我看有几个爷爷也在跟着跳，你要不要跟奶奶一起跳？"吴云飞眨着大眼睛说道。

"我才不去，我跳不了那个，我还是溜达溜达吧。你妈呢？"吴运来刚意识到吴云飞是一个人过来的。

"我妈走得慢，不知道去哪里了，我先跑过来了。爷爷，那边还有跳舞的，咱们去那边看看吧。"说完，吴云飞拉着吴运来就往另一边走去。

另一块场地大一些，很多人在跳交谊舞，一男一女手拉着手在跳着舞。走到近前一看，吴运来赶紧拉着吴云飞的手要走，说道："这有啥好看的，搂在一起跳舞，快走快走。咱们还是去看奶奶跳舞吧。"

"这个好看啊，你看都在转圈圈。"吴云飞不想走。

"云飞，云飞……"这时，后面传来了温雅晴焦急的呼喊声。

"你妈妈来找你了，走吧，快走吧。一会儿你妈妈该着急了。"吴运来趁机说道，说着就拉着吴云飞循着温雅晴的声音走了过去。

温雅晴没好气地说道："你这孩子，跑那么快干吗？妈妈现在根本追不上你。"看到吴云飞跟爷爷在一起，温雅晴

才放下了心。虽然是在小区里,但是前段时间小区里也出现了快递车撞倒小孩子的事情,温雅晴还是有点不放心。

可能是刚才担心吴云飞,走得有点急了,温雅晴感觉很累,于是就坐下休息了。吴云飞自然是坐不住的,于是温雅晴对吴运来说道:"爸,你带云飞再去转转,我休息一下,刚才走得快了,有点累。"

吴运来拉着吴云飞说道:"那行,你慢点转悠,我先带云飞去转转。你要是累了就先回家。"说完就带着吴云飞走了。

温雅晴坐在长椅上,电话铃声忽然响了,掏出来一看,是沈敏玲的电话。接通了电话,沈敏玲在电话的另一头说道:"雅晴,吃了没?最近怎么样?"

"妈,最近还行,没有晕了,每天就是吃了睡,睡了吃,现在在楼下稍微转转。放心吧,现在我公公婆婆都在,有人照顾。宏伟虽然出差,家里还是可以的。"温雅晴说着,想到了前两天公公婆婆被骗的事,想了想,还是没有说出来。

"对了,雅晴,火旺回来了,现在雅黛不愿意见他,闹得很僵,你看你们几个姐妹能不能劝一下雅黛。浪子回头金不换,火旺愿意回头,我们能给次机会还是要给的,况且还有两个孩子。你读的书多,你跟雅红和雅芳商量一下,在你们四姐妹的群里好好劝劝雅黛。"沈敏玲说道。

"火旺回来了啊,那我跟大姐二姐商量一下,这是好事啊,不然对两个孩子伤害太大了。"温雅晴说道。

第二十八章 广场舞

"嗯,你们商量商量,我先挂了啊。"沈敏玲挂掉了电话。

温雅晴想了一下,给温雅红和温雅芳都打了个电话,说了杨火旺回来温雅黛不愿见他的事。三个人商量了半天,决定由温雅红出面,平时温雅黛跟温雅红关系还算可以,跟温雅芳和温雅晴关系都不太好。

二宝协奏曲

第二十九章 杨火旺东山再起的契机

温雅红给温雅黛打了电话,好好地劝导了一番。温雅黛对于杨火旺抛妻弃子的行径依然耿耿于怀,看来一时半会儿还是迈不过这道坎。温雅红好话说尽,也难以说动温雅黛。到最后温雅黛总算说出来条件,等杨火旺把父母向银行贷款资助的六十万先还上,再跟他见面,要不然永远不见。

既然温雅黛提出了条件,虽然看起来很难达成,但是划出了道道来,就有达成的希望。温雅红把这事跟沈敏玲讲了一下,沈敏玲说跟温国栋商量一下再作打算。

晚饭后,沈敏玲叫住了准备上楼的温雅黛,说道:"雅黛,你来我房间一下,妈妈跟你谈一谈。"

温雅黛跟着沈敏玲进了房间,说道:"妈,要是你来当杨火旺的说客的话,就别劝我了。我没有跟他离婚的原因就是他还欠我们家很多钱,如果离婚了,就全部黄了。"

沈敏玲愣住了,迟疑了一下说道:"你们是夫妻啊,你怎么能够这样想。"

"妈,从他不辞而别的时候,我对他已经死心了。你就别劝我了。"温雅黛似乎不想过多地谈杨火旺,看来之前受

第二十九章　杨火旺东山再起的契机

伤太深了。

沈敏玲也知道温雅黛被深深地伤害了,这段时间好在迷上了瑜伽,能够释放她的负面情绪,家里倒是平静了很多,已经很久没有听到温雅黛歇斯底里的叫骂声了,要不然家里一天到晚都是鸡飞狗跳的。

沈敏玲试探着问道:"那你说让杨火旺先把银行贷款的六十万还上,你就会见他,是真的吗?"

"大姐跟你说了?"不等沈敏玲回答,温雅黛继续说道:"他如果能够把这六十万先还上,说明他有悔改之意,见一见他也无妨,但是我是不会再接受他了,你们也不要浪费口舌劝我了。"

"那好吧,我把你的意思转达一下。雅黛,你要对自己好点,喜欢瑜伽就去练,要是喜欢,我把五楼给你装修一下,做一个瑜伽房,你看咋样?"沈敏玲很是心疼温雅黛,现在看到温雅黛变得正常一点了,很想让她更开心一点。

"我也是刚学,不用了,我现在跟着老师学,过段时间我要考个培训师证,我也可以去教别人。"温雅晴说这话的时候,淡漠的双眼里闪起了亮光。

沈敏玲看着温雅黛的样子,心里也是很高兴,拍拍她的肩膀,说道:"我去刷碗了,你去辅导孩子功课吧,孩子的功课不能放下,一定要严格要求。"

温雅黛上楼后,沈敏玲迫不及待地就跟温国栋通了电话。温国栋在外面应酬,听说了这事,也很高兴,说回来好好商

二宝协奏曲

量一下,下一步咋办,就把电话挂了。

晚上回来后,温国栋跟沈敏玲商量了半宿,决定继续资助杨火旺,因为现在想白手起家真的是太难了。考虑到杨火旺有大型货车驾驶证,可以开货车。现在跑物流运输虽然辛苦些,但是赚钱还是比较快的。如果杨火旺能够勤快点,六十万要不了多久还是能够赚回来的。现在关键是租人家一个货车也不划算,给人家开货车更是没啥利润,最好的办法就是买一辆货车,然后搞运输,这样才能够利益最大化。但是买货车的钱哪里弄,温国栋想了一个方案,准备让几个女儿都凑一些,自己也出一些,弄一辆三十万左右的货车给杨火旺,也算是入股,给杨火旺一次东山再起的机会。

温国栋把自己的想法跟温雅红、温雅芳和温雅晴说了一下,大家都非常支持,最后三个姐妹凑了十六万出来,剩下的温国栋想办法补齐了,准备买一辆解放载货车。

温国栋领着杨火旺去买车的那天,当温国栋把车钥匙交到杨火旺手里的那一刻,杨火旺再也忍不住了,"扑通"一声跪倒在地,哽咽着说道:"爸,我一定好好干,早日还上欠款,争取让雅黛原谅我。"

温国栋上前一步,扶起了杨火旺,说道"浪子回头金不换,老爸相信你能够重新站起来。走吧,办一下手续,下一步你就可以跑运输了。我已经给你联系了两个物流公司,你可以先帮他们跑运输,每个月也有个固定收入。"

听到温国栋已经把所有的事情帮自己想好了,连路也已

第二十九章 杨火旺东山再起的契机

经铺好了,杨火旺感动得泣不成声。

接下来,杨火旺的运输事业真的像他的名字一样,火了起来,各种活儿也是应接不暇,甚至让杨火旺产生一个疯狂的想法,就是自己也开个物流公司,真的是日进斗金。

话说回来,其实杨火旺做生意还是蛮有眼光、蛮能吃苦的,当初要不是鬼迷心窍,在做生意这块也取得了不小的成绩了。

这次能够重新起步,杨火旺非常珍惜这个机会。别的货车司机每个月的运货量都没他多,甚至有的还不到他的一半。杨火旺从跑运输开始,就再也没喝过一滴酒了,但是烟瘾却越来越大。有些短途的运输,他就一个人坚持开,没有再叫一个司机,主要也是为了节约成本。

沈敏玲隔三岔五就会给温雅黛说杨火旺的近况,刚开始,温雅黛还是非常排斥,但是慢慢地也不是非常抵制了。沈敏玲看有了一定效果,就趁热打铁地说有机会带两个孩子去见见杨火旺,毕竟是他的孩子。温雅黛还是表示坚决不见杨火旺,但是两个孩子见不见倒是没说啥。沈敏玲看有戏,就说到时候自己带着杨旭升和杨璐菁去见见杨火旺。温雅黛默许了。

周末的时候,沈敏玲约了杨火旺见面,便带着杨旭升和杨璐菁到鼎荣市见到了杨火旺。见面的时候,杨火旺紧紧地搂着两个孩子,三个人抱头痛哭,沈敏玲站在旁边也抹着眼泪。

二宝协奏曲

　　中午,杨火旺带着沈敏玲和两个孩子吃了顿饭,就匆匆忙忙地去干活了。沈敏玲看着杨火旺开着大货车慢慢驶离,心中五味杂陈。杨旭升、杨璐菁站在旁边,又一次哭出了声,因为他们知道,下一次再见到爸爸就没那么容易了,因为杨火旺要去一个远一些的城市跑一段时间的运输。

第三十章 吴运来捡纸皮

跟往常一样,温雅晴吃完早饭闲着无事,就到楼下小区转转,既能呼吸一下新鲜空气,又能看看那群在游乐场玩耍的可爱孩子。

这天温雅晴下楼比较早,那些没上幼儿园的孩子还没下来,温雅晴在那边待了一会儿,才看到孩子们陆陆续续地来游乐场。

让温雅晴诧异的是,那个很喜欢让温雅晴抱的小女孩很久没有看到了。于是温雅晴就和一个老婆婆攀谈了起来,说道:"大婶,以前那个经常扎两个小辫的小女孩最近怎么没看到了?"

"哪个小女孩?扎辫子的?噢,你是说小米粒啊。去她妈妈那里了。"老婆婆说道。

"你的意思是她回到她妈妈身边了?"温雅晴说道。

"是啊,她爸爸工作忙,没空带孩子,她奶奶身体也不好。还好她妈妈把她接去了,去那边可能会好一些。"老婆婆唏嘘道。

"我也觉得跟着妈妈会好一点,小米粒的爸爸都没空陪

她。"温雅晴赞同道。

"对了,你肚子里是男孩还是女孩啊?"老婆婆问道。

"还不清楚,男孩女孩我都喜欢。我第一胎是个男孩,家里想让我再生一个男孩,其实我很想生个女孩。"温雅晴说道。

"你转个身,我给你看看。"老婆婆说道。

温雅晴不明所以,站起来转了一圈。

老婆婆端详了一下,笑了起来,说道:"据我看啊,我觉得十有八九是个女孩子。如果是男孩子,肚子比较尖,从后面看不是太明显,在后面看你,很明显能看出来你是个孕妇。"

温雅晴也笑了,这种说法她也听说过,这种说法没有任何的科学依据,于是她礼貌地说道:"那就借您吉言了。我打心眼里想生个女孩子。在城市生活,生两个男孩子的压力太大了。"

"哎呀,现在在城市里生男生女压力都很大。你要是生女孩子,她买房你也不可能袖手旁观啊,怎么也得赞助点啊?"老婆婆说道。

温雅晴深以为然,说道:"不过我觉得买房子是一锤子买卖,还好受一些,平时的教育投入太大了,现在小孩子也很苦,各种培训五花八门的,周围的人都领孩子上各种培训班,不给孩子报班就好像是输在了起跑线上,大姊你说是不是?"

"我跟你说啊,我那个邻居给她孙子报了六个培训班,周六和周日排得满满的,满打满算的话,只有周日晚上有点

第三十章 吴运来捡纸皮

空闲,我看那个孩子是一点都不快乐。每天无精打采地跟着大人去串场上课。"老婆婆说道。

"报了六门课程啊,那有点太多了。我今年刚来榕州,还没来得及给老大报班。"温雅晴说道。

"你家老大多大了?我家老大已经十岁了,上小学四年级了,老二才两岁多,两个男孩子,家里天天鸡飞狗跳的。"老婆婆说这话的时候带着点幸福的、烦恼的感觉。

温雅晴点点头说:"我家老大还不到五岁。你们家里两个男孩子肯定热闹啊。老大老二相差这么多岁,老大应该可以帮忙带老二了吧?"

"带啥啊,老大现在都不愿跟老二玩,老二经常欺负老大。"老婆婆说道。

"啥?老二两岁多还能欺负老大?"温雅晴诧异道。

"那可不?你不知道啊,上次老大花了三个多小时弄好的拼装玩具,高高兴兴地去请他妈妈去欣赏,可是老二趁这个空当,溜过去噼里啪啦把拼装玩具给毁坏了。老大领着他妈过来看的时候,整个人都崩溃了,老大手都扬起来了,最后自己哭了起来,说不舍得打弟弟。"老婆婆又好气又好笑地说着。

"那这说明你家老大还是很不错的啊,很爱护弟弟啊。"温雅晴赞许道。

"别提了,有些时候老大也是不让老二的,老二又恃宠若娇,喜欢哭,整天吵得大人一个头两个大。"老婆婆抱怨道。

二宝协奏曲

这也是二胎家庭的常态,温雅晴笑了笑说道:"这也很正常啊,吵吵闹闹家里才热闹嘛。再过几年,你家老大去上大学了,家里就不吵了,那就冷清了。"

"其实年龄差距大一些,也挺好。就像你刚才说的,老大离开家去上大学了,老二还在上小学,还能在父母身边陪着。等到老二离开家上大学了,老大也大学毕业工作了,如果能够抓紧点,孙子也生出来了,基本上父母也退休了,正好可以帮忙带孙子了。这样的话,始终都有一种儿孙绕膝的感觉,挺好的。"老婆婆感叹道。

"确实是这样,两个孩子年龄近一些有近一些的好处,远一些有远一些的好处。不管咋样,我还是觉得再生一个比较好,等我们都老了,他们起码有个能够商量事情的人。"温雅晴说道。

老婆婆正要说话,游乐场传来了小孩的哭声。老婆婆一听,就知道是自己小孙子的哭声,立马以一种超出她这个年龄的速度跑了过去。她的小孙子在滑滑梯的时候摔倒了,磕破了嘴唇,有点渗血。老婆婆心疼地抱起小孙子,连声安慰着,还不时用手拍一下滑梯,骂道:"你这个滑梯怎么这么不乖,看把我家小宝给磕的。"还真别说,这招还挺灵,老婆婆的小孙子止住了哭声,从老婆婆怀里挣扎出来,又跑去玩了。温雅晴看着这一幕,会心地笑了。

在下面站得久了,温雅晴想着回家休息一下,转身往回走的时候,远远看到一个身影背着一些纸皮在走,背影很像

第三十章 吴运来捡纸皮

吴运来。温雅晴回到家里,看了一下,吴运来果然不在,就问张秀琴:"妈,我爸呢?"

"哦,他去卖纸皮了。现在他没事出去溜达溜达捡点纸皮什么的,也能卖点钱。"张秀琴说道。

"去捡啥纸皮啊,那多脏啊。"温雅晴有洁癖,对于吴运来去捡纸皮有点反感。

张秀琴不以为然,说道:"这不是也能给你们减轻点经济压力吗,如果勤快点,一个月也可以捡不少呢。"

"能捡多少?"温雅晴没好气地问道。

"每天出去转转,特别是晚饭后出去转转,一天能够卖三十块钱呢。"张秀琴说道。

"三十块钱费那事干啥?现在家里有钱,你们别操心了,你也劝劝我爸,别去捡了,不是钱不钱的问题,那不卫生!"温雅晴说道。

"我不去说,要说你去说吧!我支持你爸去捡。"张秀琴也有点生气了。

"在垃圾桶里翻来翻去多脏啊,别去捡了。"温雅晴坚持道。

"能有多脏?我们在老家干农活的时候,比这脏多了,我们不是照样干。你们城里人太讲究了,还是我们乡下待着舒服啊。"张秀琴感叹道,有点怀念老家的生活。

温雅晴有点生气了,说道:"妈,这里又不是乡下,你们要按城里的方式来生活……"

二宝协奏曲

不等温雅晴说完,张秀琴打断了温雅晴的话,说道:"我从来没有把自己当作城里人,我还是个乡下人。我知道你嫌我们脏,要是不想看到我们,等宏伟回来,我们就回去。在城市里待着一点都不好。"

温雅晴震惊了,没想到张秀琴会说出这种话。她嘴巴张了张,没有说出话来。温雅晴完全没想到张秀琴会这么说,更没想到婆婆不愿意在这里待。

犹豫了半天,温雅晴说道:"妈,我不是这个意思,我没想到你们不喜欢这里,对不起。"

张秀琴也觉得自己说得有点重了,说道:"我们也很喜欢云飞,我不是那个意思。我和你爸现在都没工作,也没收入,我们心焦啊。"

"妈,你们不要心焦,过段时间二宝生出来了,我到时候也出去工作,你们就安心帮我们带带孩子就行了。话又说回来,我真的不想你们去捡纸皮什么的,那真的不卫生。"温雅晴说道。

"这样的话,你爸回来我跟他说说,我也不能保证能说服他,你爸那人你也知道,很固执的。"张秀琴有点被温雅晴说动了。

温雅晴感觉头有点痛,就说道:"我去躺一会儿,有点累了。"说完就回屋躺着了。

张秀琴坐在客厅里,有点后悔刚才说的话。

第三十一章 给公公婆婆买手机

接下来的几天里,吴运来没有再去捡纸皮了,应该是张秀琴跟他讲过了。温雅晴也就没说这个事了,看来公公婆婆还是挺尊重自己的意见的。不过温雅晴觉得公公婆婆可能真的是闲不住的人,让他们在家里待着真是为难他们了。

这天早上,外面有点下雨。吃完早饭,吴运来把吴云飞送到幼儿园后就回来了。下雨了温雅晴也不好出去散步,就和公公婆婆坐在客厅闲聊着。

"爸,妈,给你们两个换换手机吧,你们的手机有点落伍了,只能接打电话。"温雅晴说道。

"换啥手机啊,你们年轻人用的那些功能我都不会用。不过我看别人买菜扫码付款挺方便。我的手机好像没这功能。"吴运来说道。

"换吧,一会儿雨小了,咱们就去买,现在手机又不贵,没事的。"温雅晴说道。

吴运来和张秀琴互相看了一眼,张秀琴说道:"先买一个吧,给你爸买一个,我不怎么出门,买不买无所谓。"

温雅晴知道张秀琴是为了省钱,就说道:"妈,都买一个吧,

二宝协奏曲

要不了多少钱。你们也可以和老家的亲戚朋友视频,很方便的,现在没个智能手机不行的。"吴运来和张秀琴都被温雅晴说动了,也就没有固执地反对了。

过了一会儿,天公作美,雨停了,天也忽然放晴了。温雅晴带着吴运来和张秀琴叫了辆出租车,来到了一家叫榕博的手机城。琳琅满目的手机让吴运来和张秀琴看得眼花缭乱,特别是有的手机居然要一万多块,这让两个人望而却步。

善解人意的营业员一看这阵势就知道这是带着老人来买手机的,就连忙迎了上去,说道:"叔叔,阿姨,这是您儿媳妇吧?"

"是啊,儿媳妇非要带着我们来买手机。"张秀琴略带自豪地说道。

"你儿媳妇真孝顺,对你们真好。这边的手机是年轻人喜欢的手机,你们跟我来这边,我给你们推荐几款老人机,非常适合老年人用。"营业员的话语让温雅晴三个人都听得舒舒服服的,不由自主地跟着她往里面的柜台走去。

在营业员的推荐下,吴运来和张秀琴都买了新手机,价格也不算太贵,一部手机还不到两千元,两个人对手机的功能要求不高,这种千元机应该够用了。

回到家以后,温雅晴教吴运来和张秀琴使用手机。两位老人就开始摸索了起来。还真别说,吴运来在这方面进步神速,很快就掌握了下载软件、使用软件,张秀琴就好像两眼一抹黑,完全找不着门道,往往是软件点进去了,一条道走到黑,

第三十一章　给公公婆婆买手机

找不到返回的路径了。

温雅晴耐着性子教了一会儿，感觉有点累了，就让两个人自己先摸索，回屋躺着休息了。

客厅里，吴运来和张秀琴就像小孩子拿到新玩具一样，玩着新手机，哪里都透着新鲜。吴运来已经学会了用微信，乐此不疲地对着手机通讯录加着好友，已经加了不少好友了，甚至开始尝试着进行了视频聊天，这让吴运来兴奋不已。

张秀琴可能是脑子反应不过来，吴运来本来很耐心地一遍又一遍地教她怎么点，到后来也失去了耐心，让她自己去摸索。张秀琴自己摸索了半天，越摸索越生气，索性不弄了，就在旁边看吴运来玩手机。

吴运来点开了一个短视频软件，里面有很多好看的视频。两个人看得不亦乐乎。张秀琴在旁边也高兴地说着："你好厉害，这个好，快教我这个，我要学会这个。"

吴运来觉得非常受用，美滋滋地一步一步教张秀琴下载安装。张秀琴在学习的时候居然没有卡壳，一下子就学会了。一时间，两个人像接触了一个新世界，不停地哈哈大笑。温雅晴在房间听到公公婆婆开心的笑声，也开心地笑了。

晚上的时候，温雅晴把吴运来和张秀琴拉到了微信群，吴宏伟和三个人进行了多人视频聊天。这新奇的事物也让吴运来和张秀琴感到非常好玩，再也不提回老家的事了。

接下来几天，温雅晴发现了一个问题，吴运来和张秀琴每天就是抱着手机刷短视频，对家务也不怎么上心了，甚至

有天晚上她到客厅倒水喝的时候,还听到了公公婆婆在看短视频。

温雅晴把这个情况给吴宏伟说了一下,想让吴宏伟给公公婆婆提个醒,不能这样一直玩手机,对眼睛、对身体都不好,还给了孩子不好的榜样。吴宏伟给张秀琴打了电话,说了这事。温雅晴敏感地捕捉到了张秀琴对自己态度的变化,没有以前热情了。

这天早饭后,吴运来去送吴云飞上学去了,家里就剩温雅晴和张秀琴了。温雅晴试着问张秀琴:"妈,今天脸色不太好啊,咋了?"

"咋了?某些人就喜欢打小报告。有什么话不能当面讲吗?还要让我儿子来说我。"张秀琴没好气地说道。

温雅晴不禁失笑,原来是因为这个,就笑着说道:"妈,我也是为了你好啊,晚上玩手机太晚了,熬夜对身体不好,我没有别的意思,就是随口跟宏伟那么一说,没想到宏伟当回事了,还专门跟你交代了。"

"是这样吗?那你不会直接跟我们说啊,干啥跟宏伟说这些?"张秀琴没好气地说道。

"我还不是怕惹你不高兴嘛,也就是跟宏伟唠家常时候说了下,别当回事啊。不过你们真的不要经常玩手机,看那些短视频会上瘾,有时候一看就停不下来。"温雅晴说道。

"是啊是啊,那些视频可好玩了,有搞笑的、有做菜的、有卖东西的,我看那些人卖的东西好贵啊,一个包包都要一

第三十一章　给公公婆婆买手机

两万,还有那么多人在那里抢,你说那些人怎么那么有钱啊。"张秀琴啧啧道。

"你看的应该是奢侈品包,有些有钱人会买那些包包,还是有一定市场的,我们普通人看看就行了,那些东西对于我们来讲,还是有点可望而不可即的。"温雅晴说道。

"噢,那些确实很贵,等宏伟有钱了,也让他给你买一个,背着出去多有面子啊。"张秀琴说道。

"嗯,等有钱了,让宏伟给我买一个,也给你买一个。"温雅晴笑着说道。

"我就算了,我背出去人家也不信啊,肯定认为是假货。你背出去才行。"张秀琴笑着说道。

"妈,以后好日子会有的,现在艰苦一点,等二宝生出来,我也可以出去挣钱了,好的包包肯定可以买的,放心吧。"温雅晴说道。

"嗯嗯,我也劝劝你爸,少看点手机,不过手机上有教做菜的,你爸有时候会学做菜,我觉得这样挺好的。"张秀琴说道。

"嗯,我们有选择地看,云飞在的时候,我们少看点,要不然云飞也会去看。"温雅晴说道。

"好,好,我知道了,下次你爸看的话,我批评他。哈哈哈……"张秀琴说道。

二宝协奏曲

第三十二章 吴运来受伤

吃完早饭,收拾完厨房,张秀琴坐在客厅摆弄着手机,看到温雅晴从外面遛弯回来了,就问道:"雅晴,你说这个红包怎么抢?"

"哎呀,老妈厉害啊,都研究到这一步了。我本来还想过两天带你和爸去银行开通一下网银,这样你们就可以上网购物了。"温雅晴笑着说道。

张秀琴不好意思地说道:"购啥物啊,我不懂那个,我看有人老是说发红包、抢红包。我都没弄明白是咋回事。"

"抢红包简单,我在我们家群里发个红包,你来试试就知道了。我先发一个红包,妈你来点。"温雅晴说着在群里发了个红包。

"在哪里点?是不是这个?"张秀琴说道。

温雅晴凑过去看了下,说道:"嗯嗯,点开,就是这个。"

"哇,抢到12.29元。"张秀琴兴奋地说道。

"我也抢一下,唉,我才抢到3毛钱。"温雅晴故作失望道。

"哈哈哈,我这运气还不错啊,哈哈……"张秀琴开心得像个孩子。

第三十二章 吴运来受伤

温雅晴看着张秀琴开心的笑脸,也被她感染了,跟着笑了起来,前些天两个人的那些不愉快似乎也烟消云散了。

"雅晴啊,晚点等你爸回来,咱们抢红包,让你爸也眼红眼红,他还不知道咋抢红包呢。"张秀琴就好像是一个知道了秘密的孩子一样,巴不得赶紧去炫耀炫耀。

正说话间,吴运来送完吴云飞回来了。张秀琴给温雅晴使了个眼色,温雅晴心领神会,赶紧在家族群里发了个红包。

"哇,我抢了21.7元,真不错。"张秀琴故意大声地说道,说完还朝着吴运来扬了扬下巴。

吴运来果然被勾起了兴趣,凑到张秀琴身边问道:"老婆子,你抢的什么钱?"

张秀琴也是憋不住话的人,洋洋得意地说道:"抢红包呗,你知道啥叫抢红包不?算了,给你说你也不懂。"

"我怎么不懂,哪里抢的?我也去抢。"吴运来说道。

"雅晴刚在咱们家的群里发的,你去抢啊。"张秀琴故意说道,她认为她已经抢到了,吴运来即使点开也没有多少了,因为大头已经在她这里了。

"哇,68元,哈哈……"吴运来哈哈大笑起来,好不容易止住了笑,问道,"老婆子,你抢了多少啊?"

"你68元?我21.7元,不是我先抢的吗?雅晴,你爸作弊。我先下手还没有他多。这不科学。"张秀琴用求救的眼神看着温雅晴说道。

温雅晴笑了笑说道:"爸,妈,我发了三个红包,总共

二宝协奏曲

一百块钱,是拼手气的红包,先抢到的不一定就是最多的,如果我发的红包数量少的话,先抢到的有,后抢的人可能就没有了。我现在发一个红包,你们抢一下看看,谁快谁才能抢到。"说完,温雅晴准备发一个单个红包。

吴运来和张秀琴摩拳擦掌,都准备抢了。

"开始抢!"随着温雅晴的一声令下,目不转睛地盯着手机屏幕的吴运来和张秀琴不由自主地用手指去点屏幕,点了半天,却没看到红包的影子。两个人疑惑地抬头看了看温雅晴。

其实温雅晴根本就没发红包,俏脸一红,说道:"先演练一下,现在我开始发了啊。"说完一点"塞钱进红包",就把红包发出去了。

"我抢到了,老婆子,你还是不行啊。哈哈……"吴运来别提多开心了。

"把红包还给我,你一个大男人也不让着我,害不害臊?"张秀琴抢不过吴运来,开始耍起了无赖。

"我也不知道怎么发红包啊,怎么还给你。"吴运来无奈地说道。

张秀琴看了看温雅晴,说道:"雅晴会啊,教教你爸,让他发红包。"

温雅晴走到吴运来和张秀琴身边,一步一步地演示如何发红包,两个人也很用心地学着,教了好几遍,两个人才学会。刚学会两个人就玩起了抢红包的游戏,玩得那叫一个不

第三十二章　吴运来受伤

亦乐乎。

晚上，吴宏伟跟温雅晴视频聊天的时候，聊起了白天父母在微信群抢红包的事，也很高兴，还说考核的事情进展比较顺利，可以提前结束，说不定两三周后就可以回来了。温雅晴让吴宏伟以工作为重，家里的事情不用担心。吴宏伟也很感动，因为温雅晴之前没有和自己父母长时间待过，自己刚把父母接过来没几天就出差了，等于说还没等温雅晴和公公婆婆磨合一下，自己就出差了，按照自己对父母的了解，肯定有一些是温雅晴看不顺眼的，特别是温雅晴还有一点洁癖，自己父母长期在农村生活，在这一点上就肯定有龃龉。其实，吴宏伟看问题看得挺准，吴运来去捡纸皮的事情，就让温雅晴颇为头疼，只是温雅晴因为纸皮的事情跟公公婆婆的小冲突没有跟吴宏伟讲。

临近元旦了，超市商场打折的活动特别多，甚至还有一些是一分钱抢购的活动。吴运来去菜市场买菜的时候，接到了一张超市的宣传单，上面就写着一分钱抢购一箱鸡蛋的宣传语，这下让吴运来提起了兴趣，仔细一看宣传单，活动就在第二天，但是数量有限，只有前一百名才有抢购资格。吴运来专程到超市打听了一下，确定了第二天超市开门的时间为早上七点，这才放心地回家了。

第二天早晨六点钟，吴运来就爬起来了，跟张秀琴交代好送吴云飞，就赶往超市。

到了超市门口，吴运来傻眼了，他发现门口已经排起了

二宝协奏曲

长长的队伍,而且清一色的老头和老太太。大概算了一下,吴运来感觉有点悬,因为排在他前面的即使没有一百人,也有个八九十人。既来之则安之,吴运来默默地站在队伍后面排起了队。

七点整的时候,超市大门准点打开了。本来排成一条长龙的队伍忽然躁动了起来,原本有序的一字长龙变宽了,后面的人群呼啦一下往门口挤去。超市门口的引导员在大声地喊着:"不要挤,一个一个进!"但是,没有人理她,所有人都像打了鸡血一样,拥挤着往前冲。

吴运来被裹挟在人群中往前拥去。忽然前面有人好像跌倒了,但是后面的人不知道,还是往前挤着。

吴运来被人群挤到入口处的时候,看到了几个人摔倒了,还不停有人被绊倒,然后跌作一团。吴运来本来想绕开这几个跌倒的人,但是周围都是人,他无法挪动步子,不可避免地也跌倒在了人堆上。

"哎哟,谁踩我腿了……"吴运来本想挣扎着站起来,又被后面挤上来的人压倒了,也不知道是谁,踩到了他的小腿,那叫一个疼啊,他不由地喊出了声。

超市的工作人员看到这种情形,紧急关门,这才把入口处跌倒的人扶了起来,所幸的是没有出现严重的踩踏事故,但是有几个人受伤了,其中就有吴运来。

吴运来的小腿非常痛,站起来就钻心的那种痛。超市工作人员叫来了救护车,把几个受伤的老人送到了医院进行检

第三十二章 吴运来受伤

查。果不其然，吴运来的小腿骨裂了，看来被踩得不轻。吴运来不好意思地给张秀琴打了电话，说了自己的遭遇。这可把张秀琴急坏了，急急忙忙赶到了医院，看着躺在病床上的吴运来，刷的一下眼泪就下来了，到了吴运来的床边，点着他的额头骂道："说你啥好，为了几个鸡蛋，命都不要了！"吴运来只能讪讪地赔着笑。

万幸的是，超市负担了吴运来的所有医疗费，还送来了一千块的超市购物卡作为慰问，这也让吴运来心里好受了一点。不过接下来的几天，可是忙坏了张秀琴，又接送孩子，又照顾孕妇，又照顾病号，整个人忙得晕头转向的。

二宝协奏曲

第三十三章 吐槽

整个家因为吴运来的骨折也进入了一种兵荒马乱的状态，经过两个星期的折腾，吴运来终于可以小步挪着慢慢走了，于是回到家里静养。

看着吴运来能够挪动步了，张秀琴就开始不停地数落起来："我说老头子，下次还去抢鸡蛋不？"

"你别唠叨了，一遍又一遍，你烦不烦啊。你以为我想啊，我还不是怕咱儿子辛苦，也想着省一点嘛。"吴运来没好气地说道。

"那你也不能拼命啊，自己那副骨头架子差点丢在超市门口，你说说你，值不值呢？"张秀琴继续数落道。

温雅晴有点看不下去了，就说道："妈，爸也是为了这个家嘛，你就原谅他吧，我知道你也是担心他的。"

张秀琴数落自己老伴儿，其实就是给温雅晴看的，她认为自己数落吴运来了，温雅晴就不好意思数落了。听到温雅晴开始帮着自己老伴儿说话，她知道温雅晴没有怪自己老伴儿，也就顺着话茬说道："我要是不多说说他，下次不一定会干出啥事呢。"

第三十三章 吐槽

"下次不敢了,我老老实实地待在家里,你看我现在不是大门不出二门不迈吗,多听话。"吴运来求饶道。

张秀琴不失时机地又数落道:"你倒是迈给我看看啊,你也迈不出去啊,现在你还是老老实实在家养着吧,别想着出去晃悠了,也省得给我惹事。雅晴,你也跟我一道看好你爸,省得他在家里待不住,又出去乱跑。"

温雅晴这个时候又跟婆婆统一战线了,连忙说道:"对,现在老爸是重点保护对象,你看这些天把老妈都累瘦了,你要赶紧好起来,现在家里可是一点也离不开你啊。"

"你看你儿媳妇多向着你,你赶紧把伤养好,我也想多休息休息,我瘦了不要紧,你看雅晴最近都瘦了。"张秀琴继续抱怨道。

"我真的瘦了?我一直觉得自己越来越胖了,吃又吃不下,老妈使劲往我嘴里塞好吃的,我就像个发面馒头一样,都胖得快走不动路了。"温雅晴有点小惊喜。

"雅晴啊,不是我说你,你别老想着瘦,你要多吃点,你吃就是孩子吃,你一个人吃,两个人吸收,你不胖点,那孩子就瘦了,你忍心亏待孩子啊。"张秀琴最看不惯温雅晴天天以瘦为美的说法,每天都在劝温雅晴多吃点,但是每次温雅晴都是一小口一小口往嘴里塞,塞了半天也没塞进去多少,有时候她恨不得帮温雅晴往嘴里塞。

温雅晴有时候觉得婆婆有点偏执,不管自己愿不愿意吃,非要盯着自己吃才行,稍有反抗,就拿肚子里的孩子说事,

二宝协奏曲

这也让温雅晴无从反驳。

看温雅晴不说话,张秀琴以为自己说得很有道理,便继续说道:"你知道不,我怀宏伟的时候,长了五十多斤,我照样下田干活,啥事都没耽误,你问你爸是不是?老头子,你给雅晴说说我怀孕那时候的事。"

吴运来假装咳嗽了一声,说道:"你妈那时候跟现在完全是两个样子,整个人都大了一圈,生下宏伟好几个月了,有人见到她还问她啥时候生。"

温雅晴听到这儿整个人都不舒服了,看了一眼张秀琴,默默地往后缩了缩,说道:"爸,妈,我有点累了,我先回屋休息一下。哎哟,这个二宝又踢我了。"说完,温雅晴便抚着肚子回屋了。

"你个死老头子会不会说话,把雅晴吓走了,你到底站在谁那边的?"张秀琴没好气地说道。

吴运来无奈地说道:"人家城里人跟咱们乡下不一样,你不要老是强迫儿媳妇了,去医院体检不是很正常嘛。你那时候吃那么多,肉都长自己身上了,也没见生出来有多大,不也才六斤吗?"

"你!你没看雅晴瘦成啥样了,咱们来了以后体重都没涨,这怎么行?咱们伺候得还不如宏伟吗?咱们要把儿媳妇养得白白胖胖的,要不然宏伟回来会怪咱们的,你说是不是?"张秀琴自说自话。

吴运来觉得跟张秀琴讲道理简直就是对牛弹琴,就懒得

第三十三章 吐槽

跟她争了,就点点头说道:"你说的有道理,就照你说的来,我一个病号,我可不想变得白白胖胖的。我的伙食标准可以降低一些,我不介意的。"

张秀琴白了吴运来一眼,便不再说话了,一个人坐在那里生闷气。吴运来也不想招惹张秀琴,就一个人蹭到了一边玩起了手机。

温雅晴回到房间,躺在床上回想着最近发生的事情。随着公公吴运来出院,生活似乎回到了原来的状态。但是她发现婆婆张秀琴的掌控欲似乎非常强,什么事都要管一管,吃喝拉撒睡都要介入,而且是站在道德的制高点来管,好似什么都是为了你好、为了肚子里的孩子,让人难以拒绝,也难以承受。

有时候温雅晴还是觉得自己的妈妈才是妈妈,婆婆永远是婆婆。自己吃不完的剩饭可以自然而然地给自己妈妈吃,但是就不可能给婆婆吃。前些天沈敏玲还打电话叮嘱她要注意,不要暴饮暴食,女人的身材一旦走形很难恢复,而婆婆只会一味地让自己使劲吃,出发点就是盯着肚子里的孩子,根本没有考虑她的身材。想到这儿,温雅晴有种莫名的忧伤感。自己到榕州以后,基本上都是在安心养胎,社交也少,基本上没有朋友和熟人,顶多在小区里认识了几个带娃的老太太,甚至对门的邻居家有几口人都没搞清楚,见面也只是点点头,打个招呼。

温雅晴越想越觉得不舒服,觉得张秀琴对自己并不好,

于是打电话给沈敏玲，幽怨地谈起了最近的糟心事。沈敏玲安慰了她一番，也聊了会儿家里的事，说最近雅黛一天到晚不着家，痴迷于瑜伽不能自拔，两个孩子的衣食起居就靠沈敏玲来照顾了。

温雅晴也觉得沈敏玲不容易，便聊了一些吴云飞怎么懂事、怎么乖巧的事，也想让沈敏玲高兴一些，相互吐槽了一会儿酸甜苦辣的日子，感觉心情好多了，感觉有点累了，温雅晴挂掉电话就睡了。

第三十四章 噎住了

元旦的时候,吴宏伟出差还没有回来。温雅晴挺着大肚子,也不方便回荣平,于是她就打电话让沈敏玲来榕州玩两天。可是如果沈敏玲来的话,杨旭升和杨璐菁兄妹两个就没人照顾了,因为根本指望不上温雅黛,她在元旦前一天下午就玩起了人间蒸发,后来接了电话说是跟一起练瑜伽的姐妹搞团建,去外地待两天就回来。

接到温雅晴的电话,沈敏玲本来不想来榕州,但是禁不住温雅晴的软磨硬泡,只好带着杨旭升和杨璐菁一起去了榕州,一起住到了温雅晴的家里。

吴云飞是非常开心的,见到杨旭升和杨璐菁就和他们抱在一起,因为他们也很长时间没见面了。三个孩子很快就钻到房间里玩去了,大人们都坐在客厅里聊着天,也没有去管这三个孩子。

"亲家,这段时间可多亏你照顾我家雅晴了,你看把她养得白胖白胖的,要是我来伺候,也做不到这样。"沈敏玲笑着说道。

沈敏玲的话可是说到张秀琴的心坎上了,连忙故作谦虚

二宝协奏曲

地说道:"哪里啊,主要是雅晴最近胃口好了很多,原来怀孕的反应比较强烈,吃多少吐多少,你说怎么能够上膘?"

"是啊,雅晴怀云飞的时候就是从头吐到尾,估计这一胎也是这样。不过如果能够多吃点,也能够禁得住吐了。"沈敏玲担心地说道。

"妈,我最近妊娠反应好多了,有时候一天也不吐一次,现在我一吐,我就使劲往肚子里塞东西,咬着牙吃东西,我就不信我吃的还没有吐的多。"温雅晴辩解道。

"雅晴什么都好,就是吃东西太慢了,看着吃了很长时间,其实塞到肚子里的东西并不多,你看,最近一个月都没咋长肉。"张秀琴好不容易找个机会在亲家母的面前控诉一下。

沈敏玲知道张秀琴对自己女儿吃饭有些不满意,但是也不能拂了亲家的面子,就说道:"其实雅晴怀这一胎比怀云飞时重多了,你看这脸,明显变圆了。"说着,宠溺地捏了捏温雅晴的脸蛋。

"妈,我可不想变成胖猪,到时候恢复不回来就惨了。"温雅晴噘嘴说道。

"你看看,你看看,你不能只想着自己,你要为自己肚子里的孩子着想,你瘦,肚子里的孩子也瘦。"张秀琴有点恨铁不成钢地说道。

"妈……我胖,肚子里的孩子也不一定胖啊,这个没有必然的关联啊。"温雅晴不服气地辩解道。

沈敏玲一看话风不对,赶紧站出来打圆场:"雅晴啊,

第三十四章 噎住了

亲家母说得对,我生你们四姐妹的时候,就是怀你的时候最瘦,结果生出来的时候,你是你们四个中间最小的,才五斤多点,跟个小猴子一样。"

"妈,我才不是小猴子。"温雅晴撒娇道。

"雅晴,最后两个月是肚子里的孩子长个子的时候,你不要怕胖,小孩子在肚子里多长一斤,那生出来以后比那些瘦一斤的孩子壮实多了,也好养多了。这一点,你妈肯定知道。亲家母,你说是不?"张秀琴看着沈敏玲说道。

沈敏玲点了点头说道:"嗯,小孩子生出来重一些,确实是长得快一些,这起跑线就比别人领先啊。"

温雅晴还想反驳,腿被沈敏玲碰了碰,知道沈敏玲不想她继续纠结这个话题了。

就在这时,房间里传来了争吵声和哭叫声。温雅晴赶紧打开了房间门,只见吴云飞指着杨璐菁哭着说道:"你赔我的沙漏,这可是我爸爸送我的生日礼物。你给我弄坏了,你要赔。呜呜……"

温雅晴连忙安慰吴云飞,问道:"怎么了?这个沙漏坏了没关系的,可以让爸爸再给你买一个啊,你爸爸就快回来了。"

"晴姨,我不是故意的,我一不小心坐到沙漏上了,这个沙漏是玻璃的,我没想到这么不结实。"杨璐菁小声地说道。

"你就是故意的,你明明知道这个是玻璃的,还坐了上去。"吴云飞哭着说道。

二宝协奏曲

"你妈妈已经说没关系了,你还哭什么。走,咱们走,小气鬼,不跟他玩了。"杨旭升拉着杨璐菁就要往外走,杨璐菁满怀歉意地看着吴云飞,但是又拗不过杨旭升,只得被拉出了房间。

杨旭升这样一说,吴云飞哭得更凶了。温雅晴也知道沙漏不值什么钱,但是对于吴云飞来说,这个沙漏的意义不一样,那是爸爸送他的生日礼物,平时吴云飞都是很珍惜的,从来不轻易拿出来玩,现在被杨璐菁弄坏了,肯定很心疼。温雅晴当着吴云飞的面,给吴宏伟打了个电话,说要他再给儿子带个更好的、更结实的沙漏回来,吴宏伟很爽快地答应了,因为他正愁给儿子带啥礼物呢,这不正瞌睡呢,温雅晴就来送枕头了。

俗话说:小孩的脸,说变就变。刚才还是阴云密布的,马上就多云转晴了。知道爸爸还会给自己买一个更好的沙漏的时候,吴云飞马上就不哭了,也不伤心了,从房间跑出来继续找杨旭升和杨璐菁玩耍。

晚上的时候,张秀琴蒸了一大锅肉包子。因为是自己调的味道,刚出锅的包子味道别提多好了,每个人吃了以后都是连连称赞。

杨璐菁更是惊叹着说道:"这是我吃过的最好吃的包子。"

杨旭升嘴巴里塞得满满的,含糊不清地说道:"嗯嗯,最好吃的。"惹得大家哈哈大笑。

杨旭升一手拿着一个包子,左边咬一口,右边咬一口,

180

第三十四章 噎住了

嘴巴鼓鼓的,已经难以咀嚼了。杨璐菁看着杨旭升这样,也是一手拿一个,不管吃不吃得下,先占过来再说。吴云飞看着杨旭升和杨璐菁这个样子,也是有样学样,一手拿了一个。

沈敏玲看着三个孩子这个样子,严肃地批评道:"你们不能这样,这样子很不礼貌。"

"我好喜欢吃,真好吃。"杨旭升嘴巴里好不容易有了空隙,能说句囫囵话了。

"哎呀,亲家母,不要管孩子们了,他们爱吃就多吃点。不够吃,我明天再包,让你们吃个够。"张秀琴看着三个孩子这么爱吃自己包的包子,也很有成就感。

正说着话,沈敏玲忽然发现杨璐菁满脸通红,心里暗叫不好:"噎住了。"沈敏玲赶紧拍杨璐菁的后背,却发现杨璐菁的症状没有缓解,脸越来越红。

"妈,这样不行,你从她后面抱住她,猛勒她肚子,快!"温雅晴还比较冷静,想起了一些急救常识。

沈敏玲赶紧照做,站到了杨璐菁的身后,猛地勒了一下杨璐菁的肚子。杨璐菁从嘴巴里吐出了一大口包子,然后大口地喘着气,哇的一声哭了出来。

"外婆,我好害怕,好难受。"杨璐菁边哭边说。

"没事了,没事了……"沈敏玲抱着杨璐菁,连声安慰道,看着杨璐菁脸色逐渐转好,忍不住数落道:"以后吃东西不要抢,也不要着急,细嚼慢咽,万一噎住了,多难受,你说是不是?"

二宝协奏曲

"嗯,我下次不敢了。我不学哥哥了。"杨璐菁说道。

"我也是这样吃的,我就没噎住,是你自己的问题,干吗扯上我?"杨旭升不高兴地说道。

"你是哥哥,你要做好榜样,这样本来就不对,狼吞虎咽也是不对的,你这样会把妹妹带坏的。"沈敏玲看着杨旭升训斥道。

"不吃了!什么都要怪我,自己被噎住了,也来怪我!"杨旭升把吃了半个的包子往餐桌上一甩,转身就走,想往房间走。走了几步,才发现这不是自己家,于是杵在那里生闷气。

吴运来这个时候出来打圆场了,说道:"孩子没事就好,没事就好,先吃饭吧,那个旭升啊,没事了,你先吃饭吧。都别说了,吃饭吃饭。"

一屋子人安静了下来,每个人都不说话了,刚才抢吃包子的热乎劲一过,大家反而不觉得包子有多好吃了。

第三十五章 坦白从宽

元旦过了一周，吴宏伟终于结束了两个多月的出差。这一趟出差收获颇丰，特别是作为"钦差大臣"到各外驻点进行考核的感觉非常好，沿途过去都得到了极高的礼遇，用句接地气的话就是被捧上天了。

一路上，作为带队的分管人事的副总经理刘君凯对吴宏伟也非常满意，所有工作安排得井井有条，基本上没让他操过心，每天只需要按照吴宏伟的安排走就行了。回到总公司以后，刘君凯也不吝溢美之词，有人问起这次出差，他都要顺带夸上吴宏伟几句。这下子，吴宏伟的名声也在总公司打响了，很多人也因此记住了他的名字。

此时的吴宏伟，已经没有心思关注这些了。家里非常需要他这个顶梁柱来撑着。父亲吴运来的腿脚还不够利索，基本上做不了什么家务。妻子温雅晴的肚子越来越大，以前还能够到楼下小区遛遛弯，现在腿脚都是浮肿的，走几步都感觉到累，下楼的次数也越来越少。母亲张秀琴已经疲于应付了，要买菜、接娃、做饭、做家务，全家人的衣食起居的重担都压在了她身上，如果吴宏伟再不回来，她早晚会被压垮。

二宝协奏曲

　　吴宏伟出差一回来,大家都有种如释重负的感觉。除了接送吴云飞,买菜做饭都由吴宏伟承包了。这一做饭不要紧,吴运来和张秀琴发现自己儿子炒菜是真的好吃,比自己炒的好吃太多了,甚至跟饭店的味道相比也不遑多让。直到温雅晴揭开了谜底,说出了自己是经过厨师学校培训的,而吴宏伟就是自己的亲传弟子,大家才恍然大悟。

　　这天,一家人热热乎乎地吃着火锅,唠着家常,一起说着陈年的往事。温雅晴不停地套着公公婆婆的话,就是想多套一些吴宏伟的"黑历史"。

　　"妈,你说宏伟初中的时候上了两年初三,是不是在学校不好好学,暗恋人家女生啊?"温雅晴问道。

　　吴宏伟赶紧打断:"怎么可能,我初中时胡子都没长,啥都不懂,妈,你说是不是?"

　　"让妈说,你别打岔。初中时你都十三四岁了,正是情窦初开的年纪,暗恋女同学不是很正常嘛,妈,你说是不是?"温雅晴说道。

　　张秀琴为难地看了一眼吴宏伟,说道:"宏伟初中时候应该没谈恋爱,暗恋没暗恋,这个还真不好说。不过那时候宏伟倒是有几个女同学从小学到初中都是同学,关系还不错。"

　　"我咋没听宏伟说过。"温雅晴瞟了吴宏伟一眼,看他很镇定地吃着丸子,便不再纠结这个问题,继续问道:"妈,那高中时候呢?宏伟这么帅,肯定有女孩子喜欢他吧?"

　　张秀琴不疑有诈,顺着温雅晴的话说道:"那肯定啊,

第三十五章　坦白从宽

宏伟高中时候可帅了，有不少女生给他写信呢。"张秀琴说着还有点小得意。

"妈，饭可以乱吃，话可不能乱说啊。"吴宏伟有点急了，"哎呀……"感觉到腿一疼，温雅晴的"无敌旋风扭"招呼过来了。

"停停停，我老实交代，我老实交代……"吴宏伟连连求饶道，温雅晴这才松开了手。

温雅晴抬了抬下巴，说道："坦白从宽，抗拒从严。"

吴宏伟小声嘀咕道："不是坦白从宽，牢底坐穿吗？"

"你说啥？"温雅晴柳眉一竖，质问道。

"没啥，没啥，我坦白。"吴宏伟仰头做回忆状，"那个时候我十六七岁，风华正茂，用当时的话怎么说来着，就是小伙儿帅呆了。"说着话，吴宏伟偷瞄着温雅晴，看着她的表情变化。温雅晴很给面子地点了点头，示意吴宏伟接着说。

得到温雅晴的鼓励，吴宏伟信心大振，接着说道："我那时候成绩也不错，篮球打得也不错，不仅自己班上有女生给我写信，甚至隔壁班的女生也给我写信了，但是……"他顿了顿道，"我都拒绝了她们的爱意，你知道的，我是有理想、有抱负的，广袤的世界还等着我去闯荡，我吴某人岂能被眼前的这些花花草草所迷惑。"

"啧啧啧……说得真好啊。我就知道你不会说实话，算了，我也懒得审问你了。"温雅晴一副放过你了的样子。

"那不能放啊，我态度这么好，你不再挖点料？"吴宏

伟一副得了便宜还卖乖的样子。

"那好吧,既然你这么有诚意,你继续说吧。你大学时候的那个女朋友怎么样了?"温雅晴漫不经意地问道。

"你是说许小菲吗?啥?我大学时候没有女朋友的。"吴宏伟顺口说了出来,马上警觉道。

"许小菲是谁啊,我怎么没听你说过?"温雅晴把手轻轻地放在了吴宏伟的腿上,大有不老实交代就要扭一把的架势。

"妈……"吴宏伟求助地看着张秀琴。

张秀琴装作没看到,专心致志地捞着火锅里的蟹肉棒,但是嘴角那抹掩饰不住的笑意暴露了她内心的想法。其实张秀琴在心里默默说道:"傻儿子,你自求多福吧,谁也帮不了你。"

吴宏伟看拉不到外援,只好硬着头皮说道:"那是大二的时候,有个叫许小菲的疯狂追求我,你知道的,在大学要是没个女朋友一起坐在食堂吃饭,是很没面子的。"

温雅晴瞪大了眼睛,一副我信你个鬼的样子。

吴宏伟连忙说道:"这也是宿舍几个哥们儿撺掇的,其实我那时候一心扑在书本上,根本没有心思去谈恋爱,特别是那个许小菲脾气不好,什么都要管,哪像你这么温柔,这么贤惠,这么知书达理……"

一通彩虹屁朝着温雅晴拍了过去,温雅晴很是受用,说道:"后来呢?"

第三十五章　坦白从宽

吴宏伟一看温雅晴没生气，就说道："后来受不了她的臭脾气，就果断地分手了。现在想想，如果不是她，我也不会跟你在一起。"

温雅晴说道："哟，你的意思，我还得感谢她了。现在你们还有联系吗？"

"基本上没有了。"吴宏伟说道。

"有还是没有？"温雅晴有点不满意这种黏黏糊糊的回答。

"偶尔吧，几乎没有联系，也就是过节时候群发祝福信息还有发一下。"吴宏伟说道。

"算了算了，饶过你了，二宝在肚子里抗议了，快扶哀家起来回屋休息。"温雅晴伸出了手。

"嘛……"吴宏伟赶紧托着温雅晴的手，一副奴才的样子，扶着温雅晴往屋里走去，逗得一屋子人都笑了起来。

二宝协奏曲

第三十六章 报培训班?

榕州的冬天一般都比较暖和,今年也不例外。周末的时候,吴宏伟和温雅晴带着吴云飞在离家不远的公园里游玩。

榕州的公园不像北方的公园,冬天也是生机盎然,放眼望去绿色是主流,很多花都在怒放,特别是一些俏皮的梅花已经盛开了,吸引了不少游客驻足拍照。还有一些新人在拍婚纱照,美丽的新娘子穿着白色的婚纱,看起来薄薄的,让人有一种不是冬天的错觉。

吴云飞在公园里飞快地跑着,温雅晴挺个大肚子,一点也跟不上,吴宏伟背个大背包,寸步不离地跟着吴云飞,没多久就满头大汗了,只好在后面不停地喊着:"云飞,慢点,咱休息一下,等等妈妈。"吴云飞是外甥打灯笼——照舅(照旧),根本就当没听见。小孩子的精力有时候是难以估量的,就好像是永动机一样,小腿不停地迈着,看到什么都是新鲜的,都要凑到旁边看看热闹。

吴云飞好不容易停了下来,一家三口终于凑到了一起,坐在公园的长椅上休息。

这时,两个发传单的人走到了他们身边,递过来一张宣

第三十六章 报培训班？

传单。吴宏伟接过来一看，是少儿培训班的宣传资料。

"家长您好！我们是天童教育的，您有没有给宝贝报过培训班？我们天童教育成立于2001年，至今已经十五年了，我们秉承"创造美，感受爱，智慧随行"的教育理念，研发出适合3～14岁儿童的美术教育课程、绘本原创课程、人文书法课程、机器人科学课程、少儿体能、小主持课程等一系列课程和实践项目。我们不同于市面上的其他艺术培训，我们善于挖掘每个孩子的天赋，并为每一个孩子精心设计一条成长路线，尽可能地做到扬长避短。"一个年轻女孩介绍道。

旁边的男孩补充道："我们天童教育还专门为等待孩子放学的家长们设计了家长课堂，开设有人文旅行摄影班、油画笔、素描班、人文书法班，让热爱生活、追忆青春的家长们，找回年少时的梦想。家长在宝贝上课的时候，自己也参加培训，不会让您的时间浪费在等待中。"

吴宏伟和温雅晴对望一眼，都觉得这个培训机构的理念有点创意，特别是家长也可以在这里参加培训。吴宏伟仔细看了一下宣传单，小孩子的课程比较贵，家长的课程价格基本上是孩子课程的一半。看了一会儿，吴宏伟抬头对那两个销售人员说道："我们商量一下，改天给你打电话。"

"好的，我们下周有一节试听课，到时候可以带宝贝过来试听一下，喜欢了再报，不喜欢的话不报也没关系的。这是我的名片，有什么问题都可以联系我，谢谢。"那个年轻女孩很有礼貌地递给吴宏伟一张名片。吴宏伟接过来以后，

二宝协奏曲

两个推销人员道个别就走了。

"雅晴,你觉得我们应该给云飞报个什么班比较好?"吴宏伟问道。

"是啊,小区里跟云飞差不多大的孩子周末都是在上各种培训班,我前些天还在想要不要给云飞报个什么班。我看了下我们小区里的,大部分都是钢琴和英语。"温雅晴说道。

吴宏伟抖了抖手中的宣传单,说道:"这个培训机构的课程,有点意思,很多课程都挺有创意的。现在钢琴、英语太多了,如果报音乐类的,我觉得可以报吉他、笛子之类小众一点的。英语我觉得可以报一下,语言类的要早一些培养,指望我们在家里点点滴滴的培训,还远远不够,你说呢?"

"我们下周抽个时间去这个天童教育看看,毕竟一参加培训就要很多年,最初的选择很重要,千万不能马虎。"温雅晴说道。

"选培训班,无非这两点,一是孩子有兴趣,愿意学;二是离家近,接送方便。至于能不能在这方面成才,那还真不是我们家长和机构说了算的。"吴宏伟分析道。

"上次我看到一个哈佛的学生家长谈育儿经验,说的那个公式我觉得挺有道理,就是'天分加上努力才能成功。'这里面的'天分'是孩子自己的,'努力'是多方面的,既有孩子的,有家长的,还有老师的,任何一个方面都很重要。

第三十六章 报培训班？

其中家长的努力决定了孩子的成长方向。"温雅晴最近倒是学了不少育儿方面的知识。

"报班肯定要报的，只不过现在咱们家里经济状况有点承受不了啊，要不要再等等？"吴宏伟说道。

"孩子教育的事情，怎么能等啊，借钱也得让孩子上啊。"温雅晴不高兴地说道。

"咱们小时候啥培训班都没上，现在不是照样好好的，也能够在这个世界上生存。"吴宏伟坚持道。

温雅晴白了吴宏伟一眼，说道："咱们那个年代哪有这么多培训机构，大家都没有参加培训，都是一个起跑线。现在能一样吗？人家参加培训了，咱孩子没参加，肯定少学很多知识。上次小区里的那个老奶奶说，现在小学老师教英语进度很快，很多小朋友在机构学得已经很多了，在课堂上老师就讲得特别快，如果没在外面培训过，很难跟上老师的进度。"

"英语到小学三年级才开始学，我们提前一年让云飞学，我觉得就可以了，学太早都忘了。你也是英语老师，你在家也可以教啊，为啥非要送机构去学啊。"吴宏伟说道。

"这你就不懂了，我主要是教高中的英语，少儿英语我也不太会教，人家机构有专业的老师，教起来比我教得好多了。"温雅晴说道。

吴宏伟不想在这个问题上纠缠，就岔开话题说道："中

二宝协奏曲

午想吃点啥,我们回家吃还是在外面吃?"

温雅晴一眼就看穿了吴宏伟的老套路,怪不得人家说,到男人这里就是全剧终,吴宏伟每次都是这样,于是没好气地说道:"走吧,晚上咱们再商量一下,云飞得报个班了。"

第三十七章 一问老公全剧终

晚饭的时候，一家人其乐融融地吃着饭，温雅晴还是寻思着给吴云飞报个什么培训班，吃啥也没胃口。其实很多人心里装着事情的时候，会有点茶饭不思。

张秀琴发现温雅晴有点不对劲，就问道："雅晴，菜不合胃口？"

温雅晴连忙应道："妈，不是不是，菜很好吃。我在想着给云飞报个啥培训班。"

"报啥培训班？小孩子不是吃和玩吗？"吴运来说道。

"爸，现在培训机构里面教学方式很灵活，基本上都是寓教于乐的，不像我们小时候那样填鸭式教学。"温雅晴说道。

"得多少钱？"张秀琴比较关心费用。

"基本上一次课都要一两百吧！现在都是这个价格。"温雅晴说道。

"这么贵啊，我看小区里的孩子周末都上培训班。有的一个周末要上好几个培训班。准备给云飞报啥班啊？"张秀琴问道。

"还没定，感觉应该报个英语、画画、乐器什么的。"

二宝协奏曲

温雅晴说道。

"报啥英语培训啊,你自己不是英语老师吗?"吴运来说道。吴宏伟在旁边连连点头,然后偷瞄着温雅晴的手,提防着她的"无敌旋风扭"。

温雅晴有点不知道怎么跟公公婆婆解释,想了一下说道:"小孩子启蒙阶段的英语,跟高中生的不一样,让我教还有点教不来,人家机构还是比较专业的。"

张秀琴嘀咕道:"大孩子都能教,小孩子有啥不能教的。"

温雅晴也不想辩解了,说道:"那报个绘画班吧,学画画也挺好的。"

"云飞以后要当画家?"吴运来问道。

"不一定啊,画家也挺好,现在是当兴趣培养。"温雅晴说道。

"那别去了,不准备当画家,上啥画画班嘛,不是浪费钱吗?"吴运来说道。

温雅晴实在是不想跟公公婆婆探讨这个问题,瞪了一眼吴宏伟,让他来讲。

吴宏伟假装咳嗽了一声,清了清嗓子,说道:"其实,上不上培训班,我们还得问问云飞的意见,他想上才行。没有兴趣,让他去也上不好,现在培训班,一交就是一万多块,我们还真得慎重一些。"

"你们就知道钱,一说事情就往钱上靠,啥也不学就不用花钱了。"温雅晴不高兴了,放下碗筷回屋去了。

第三十七章 一问老公全剧终

"妈,我要去上培训班。我同学都去上培训班了,我也想去。你别生气了。"吴云飞赶紧跑过去拉着温雅晴的手说道。

温雅晴拍拍吴云飞的小脑袋,说道:"妈妈累了,休息一下,你去玩吧。"

"嗯,我去玩了。"吴云飞飞似的跑了。

餐桌旁,吴运来、张秀琴和吴宏伟几个人大眼瞪小眼面面相觑。张秀琴打破了沉默,说道:"宏伟,你去哄哄。别动了胎气。"

吴宏伟只好硬着头皮进了房间,坐在温雅晴床边说道:"我知道你有点焦虑,培训班肯定要报的,我们先去试听,到时候再看看选什么?我觉得贵精不贵多,我们不一定要报很多。"

"你们一家子都是这样,一说到钱啥都全剧终了。等明年我工作了,我给儿子报培训班。不指望你了,指望你啥都别想。"温雅晴没好气地说道。

吴宏伟不好意思地说道:"最近经济压力确实有点大,最近要发年终奖了,发完年终奖就给云飞报个班,你考虑一下报啥班,听你的。"

"这还差不多。"温雅晴白了吴宏伟一眼,说道:"现在是语言的最佳启蒙期,先报英语吧,启蒙一下,我也可以辅导他。艺术类的再往后放放,等他上小学再培养也不迟。"

吴宏伟看温雅晴的心情多云转晴了,说道:"再吃点吧?"

"不吃了,快吃成猪了。我有点乏了,你跪安吧。"温雅晴挥了挥手。

二宝协奏曲

"嘁……"吴宏伟退着走出了房门,引来了温雅晴的笑声。

回到餐桌上,看着吴运来和张秀琴探寻的眼神,吴宏伟说道:"过段时间再报,先看看吧。没事了,雅晴有点累了,她睡一会儿。咱们吃饭。来,云飞,来吃饭。"

"爸,我要看《海底小纵队》,不然我不吃。"吴云飞说道。

吴宏伟一愣,说道:"看啥《海底小纵队》啊,吃饭看电视对眼睛不好,也影响吃饭。"

"我就要看,奶奶,我要看。"吴云飞不依不饶地说道。

"给他看吧,不看的话他一直跑来跑去,饭都不好好吃。"张秀琴说着,拿出了手机。

"妈,这样不行啊。"吴宏伟说道。

"看个动画片咋了,没事的,就一会儿,这样反而吃饭快。"张秀琴说道。

"那你来管他吃饭,我看他能吃多快。"吴宏伟生气地说道。

吴云飞如愿以偿地用手机看上了《海底小纵队》,还用眼睛挑衅似的看了一眼吴宏伟,好像在说,有奶奶在,我不是能看吗?

吴宏伟懒得说啥,坐在旁边冷眼旁观。

"奶奶,你喂我吃。"吴云飞把饭碗推到了张秀琴的面前说道。

"好,奶奶喂你,张大口,来一口,真棒。"张秀琴也张着嘴巴说道。

第三十七章 一问老公全剧终

吴云飞看着动画片，不时发出笑声，但是嘴巴却不怎么动。吴宏伟在旁边看得很着急，忍不住大声训斥道："云飞，你能不能嘴巴动起来，光看手机不嚼一下啊？"

"奶奶，爸爸凶我。"吴云飞委屈地看着张秀琴说道。

"你吃完没有？吃完了你先去忙别的吧。吃饭时候别在这里训孩子。"张秀琴不满地看着吴宏伟说道。

吴宏伟不想拂了张秀琴的面子，气呼呼地回房间了。

"云飞，乖，咱们继续吃饭，你要快点，不然爸爸又生气了。来，张嘴……"张秀琴说道。

"奶奶，我不想吃青菜，你不要给我夹青菜。"吴云飞说道，说完把嘴里那口饭吐到了桌子上。

"好，那咱不吃青菜。来吃口肉。"张秀琴说着给吴云飞夹了块肉。

吴云飞嚼了几口，把肉也吐桌子上了，说道："我不吃这个肉，咬不动。我要吃肥肉。"

"今天没有煮肥肉，明天给你弄红烧肉吃。今天我们先吃一点。"张秀琴说。

"我才不要吃，我要吃早上的咸菜。"吴云飞说道。

"咸菜吃完了，明天再吃吧。"张秀琴说道。

"不嘛，我就要吃。要不然我不吃了。"吴云飞噘着嘴说道。

"当家的，你去买包咸菜回来，云飞要吃，快点去。"张秀琴催促道。

"好，我现在就去买。"吴运来赶紧出了门。过了一会儿，

二宝协奏曲

咸菜买回来了,吴云飞高兴地吃了起来。

"妈,你怎么喂云飞啊,啥菜也不吃,只吃咸菜怎么行。"吴宏伟不放心,到餐厅一看,连忙说道。

"没事啊,偶尔吃一下没事的,小孩子胃口没开,吃点咸菜开开胃。"张秀琴不以为意地说道。

"妈,你不能这样宠着他,这样下去怎么带啊。"吴宏伟担忧地说道。

"怕啥,你小时候不也是这样过来的,还不把你养成这么个大个子。"张秀琴说道。

"现在怎么能跟以前比,还是要调整一下啊。要不然多难带啊。"吴宏伟说道。

"你别管了,你回屋吧,去吧去吧,别在这里添乱。"张秀琴把吴宏伟赶走了。

第三十八章 去隔壁睡

晚上，吴云飞睡着了。

温雅晴拍开吴宏伟伸过来的手，说道："给你说个事，你能不能管管啊，现在云飞吃饭都要看手机，不让看动画片就不吃，这怎么行？"

"看个动画片没事吧？我们大人有时候吃饭不也看电视吗？"吴宏伟有点不以为然。

"吴宏伟，我不是跟你商量，我是真的生气。你自己看看，现在儿子吃饭也不自己吃了，还要奶奶喂，奶奶还喜欢喂一口，舔一下儿子的勺子，这样多不卫生啊。"温雅晴索性转了个身，看着天花板说道。

"习惯问题，习惯问题，我明天讲一下。看手机的事情也得纠正一下，不然影响吃饭。"吴宏伟看温雅晴生气了，连忙哄着说道。

温雅晴看吴宏伟态度不错，就说道："还有，现在儿子挑食很严重，被爷爷奶奶宠得没边了，现在我说话都不听，今天啥菜也不吃，就要吃咸菜，爷爷就赶紧去买咸菜。"

"这个不用担心吧，偶尔吃点咸菜没啥吧，我们大人有

二宝协奏曲

时候也会没胃口,特别想吃点重口味的。不要大惊小怪,没事的,没事的。来抱抱。"吴宏伟又死皮赖脸地伸出了手。

温雅晴毫不客气地拍开了吴宏伟的禄山之爪,说道:"去隔壁睡去,别烦我,不想理你。"

吴宏伟碰了一鼻子灰,只好悻悻地说道:"我明天跟老爸老妈说说,别生气啊,我去隔壁了。晚安。"说完,他就去隔壁睡了。

温雅晴已经怀孕九个多月了,现在每天晚上要起来上卫生间一两次,睡觉翻个身都难。不过庆幸的是,辞职以后在家养胎,倒没有出现头晕的现象,在学校工作强度还是大了些,很容易出现低血糖眩晕的现象。

温雅晴白天有点睡多了,晚上有点睡不着了,艰难地翻了好几个身,实在是睡不着,就摸出手机给吴宏伟发了微信:"猪头,睡了没?"

吴宏伟还没睡,正在看短视频,一看是温雅晴发过来的消息,就回了句:"准备睡了,主上有何吩咐?"

温雅晴抿嘴一笑,发了个微笑的表情过去,接着发了信息:"你说,咱家二宝是男孩还是女孩?我这几天老觉得是个女孩。"

"没关系,男孩女孩我都喜欢。不过我倒是觉得是个女孩子最好了。"吴宏伟回道。

温雅晴回了个?

"你看,现在城市生存压力多大啊,特别是教育成本比较高。你这几天不是很焦虑儿子的培训吗?其实也没必要这

第三十八章 去隔壁睡

么焦虑。"吴宏伟指尖滑动,把信息发了过去。

"不说这个。现在大环境是这样的,改变不了环境,我们只能适应环境。"温雅晴回道。

"咱们这样聊多累啊,我过去陪你聊?"吴宏伟发信息过去。

"别,就这样聊会儿吧,你别过来了。"温雅晴赶紧回道。

"咱们儿子要不要标新立异一下,不去上这些班?看看能培养成什么样子?"吴宏伟试探着说道。

温雅晴一愣,半天没有回复消息,过了一会儿,回道:"我不敢尝试。这个世界竞争很残酷,现在我没有试错的勇气。你敢吗?"

看到温雅晴将了一军,吴宏伟也是半天没吱声,暗叹一声回道:"我也不敢。我们还是老老实实随大流吧。那种标新立异的做法还是留给别人吧。"

"你有没有发现,现在二胎放开了,有些人还是选择不生,主要原因就是教育成本问题。生得起,养不起。万一没有培养好,养出来个'啃老族',还不如不生。"温雅晴回道。

"其实我觉得很多时候都是家长自己在焦虑,替孩子着急。很多压力都是家长强加给孩子的,并不是每个孩子都需要去上985和211,人家马云不是杭州师范学院毕业的吗?"吴宏伟回道。

"你这是抬杠,中国有几个马云,这种成功根本没有可复制性,大部分人还是要一步一个脚印地往前走。你有没有

想过，咱们儿子以后从事什么行业？"温雅晴问道。

"我想让他入伍，我小时候就很想穿一身军装，但是考军校没考上，是我的遗憾。咱们儿子若能成为一名军官就好了，最好是海军，我觉得海军的衣服最帅气、最威武，还能够在大海上驰骋，想想就特羡慕。"吴宏伟憧憬道。

"你得了吧，你舍得我还不舍得呢。把儿子送去受苦，你还真下得了决心。"温雅晴说道。

吴宏伟看到温雅晴回的消息，撇了撇嘴，暗自嘀咕："妇人之见。"他没敢这样回，而是回道："部队是个大熔炉，儿子去锻炼锻炼多好，又是保家卫国这么光荣的事情。"

"要去也是去当空军，在天上飞多气派啊，可以上九天揽月。"温雅晴回道。

"……"吴宏伟发了一个省略号过去，表示无语。

"我想让儿子学医，我觉得医生穿着白大褂很帅气，让人特有安全感。过些天就要去医院，我这几天老是回想起生云飞那时候的事。你这次不会缺席了吧？"温雅晴幽怨地说道。

"这次不会了，啥任务也不接了，就是一门心思迎接二宝的到来。"吴宏伟信誓旦旦地回道。

"嗯，你要是缺席，我绝对不会原谅你。"温雅晴发了一个恶狠狠的表情过来。

"对了，你爸妈过些天过来吗？要不要请月嫂或者订月子餐什么的？我看公交车上有不少广告。"吴宏伟说道。

"月嫂别请了，你妈和我妈到时候都在，没必要。月子

第三十八章 去隔壁睡

餐可以考虑一下,这样大家也减轻一下压力。你去了解一下,如果合适,就订一个月的。"温雅晴听到吴宏伟这么有心,也很高兴。

"嗯。我明天打电话问问。困不困?"吴宏伟问道。

"有点困了,哀家要安歇了,跪安吧。"温雅晴回道。

"嘛……"吴宏伟回了个表情,接着说道:"晚安。"

二宝协奏曲

第三十九章 温雅晴生二胎了

温雅晴的肚子越来越大了,时常感到呼吸困难,甚至有些时候有点喘不过气来,只能小口呼吸,再加上出去遛弯时候吸到了凉气,这几天总是会不自觉地咳嗽两声,让她感到非常尴尬的是有点憋不住尿,咳嗽的时候时常会漏液,又不好意思让公公婆婆知道,只好自己洗掉。最痛苦的还不是这个,而是漏液后换衣服,每次都要费九牛二虎之力。

这天晚上,正在睡梦中的温雅晴被小腿剧痛惊醒。温雅晴没有慌乱,她知道这是腿抽筋了,因为在怀第一胎的时候,她就出现过这样的情况。温雅晴镇定地将小腿伸直,绷紧脚尖,大约两三分钟后,疼痛症状缓解了,她也折腾出了一身汗。每次这个时候,温雅晴就想着早点生出来算了,不受这个罪了,好长时间没有睡个安稳觉了,有时晚上要醒两三次,不是被尿憋醒,就是抽筋疼醒,再不就是被肚子里的宝宝踢醒。

早晨起来的时候,温雅晴发现自己的腿越来越粗了,脚浮肿得更明显了,手指头按下去就是白白的一个坑,要过好一会儿才能恢复肤色,鞋子早就穿不上了,不管是在家里,还是出门,只能穿宽松的拖鞋。好在家里人都很照顾她,每

第三十九章　温雅晴生二胎了

次出门都有人陪着，生怕她晕倒什么的。温雅晴很享受这种被保护的感觉，她也知道，等到二宝生出来，自己受珍视的程度将会锐减，大家都去疼二宝了，自己就要靠边站了。不过这天底下没有当妈的吃孩子醋的，大家疼自己的孩子，当妈的高兴都来不及。

到了39周的时候，掰着指头数日子的温雅晴终于感觉自己要熬出头了，快要到预产期了，但是二宝在肚子里迟迟没有动静，一点想出来的想法都没有，每天还是雷打不动地折腾着她，让她又好气又好笑。

抚摸着满是西瓜纹的大肚子，温雅晴跟二宝说着话："二宝，你快点出来吧，妈妈好累啊，你出来了我就可以陪你玩了，哥哥也盼着跟你玩呢。"正说着，肚子里的二宝小拳头对着肚皮来了一拳，力度很大，甚至可以看到小拳头的形状了，这也让温雅晴很是兴奋。温雅晴试着按了一下二宝的小拳头，结果二宝又来了一脚，力度更大了，肚皮都要裂开的感觉，温雅晴不由地"哎哟"一声，吓得张秀琴赶快冲了进来，连声问道："怎么了？怎么了？"

温雅晴赶紧笑着解释道："妈，没事，没事，二宝在肚子里跟我闹着玩，在做操呢。"说着温雅晴把一本书压到了肚皮上，只见书一下子就飞了起来，二宝的脚丫子的印痕在肚皮上清晰可见。这一下逗得张秀琴也笑了起来，说道："这个二宝力气真大啊。坚持一下，再过几天就到预产期了，别生个小猴子出来，最好能够坚持到初一以后再生。"

"妈,这个我说了也不算啊,二宝要出来我也挡不住啊。"温雅晴苦笑道。

张秀琴想了一下说道:"有办法,你这几天尽量少运动,二宝在肚子里也待得安稳点。你要是走路多了,就生得快了。"

温雅晴也不想生个猴宝宝,于是就按照张秀琴的话,基本上都是在家稍微活动活动,毕竟躺久了也很累的。二宝在肚子里也很争气,到了初一还没有动静,温雅晴这才放心了。又过了一周,温雅晴有点着急了,这都过预产期三四天了,怎么肚子还不疼,这跟怀第一胎时完全不一样啊。于是温雅晴催着吴宏伟到医院预订床位,决定不等了,实在是太累了,准备住院剖宫产。

温雅晴的辛苦,吴宏伟也看在眼里,赶紧去医院订床位。

万幸的是正好有床位空出来。当天下午,温雅晴就住进了医院,体检完,第二天下午手术。

听说温雅晴进医院了,温国栋和沈敏玲连夜开车赶到了榕州,到了医院,几位老人商量了一下,分了工,排了班,由沈敏玲先在医院陪着,其他人先回家休息。

医院里,沈敏玲跟温雅晴有一搭没一搭地聊着天。"雅晴,这次怎么肚子不痛啊?"

"是啊,我也纳闷。不过现在也过了预产期,足月了,随时可以生了。还是生出来吧,我感觉太累了,特别是最近这一个月,简直是煎熬。"温雅晴说道。

"月子怎么坐?在家还是在月子中心?"沈敏玲问道。

第三十九章　温雅晴生二胎了

"在家吧，不过不请月嫂了。我和宏伟商量了下，准备订一个月的月子餐，这样你们做饭就没压力了，要不然老是要考虑我吃啥，你们的饭也不好做。你不说我还忘了，上次就咨询了一下，还没下单。"温雅晴说道。

"月子餐？能吃啥？不跟你公公婆婆商量一下？"沈敏玲有点担心。

"我一会儿让宏伟说下，是我考虑不周，忘记跟大家商量了。"温雅晴吐了吐舌头说道，"我这就跟宏伟说。"说着便给吴宏伟发了信息。

吴宏伟在家里跟父母和老丈人温国栋说了一下想订月子餐的事，果不其然，张秀琴第一个出来反对，后来温国栋大手一挥，说道："月子餐的钱我出了。"这下张秀琴也没声音了，表示赞成。解决了月子餐的问题，吴宏伟立马就下单了。

第二天下午，温雅晴被推进手术室的时候，几位老人倒是比较淡定，吴宏伟反而在手术室门口走来走去，站也不是，坐也不是，只要手术室有个响动，他立马就冲了过去。

时间在一分一秒地过去，推进手术室已经一个多小时了，吴宏伟有点着急了，不停地踱着步，两只手搅在一起不停地揉搓着，还时不时地拿出手机看下时间。

"温雅晴家属，过来看一下。"手术室门开了，一个医生推出一个婴儿车。

吴宏伟一个箭步就冲到了婴儿车跟前。

"看下啊，是个女孩。先接走吧。"医生说道。

二宝协奏曲

  吴宏伟和双方父母打开包被看了下,连忙问道:"我老婆啥时候能出来?"
  "要过一会儿,她有点肠粘连,要再等一会儿。"医生回答。
  "生个女孩好啊,正好凑成一个'好'字。""是啊,是啊。""宏伟,你在这里再等会儿,我们先把二宝带走啊。"几位老人的话,吴宏伟一点也没听进去,就是木然地点着头,他脑海里还在回响着医生那句"有点肠粘连",还没等他细问,医生就返回手术室了。转头再看的时候,医院的护工已经带着几个老人和二宝回病房了。
  吴宏伟这次不踱步了,就站在手术室门口候着了,温雅晴出来他想第一时间看到。

第四十章 先天性心脏病？

站在手术室外的吴宏伟,每一分每一秒都是一种煎熬。吴宏伟不时地弯腰朝着手术室的门缝向内看去,虽然什么也看不见,但是他依然很执着地在那里看着。不知道啥时候沈敏玲也来到了手术室的门口,站在吴宏伟的身边。沈敏玲看着吴宏伟焦急的模样,便出言安慰道:"宏伟,雅晴会没事的,刚才说的肠粘连,我看了下,没啥大事。"吴宏伟模糊不清地"嗯"了一声,算是应了一下。

不知道过了多久,对于吴宏伟来讲,可能就是一个世纪,手术室的门终于打开了,他一眼就看到了面色苍白、嘴唇发白的温雅晴,赶紧上前握住了她的手。入手一阵凉意,吴宏伟轻声呼唤:"雅晴,雅晴,我是宏伟。"

温雅晴缓慢地睁开了眼睛,艰难地笑了一下,嘴巴张了张,没有发出声音。

这时,一个年长的女医生说话了:"温雅晴的家属是吧,温雅晴生第一胎的时候手术没做利索,有点肠粘连,刚才我们帮她处理好了,子宫里有个小肌瘤,我们也给拿掉了,现在没事了,可以推回病房了,回去后要第一时间给宝宝吃奶。

去吧,没事了。"

女医生的话对于吴宏伟来讲不啻仙音,高兴得差点跳起来,三个多小时的等待与担忧瞬间一扫而光。吴宏伟连声对女医生说:"太感谢你们了,太感谢你们了。"

吴宏伟和沈敏玲把温雅晴推回了病房,刚进病房门,就听到婴儿在哇哇大哭。

"回来了,回来了,妈妈回来了。"张秀琴抱着一个小婴儿在说着话,看到吴宏伟推着温雅晴进来了,递过去一个问询的眼神。吴宏伟笑了笑,摆摆手表示没问题。

跟着的护工指挥着把温雅晴从推车上抬到了病床上,并交代要抓紧时间给小宝宝喂奶。

温雅晴躺好后,张秀琴把二宝放到了温雅晴的胸前,小家伙看起来是饿坏了,第一口吃上去的时候,温雅晴"啊"的一声叫了出来。

吴宏伟听到温雅晴的叫声,立马冲了进来。张秀琴挥挥手把吴宏伟赶了出去。张秀琴知道是奶路还不通,被二宝一吸有点痛,吸一吸就好了。

温雅晴紧蹙着眉头,低头看着二宝在怀里奋力吮吸的样子,虽然被二宝吸得自己痛得宫缩,但是她还是很欣慰。

"雅晴,现在孩子吸奶对你对她都有好处,初乳是最有营养的,能增强孩子的抵抗力。她吸奶也有助你排恶露,你能恢复得快一点。"沈敏玲说道。

温雅晴咬着牙点了点头,她也懂这个道理,但是被二宝

第四十章　先天性心脏病？

吮吸得确实痛。

二宝吃了一会儿奶，就睡着了，但是乳头还是含得紧紧的，温雅晴不忍打扰她睡觉，就保持侧躺不动，目不转睛地端详着二宝。温雅晴越看越喜欢，她轻轻地摸了摸二宝的小鼻子，心说："就是你个小东西，把老娘折腾得够呛，现在你出来了，看我怎么收拾你。"

二宝吃完奶美美地睡了一觉，还没睁开眼就开始哇哇哭了起来，喝上奶还是哭闹不止。张秀琴说道："我看下，应该是拉便便了吧？"

拉开包被一看，果然是拉便便了。温雅晴这会儿的状态已经好了很多，不怀好意地笑着对吴宏伟说道："宏伟，给你个机会，帮女儿换个尿片。"

吴宏伟不疑有他，当他去拿女儿尿片的时候，发现事情没那么简单。女儿黑黑的便便粘满了整个屁股，用了一大堆的湿巾和纸巾也没擦干净，二宝躺在那里一动也不动，乌黑溜圆的大眼睛看着吴宏伟忙乎着，似乎在看他的笑话。

换完尿片，吴宏伟累出了一身汗。吴宏伟长出了一口气，捶了捶已经累得有点酸痛的后腰，说道："换个尿片也这么麻烦啊，怎么便便这么黏啊？太难擦了。"

"哈哈……"张秀琴和温雅晴都笑了起来，温雅晴不敢大笑，只能忍着大笑。

"小孩子刚开始的便便是胎便，是非常难清洗的，后面就好了。云飞小时候你缺席了，这一课要补上。"沈敏玲说道。

二宝协奏曲

吴宏伟这才恍然大悟,原来温雅晴是故意让自己出丑的,想看自己的笑话。

二宝出生的第二天,医院护士过来将二宝带走做了新生儿筛查。昨晚新生儿筛查,护士没有说啥,而是把吴宏伟单独叫了出去,跟吴宏伟说让他去一趟医生那里。

吴宏伟有点丈二和尚摸不着头脑,稀里糊涂地就跟着护士到了医生工作间,还是上次动手术的那位年长的医生,看样子应该是主治医生。

医生说道:"你好,我是你爱人的主治医生谢新苗,你爱人恢复得怎样?"

"挺好的,状态跟昨天比好了很多,太谢谢医生了。"吴宏伟笑着说道。

"叫你过来是有个情况,我们在做新生儿筛查的时候,发现您的女儿心脏有点问题。"谢新苗医生说道。

"啥,心脏问题?"吴宏伟感觉有点恍惚。

"也不能说是先天性心脏病,就是听声音有点异样,有一点回流声,需要进一步确定一下,以我多年的经验来看,应该问题不大。你们如果不放心可以做个心脏彩超再确认一下。"谢新苗医生说道。

吴宏伟不知道自己是怎么走回病房的,回去以后,温雅晴看出了吴宏伟的异样,问道:"怎么了?"

"噢,没事没事。"吴宏伟赶紧回答道,"就是说二宝有点轻,需要加强营养。"

第四十章 先天性心脏病？

温雅晴"哦"了一声,也没在意,因为二宝生出来确实有点轻,才五斤。

温国栋也看出吴宏伟的异样,于是把吴宏伟偷偷叫了出来,问道:"咋回事,是不是有啥问题?"

"爸,二宝可能有'先心',需要进一步确认。"吴宏伟不敢隐瞒。

"那还犹豫啥啊,赶紧去检查啊。"温国栋急声说道。

"我不是怕雅晴知道担心嘛。"吴宏伟辩解道。

"等下让护士把二宝带出来,说去洗澡什么的,我们让医生进一步检查。"温国栋出主意道。

吴宏伟眼前一亮,连连点头,这样的话就不会引起温雅晴的怀疑了。

二宝协奏曲

第四十一章 虚惊一场

吴宏伟联系了医生,趁着护士给二宝洗澡的时机,去做心脏彩超。吴宏伟的心一直悬在嗓子眼上。二宝也许是有所感应,在做心脏彩超的时候很配合,瞪着大眼睛没有哭闹,做彩超的那个医生连声夸赞说这是今天遇到的最乖的宝宝。

彩超的检查结果很快就出来了,说是卵圆孔未闭,做彩超的医生说问题不大,一般情况下99%的孩子都可以自愈,不需要去管。吴宏伟听到这种解释,放心了不少。找到主治医师,求证了一下,这才放下心来。但是想到99%的自愈率,还有1%的不能自愈,还不免担心,但是听了医生说没自愈也没关系,是个小手术。吴宏伟和温国栋商量了一下,决定还是把这件事瞒下来,不要给家人讲了,徒增大家的担心。看着二宝天使般的面容,吴宏伟在心里祈祷:"女儿,你一定要好好的。"

吴宏伟定的月子餐准时送达了。一个精致的食盒里装着几样菜,分别是彩椒小目鱼、芦笋炒裙边、木瓜银耳鲜鱼汤和一碗黑米饭,温雅晴吃得很开心,非常合她的胃口。

第四十一章 虚惊一场

张秀琴看温雅晴吃得津津有味,凑过来看了看,说道:"这个菜做得很好看,就是有点贵。要是能便宜点就好了。"

"妈,这比请月嫂便宜多了,这样咱们也不用操心雅晴吃啥,人家月子餐中心都给准备好了。"吴宏伟解释道。

张秀琴张了张嘴,本来还想说啥,但是没有说。

温国栋这个时候说道:"不要心疼钱,钱能解决的事情就不是事情,能吃好最重要,这样大家也轻松不少,这钱我出。"

张秀琴看大家都觉得她心疼钱,于是岔开话题说道:"这些菜跟我们老家坐月子吃得不太一样,不知道下不下奶,因为没啥酒味。"温雅晴听了脑补张秀琴说的月子餐,估计全是酒煮的。

"现在城市人比较讲究,营养会均衡一些,不光考虑到孩子吃奶,还考虑了大人的营养,不能一味地进补,不然一旦胖起来就瘦不下来了。"沈敏玲说道。

张秀琴感觉自己下不了台了,每个人都在劝自己一样,于是没好气地说道:"我也不是说这个月子餐不好,我就是担心奶水不够。"

其实温雅晴也知道,这就是妈妈跟婆婆的区别,妈妈不仅会担心小孩还会担心大人,而婆婆则重点关注小孩了。于是温雅晴打着圆场:"没事,如果奶水不足的话,再来个南北方结合,保证二宝吃个饱。"

"正好大家都在,商量一下给二宝取名字的事,之前我和雅晴也想了几个,由于不知道男孩女孩,也没定。我说一下,

二宝协奏曲

大家看咋样？"吴宏伟引开了话题。

"嗯，这是大事，赶紧说下。"吴运来说道。

"一个是吴云清，寓意云淡风轻的意思。一个是吴云霞，这个女性气质比较突出一些。一个是吴云涵，再一个是吴云静，我比较倾向于吴云霞和吴云清这两个名字。爸妈，你们看下。"

"云清、云静、云涵，还有一个叫什么来着，噢，云霞，这几个都不错，我觉得云清更好一些。不过这个名字男女通用。"温国栋说道。

张秀琴说道："都挺好，我都同意。"

"我觉得吴云霞普通一些，更像女孩子的名字，但是吴云清更有意境，吴云涵不是太好听。"沈敏玲说道。

"爸，你看呢？"吴宏伟问吴运来。

吴运来想了一下说道："名字你们起就行了，你们是文化人，起名字比我们起得好。不过云清这个名字会不会跟雅晴名字太像了，也不是太好。"大家听了也觉得吴运来说得有道理，纷纷点头。

温雅晴一直在听大家讨论，没有说话，突然灵机一动，说道："你们说叫云翎咋样，一个令字加一个羽字的"翎"，代表着羽毛，跟云飞正好吻合，兄妹两个名字也相辅相成。"

"云飞，云翎，嗯，这个好。你这水平教英语浪费了，应该去教语文。"沈敏玲说道。

吴运来说道："我也觉得云翎最好，也像女孩子名字，还跟哥哥能对应上。不错，不错。"温国栋和张秀琴也点头

第四十一章　虚惊一场

叫好。

"那就先这么定了，就叫吴云翎吧。二宝，你看咋样？"吴宏伟问熟睡中的二宝，二宝似有感应，嘴角居然浮起了一抹微笑。吴宏伟高兴地说道："快来看，二宝笑了，她也喜欢这个名字。真好！这笑容太治愈了。"大家也围过来看，还掏出手机一阵拍，乐作一团。

吴云飞放学的时候，被爷爷接到了医院，也来看妹妹。

吴云飞看着二宝，感觉有点不可思议，自己忽然就多了个妹妹，在他的印象里，妹妹应该还在妈妈的肚子里，忽然出现在他的面前，他感觉非常新奇。吴云飞摸摸二宝的小手，再摸摸二宝的小脸，都是那么的新鲜，摸完了还不过瘾，说道："妈妈，我能抱抱妹妹吗？"

"现在可不行，妹妹还小，大人抱都要很小心，等妹妹大一点你再抱吧。不要着急，很快的。"温雅晴说道。

吴云飞略感失望，说道："那妹妹什么时候会走路？什么时候可以跟我玩拼装玩具？"

一屋子的人都笑了起来。吴宏伟说道："那还早啊，等过几年就可以了，你不要着急。"吴云飞"哦"了一声，有点意兴阑珊了。

大家正说着话，二宝醒了。吴云飞又觉得好玩了，凑近了看着二宝，忽然像发现新大陆一样喊道："二宝没有牙齿啊，没有牙齿她怎么吃东西？"

"她可以吃奶啊，吃奶不需要牙齿。"温雅晴说道。

二宝协奏曲

"哦,我小时候也是这样子吗?"吴云飞问道。

"是啊,你小时候也是吃妈妈的奶水长大的。"温雅晴说道。

"这么神奇,从妈妈肚子里出来,再长大,太神奇了!"吴云飞高兴地说道。

"走吧,咱们先出去一下,二宝要吃饭了。"一群人到外面去了。

"亲家母,鱼汤还是可以炖一些,特别是鲈鱼汤,对剖宫产的伤口愈合也有好处,还可以下奶。"沈敏玲对张秀琴说道。

"嗯,我也怕那个月子餐下奶不行,我这就回去炖。"张秀琴感觉终于有人跟她统一战线了,高兴地回去了。

温国栋看了吴宏伟一眼,两个人都没有说话,一抹淡淡的忧虑萦绕在心头。

第四十二章 坐月子不能洗澡？

温雅晴在医院住院的第六天晚上下起了瓢泼大雨，这也让第二天准备出院的她发起了愁，这可怎么回家啊。温雅晴又想到了买车，家里还是要有一辆车，没有车真是不方便。

第二天一大早，雨还是很大，本来温雅晴还想等等再出院，但是医生早上就过来催了，因为医院床位太紧张了，没办法让她再多住一天。吴宏伟没办法，只得去办出院手续。办好了出院手续和出生证明，吴宏伟叫了两辆网约车，一家人收拾妥当就到住院部大楼门口等着。

让人惊喜的是，雨忽然间就停了，乌云散开了，几缕阳光透了下来，给云层镀上了一层金边，煞是好看。

温雅晴一家人坐上车，浩浩荡荡地回到了家里，云层又合拢了，雨又接着下了起来。温国栋开玩笑地说道："这是老天在护送二宝回家啊，祥云护驾，太神奇了。"大家哈哈大笑起来。

一到家，张秀琴就拿出来早就准备好的坐月子套装，厚厚的棉衣、棉裤加棉帽，北方农村媳妇的即视感扑面而来。

温雅晴不忍拒绝好意,便在张秀琴的监督下,换上了月子套装,张秀琴这才满意地走出了房间。温雅晴试着抬了抬胳膊,发现非常笨重,真材实料的棉花做的衣服,非常厚实,但是不够柔软。刚穿上一小会儿,温雅晴已经感觉非常暖和了,甚至感觉有点闷得慌了。过了一会儿,温雅晴发现婆婆亲手制作的月子套装有一个非常不方便的地方,那就是喂奶,还需要解开扣子,厚厚的棉衣穿在身上非常不方便。温雅晴心说再忍一两天,洗澡后就把这套衣服换掉,太不舒服了。

温雅晴跟沈敏玲抱怨道:"妈,这棉衣很不好穿,我想换掉。"

沈敏玲赶紧阻止道:"那可不行,这是你婆婆一针一线缝出来的,都是一片好意,你千万别脱了。"

温雅晴噘了噘嘴,说道:"穿着真的很难受,又热又笨重,这完全不适合南方啊。"

沈敏玲好生安慰了一番,总算把温雅晴换衣服的念头暂时打消了。温国栋和沈敏玲因为荣平家里还有事,当天晚上就开车回去了。

温雅晴被婆婆监督着,一天到晚只能躺在床上,房间的窗户和房门都关得严严实实的,甚至窗帘也没有拉开过几次。温雅晴没办法,只得遵从婆婆的安排。

温雅晴在床上躺久了,感觉浑身难受,总想起来走一走。张秀琴就像是在房间装了监视器,只要温雅晴一起来,她立马就能察觉,而且马上就劝温雅晴赶紧躺下,接着就是一套

第四十二章 坐月子不能洗澡？

月子坐不好会落下病根之类的理论，让温雅晴不胜其烦，但是她也发现，只要她照着婆婆说的去做了，婆婆就不会说教很长时间，基本上说一遍就不再说了，如果她不听，婆婆就不停地说，直到她听话为止。

出院的第二天晚上，温雅晴感觉浑身瘙痒，就想洗个澡。结果刚拿着换洗衣物到卫生间，婆婆就出现在了身旁，瞪着温雅晴问道："雅晴，你要洗澡？"

"嗯，洗个澡，浑身痒，不洗好难受，我已经一个多星期没洗澡了，身上都馊了。"温雅晴说道。

"不行，不能洗。你坐月子期间不能碰水，更别说洗澡了。"张秀琴坚决地反对。

"简单冲一下也不行吗？身上太难受了，特别是头发，估计都生虱子了。"温雅晴苦笑道。

张秀琴口气还是很坚决："那也不行，老一辈多少年了，一代一代传下来的经验，你要相信，你们年轻人不懂，一定要听话，真的不能洗。"

温雅晴悻悻地说道："不行就不行吧，你们的传统真是奇怪。"

张秀琴看温雅晴服软了，就说道："坚持一下，一个月很快就会过去的，我们都是这样过来的，很多人不听话，坐月子是一辈子的事，特别是这一次，坐好了你就能够安逸一辈子，坐不好就得一辈子受罪。妈都是为你好，你不要嫌妈啰唆，等你坐完月子，想怎么洗就怎么洗，我不管你。"

温雅晴故作郁闷状,说道:"好了好了,我不洗了,你不要说了。"说完回屋继续躺着了。

晚上的时候,温雅晴在四姐妹的群里吐槽自己婆婆不让自己洗澡的事,几个姐妹都很诧异,一致说这样难以接受,让温雅晴趁婆婆不在的时候偷偷洗澡,一个月不洗澡太可怕了。温雅红她们三个准备过几天到榕州来看温雅晴,被温雅晴阻止了,说婆婆讲坐月子期间不让探视。温雅红她们三人表示很无语。

温雅晴就开始留意婆婆啥时候不在,她发现婆婆几乎不出门,一天到晚都在家里监视着她。

功夫不负有心人,这天,张秀琴跟吴运来一道去送吴云飞上学,温雅晴听到他们出门,赶紧洗了个澡。久违的舒爽感觉,让温雅晴不禁在浴室哼起了歌,好久没有这么舒服地洗澡了。洗完澡,温雅晴正准备把内衣裤洗一下,忽然听到婆婆在门外掏钥匙的声音,她只好把内衣裤挂在了卫生间门后的挂钩上,赶快躺回了床上,继续扮演一个乖媳妇。

婆婆张秀琴进了家门就闻到了一股沐浴露的馨香,立马就到了温雅晴的房间,看到卫生间里的水汽,再看温雅晴换了一套衣服,立马意识到温雅晴洗澡了,脸色陡变,说道:"雅晴,你是不是洗澡了。"

看着婆婆拉长的脸,温雅晴木然地点了点头。

张秀琴气得跺了跺脚,说道:"你呀你,怎么这么不懂

第四十二章 坐月子不能洗澡?

事啊,我说多少次了,你怎么这样不听话。"

温雅晴连忙求饶道:"妈,我错了,我错了,我就简单冲了一下,身上黏糊糊的太难受了。我知道错了。"温雅晴怕张秀琴唠叨,连忙主动认错。

张秀琴气还是没消,"哼"了一声,气呼呼地走出去了。

第四十三章 吃撑了

一整天,婆婆没有进温雅晴的屋,月子餐送来后,还是温雅晴自己出来拿进房间的。下午的时候,温雅晴想起了自己洗澡换下来的衣物还在卫生间门后挂钩上,起来去卫生间找的时候,发现已经被洗掉了,原来是被婆婆洗完了。本来对婆婆的怨念也烟消云散了。婆婆虽然古板一些,但是出发点还是为了自己好。温雅晴抿着嘴一笑,来到了客厅,看到婆婆在整理二宝的衣服,就走过去帮着整理。

张秀琴瞪了温雅晴一眼,不理她。

温雅晴笑着说道:"妈,我知道你是为了我好。我们南方跟北方坐月子不一样。我也不会天天洗澡的,我们来个南北方结合的,我会尽量少洗澡或者不洗澡的。你知道的,我是很爱干净的,以前一天不洗澡就浑身难受,现在已经好多天了,伤口都愈合了。不信你看。"说着就要撩开衣服给张秀琴看。

张秀琴连忙阻止道:"不看不看,一条大蜈蚣有什么好看的。快盖起来,别受风了,赶紧回屋躺着去。"说着就要赶温雅晴回屋。

第四十三章 吃撑了

"那你不生气了我再回屋。"温雅晴撒娇道。

"行了，行了，都两个孩子的妈了，还在这里耍赖皮。赶紧回屋吧，我不生气了，生气也没用，你又不听我的话。"张秀琴说着气话，但是自己已经不生气了。温雅晴笑了笑回屋去了。

俗话说："春雨贵如油。"温雅晴坐月子期间，春雨像不值钱似的下着，几乎隔个两三天就要来一阵大雨，完全没有"润如酥"的感觉。这也造成了温雅晴的月子餐经常送得不及时。吴运来和张秀琴看出了规律，只要下雨，他们就在家里炖汤，不能等月子餐送过来，不然有时候会迟很多。

这天，上午本来是晴天的，过了晌午又开始下雨了。张秀琴一看又要下雨，赶紧让吴运来去买鱼，准备给温雅晴炖个鱼汤，防备着月子餐再晚送。

果不其然，晚上的月子餐又迟了，平时差不多五点钟就能送到，结果过了六点还没送到。张秀琴高高兴兴地把亲手熬制的鱼汤端到了温雅晴房间。

温雅晴也确实饿了，就喝了一口鱼汤，一入口，一股土腥味充满了口腔，她下意识地就想吐掉，抬头看到张秀琴满怀期待的眼神，不忍心当着她的面吐掉，就咽了下去。

"怎么样？好喝吧？这个鲫鱼汤非常下奶，我让你爸专门挑的小一点的鲫鱼，肉就别吃了，刺多，你喝点汤就行，营养都在汤里呢。快喝吧。"张秀琴高兴地说道。

温雅晴又强忍着那股土腥味喝了一口，抬头对张秀琴说

道:"妈,你别看着我,你看着我,我喝不下啊。"

张秀琴笑了笑说道:"我看着你喝完才行,这一碗下去,二宝晚上就有口福了。"

温雅晴心里暗暗叫苦:"这么一大碗,我怎么喝得下啊。"正在这时,吴宏伟下班回来了。温雅晴计上心头,用手机发信息给吴宏伟:"老公,交给你一个光荣而艰巨的任务,你把咱妈支走,然后过来帮我把鱼汤喝掉,我喝不下了,快点。"

吴宏伟回了个信息说道:"嘁!"

客厅里,吴宏伟喊道:"妈,今晚吃什么啊?怎么还没做饭啊,我快饿死了。"

张秀琴听到吴宏伟的声音,扭头对温雅晴说道:"快点喝掉啊,我先去做饭。一会儿过来收碗,晚上凉气下来了,你别出来了。"

"嗯嗯,去吧。"温雅晴乖巧地答道。

张秀琴看温雅晴很乖的样子,满意地走出了房间,到了客厅就开始训吴宏伟:"回来就知道叫,菜炒好了,面条一下锅就好了,五分钟就可以吃了,你去监督雅晴把那碗鱼汤喝掉。"

吴宏伟应道:"好的,保证完成任务。"说完就进了温雅晴房间。温雅晴指了指面前的一大碗鱼汤,朝着吴宏伟努了努嘴。

吴宏伟也着实饿了,端起那晚鱼汤就喝了一大口。刚入口,吴宏伟就停了下来,小声说道:"这腥味也太重了吧。"

第四十三章 吃撑了

温雅晴憋着笑说道:"快喝吧,这个下奶。"说完捂着嘴巴笑了起来。

吴宏伟强忍着那股味道,咕嘟咕嘟一口气把那碗鱼汤喝掉了,温雅晴对吴宏伟竖起了大拇指。吴宏伟也很有成就感地握了握拳头。过了一会儿,张秀琴在客厅喊了一嗓子:"吃饭了。"吴宏伟应了一声"来了。"这时,月子餐也送到了,吴宏伟帮着拿了进来,温雅晴也开始吃了起来。

张秀琴给吴宏伟盛了一大碗臊子面,放到了吴宏伟的面前,说道:"吃吧。刚才你喊饿,上班很辛苦,多吃点。"

吴宏伟看着面前像一座小山一样的面条,内心一阵的苦闷,那一肚子的鱼汤似乎也在抗议。吴宏伟笑着说道:"爸,我最近在减肥,我这碗你吃吧,我跟你换着吃。"说完赶紧把那碗推到了吴运来的面前。

正说着,张秀琴又端了一碗更多的面条出来了,看着吴宏伟把自己那碗推到了吴运来面前,就把新端上来的那碗放到了吴宏伟面前:"那碗不够吃?那你吃这碗吧。"

吴宏伟这会儿真是有苦说不出,真想时光能够倒流,不喝那碗鱼汤了。张秀琴疑惑地盯着吴宏伟看,说道:"怎么了?这臊子面不是你最爱吃的吗?今天怎么了?"

吴宏伟连忙说道:"没事,没事,我就是思考一下怎么把这一大碗面消灭掉。"

"那赶紧吃吧,一会儿粘在一起就不好吃了。"张秀琴不疑有他地说道。

二宝协奏曲

吴宏伟看着眼前小山一样的一大碗面,一咬牙,开始向着"面山"发起了进攻。一大碗面吃了半天,也没见消灭多少,也就是"山尖"削平了一些。

张秀琴看吴宏伟吃得慢,说道:"今天怎么吃得那么慢,你看你爸都快吃完了,平时你爸可是最慢的啊。"

"今天不是太饿,在单位还吃了一点茶歇。"吴宏伟解释道。

张秀琴有点怀疑了,问道:"平时你可不是这样的,今天怎么这么奇怪。"

"奇怪啥啊,啥事没有。"吴宏伟怕张秀琴再问,连忙往嘴里塞着面条。也不知道过了多久,吴宏伟终于把面前的一大碗面塞进了肚子了,特别是吃到最后的时候,他脑海里浮现出陈佩斯和朱时茂早些年演的那个经典小品《吃面条》的情形,自己跟陈佩斯吃面条的样子一样,这下子感同身受了。

吃完面条,吴宏伟想站起来走走,却发现肚子圆鼓鼓的,胀得差点没站起来,只得继续坐在椅子上。

过了一会儿,温雅晴也吃完了。张秀琴进去收碗,发现温雅晴不仅吃完了月子餐,还把鱼汤喝完了,大为高兴,同时也惊叹温雅晴的食量,说道:"今天吃得会不会太多了?"

温雅晴顺口就接道:"不会啊,平时也是吃这么多,刚刚好。"说完就后悔了,暗叫不好,说漏嘴了。

"啥?平时哪有吃这么多,一大碗鱼汤又加这么多饭菜,也难怪,你毕竟是一个人吃饭,两个人消化,多吃点很正常。"

第四十三章 吃撑了

张秀琴麻利地把餐具收拾了一下,端了出去。到了客厅,张秀琴把那碗喝完汤剩下的鲫鱼摆到了吴宏伟面前,说道:"给,你媳妇喝汤,你吃肉,别浪费了。"

吴宏伟一阵眼晕,差点把刚吃的面条吐出来。

二宝协奏曲

第四十四章 净坛使者

"妈,我吃饱了,吃了那么一大碗臊子面,我真的饱了,再吃肚皮都要被撑爆了。"吴宏伟作难受状。

"吃饱了?你平时的饭量那么大,这点算啥啊,别啰唆了,赶紧把这点鱼肉吃了,刺多,你慢点吃啊。"张秀琴一点都不相信吴宏伟会吃撑着。

吴宏伟打了个长长的饱嗝,说道:"妈,你听,这还不饱?"

"打个嗝,说明胃里空了不少,你把这些鱼肉吃了吧,没多少东西的。"张秀琴继续劝道。

"妈,我真吃不下了,你饶了我吧。"吴宏伟求饶道。

"妈,你别逼宏伟了,他真吃不下了,那碗鱼汤我没喝,我让宏伟喝了。"温雅晴在房间听不下去了,走出来说道。

"你让宏伟喝了?你咋不喝啊,专门给你煮的,你怎么这样啊。"张秀琴有点生气。

温雅晴看了吴宏伟一眼,吴宏伟使劲给她眨眼睛,她也没整明白啥意思,看样子应该是别说不好喝的事。

还没等温雅晴说话,张秀琴接着说道:"是不是不合你口味?我就知道,你吃那个月子餐,把嘴巴养刁了,根本不想吃我给你煮的饭了。"

"妈,不是这样的,不是你煮的不合口味,我是怕宏伟上班太累,给他补补身子,反正我有月子餐,不会亏着自己的。"温雅晴的话让吴宏伟很满意。

"谁喝都行,又没有浪费,儿子喝和儿媳喝都一样。"吴运来做起了和事佬。

"啥都一样,你不懂不要乱掺和,我那可是为了咱孙女炖的汤,那可是专门下奶用的,二宝现在越来越大了,雅晴的奶水快不够吃了,那个月子餐下奶不行,坚持喝鱼汤,奶水就充足,你看雅晴这奶水根本就不足嘛。"张秀琴看着温雅晴的胸说道。

温雅晴也知道自己奶水没有想象中那么足,但是目前还是够二宝吃的,有时一边吃完,二宝基本上就吃饱了。于是她说道:"妈,现在二宝够吃,放心吧,月子餐是经过科学实验的,配餐也是很科学的,肯定不会奶水不足的,这点你可以放心。"

"那我这好心全部都是剃头挑子一头热了,你都没放在心上……"张秀琴转不过来弯,还在说着。

温雅晴有点生气了,说道:"我比较喜欢清淡的食物,那鱼汤味道太重了,我确实喝不下去。"

吴宏伟一听,知道坏了,赶紧说道:"鱼汤挺好喝啊,我一口气就喝完了,可能是产妇的味觉跟我们不一样吧。"

"啥?不好喝?怎么可能啊,闻着味道很鲜美啊,颜色

也是奶白色的,色香味完全不输酒店的。"张秀琴感觉自己的厨艺受到了打击。

"妈,没关系的,我要是奶水不足,肯定让你煮下奶的东西,你就不用担心了,二宝真的够吃。"温雅晴说道。

"对呀,对呀,够吃就行了,弄那么多奶水,涨得难受啊,你那时候生完宏凯,喝什么羊汤,奶水足足的,宏凯根本吃不完,自己涨得都哭了,自己挤掉还累得够呛,还让我帮忙……"吴运来在旁边说道。

"你这个老没羞的,说啥呢!赶紧下楼去活动活动,腿脚到现在还不利索,你要累死我啊,天天就我一个人忙活。"张秀琴脸一下子就红了,赶紧赶吴运来出门,返回厨房刷碗去了,也掩饰一下自己的尴尬。

温雅晴看张秀琴不好意思了,也朝吴宏伟招了招手,叫吴宏伟进房间说话。

吴宏伟跟着温雅晴进了房间。温雅晴小声说道:"你怎么搞的,喝了一大碗鱼汤,还吃那么多面条干啥?你这不是出卖我嘛!"

吴宏伟坐在床边苦笑着说道:"我也不想吃那么多啊,我妈非让我吃啊。我怕引起她的怀疑,才使劲吃了一大碗。"

温雅晴用手指点了点吴宏伟的太阳穴,说道:"你呀你,真够笨的,我怎么会看上你的。"

"我这样的咋了,这叫傻人有傻福。"吴宏伟说着话,又打了一个饱嗝,"不说了,我得下楼走一走,太撑了。"

第四十四章 净坛使者

"去吧，去吧，唉，我当初是咋回事啊，这不科学啊，我这么聪明……"温雅晴故作思考状，故意埋汰吴宏伟。

"好好好，你冰雪聪明。我是净坛使者，我去消消食，哎哟，我的肚子，硬邦邦的，太撑了，我走了，云飞，你要不要跟爸爸一起下楼去玩？"吴宏伟边往外走，边问吴云飞。

"我不去，我要在家陪妈妈。你自己去吧。"吴云飞毫不迟疑地说道。

吴宏伟摇了摇头，出门消食去了。

杨火旺春节期间没有去跑物流，也回到了荣平。这天，杨火旺洗了澡，换了身干净衣服，带了一大袋子礼物，到了老丈人家的楼下，满心欢喜地拨打温雅黛的电话，响了几声后，接通了。

话筒里传来了温雅黛有点气喘的声音："喂，啥事？"

杨火旺听着电话另一头温雅黛气喘的声音，心里一紧，有一种不妙的感觉，问道："雅黛，你在家吗？"

"没在，我在外面忙着呢，没啥事我挂了，我还有事。"温雅黛不想多聊。

"你旁边有人吗？"杨火旺问道。

温雅黛不假思索地回道："关你啥事，有人，怎么了？"

"你不要太过分啊，我们还没离婚，你这样合适吗？"杨火旺有点生气了。

温雅黛这下听出来杨火旺为啥生气了，故意喘着气说道："没啥事，我挂了啊。"

"你……你在哪里？"杨火旺怒道。

"这里你不方便来，对啦，我为啥要见你。你还没有达到我的要求呢。"温雅黛忽然想起了，自己并不愿意见杨火旺，"我挂了，我还有事。"说完，就把电话挂了。

杨火旺气得差点把手机摔了，他一遍又一遍地拨打温雅黛的电话，但是始终是无人接听的状态。

"火旺，你回来了，怎么站门口不进去啊？"正在杨火旺气急败坏的时候，沈敏玲正好买菜回来了。

"噢，妈，我来找雅黛，看她肯不肯见我。"杨火旺虽然生气，但是他也不敢把气撒到丈母娘身上。

"雅黛去瑜伽班上班了，她现在是瑜伽教练的助理，每天这个点都在上课。就在不远的地方，你要不要去看下？算了，你一个男的，不方便去那里看，那个班上都是女的，你要不要进家里坐会儿？"沈敏玲说道。

"不了不了，这是给你们带的礼物，还有旭升和璐菁的礼物也在里面，我就不进去了，万一雅黛回来，又要吵，我再努力努力，很快就能达到她的要求了。"杨火旺说着，把那个大袋子递给了沈敏玲，扭头就走了。

沈敏玲看着杨火旺离去的背影，深深地叹了口气。

第四十五章 小聚

晚饭的时候,沈敏玲看温雅黛只吃了一点点,就说道:"雅黛,你怎么吃这么少啊?"

温雅黛拍了拍自己扁扁的小腹,说道:"吃得很饱了,我在减肥。"

"减肥?你还减啥肥啊?你现在有没有一百斤啊?"沈敏玲惊异道。

温雅黛惆怅地说道:"我现在98斤了,稍微多吃一点就可能超过100斤了。我现在倒立还坚持不住,主要原因就是太重了,如果能够再减点体重,应该就很轻松了。"

沈敏玲看了看自己臃肿的身材,再看看温雅黛苗条得略显瘦削的身体,说道:"够瘦了,别再减了。再减身体受不受得了?我看很多明星为了瘦身不吃东西,身体都出问题了,你可不能那样啊。"

"妈,我跟她们不一样,我每天练瑜伽,你看我现在状态多好,练了瑜伽以后,整个人都轻松多了。"温雅黛说道,"妈,要不你跟我一起练吧?我下一步考个证,就能开馆了。"

沈敏玲有所心动,再看了看自己的身材,摇了摇头说道:"我还是算了吧,我不去给你丢人了,我老胳膊老腿了,练不了这个。"

温雅黛继续游说道:"不会的,六七十岁的人还在练瑜伽,没什么难度的,循序渐进,慢慢地各种动作都能做了,我刚开始的时候浑身肌肉都是硬的,甚至一个简单的动作都完不成,现在我是培训班中做得最好的。"

"那到时候等你开班了再说吧。对了,这几天火旺回来了,你要不要见一下?"沈敏玲问道。

温雅黛的笑容在脸上凝住了,怔了一下,说道:"我还在生他的气,夫妻本是同林鸟,大难临头各自飞,他倒好,来个大难临头独自飞,我这辈子都很难原谅他。"

沈敏玲问道:"那你还给他定了条件?"

"我没有跟他离婚,一方面是他欠了我们家很多钱,如果一离就彻底要不回来了。另一方面两个孩子也不好接受,现在我看两个孩子有点适应没有爸爸的日子了。还有就是给他点动力,让他不至于彻底废掉,要说跟他破镜重圆,我还没做好准备。"温雅黛幽幽地说道。

沈敏玲琢磨了一下温雅黛话中的意思,听口气没有以前那么强硬了,似乎有所松动,她也不好逼迫她,就试探着问道:"那你要不要见他一面?"

温雅黛不假思索地说道:"我不见他,我怕我控制不住会打他,还是不见为好。妈,要是他想见两个孩子的话,

第四十五章 小聚

你就让他见见吧,毕竟他是孩子的爸,他回来一趟也不容易。"

"见一下没事的,叫到家里来吃个饭?都是一家人,都这么长时间了,火旺一个人在外面打拼也不容易,我们都看在眼里。"沈敏玲不死心地劝道。

"我不见,真不想见他,我好不容易心情平静了,再见到他我不知道会干出啥事。你就别叫他来刺激我了。"温雅黛不为所动,对沈敏玲的提议毫不动心。

沈敏玲迟疑了一下,还是问出了口:"雅黛,我是当妈的,有句话虽说不该问,我还是要问一下。你最近早出晚归的,经常不着家,有时候周末也不在家,你在外面是不是有中意的人了?"

"妈——你怎么这样想我。确实有人追我,不过我自己知道,我现在对男人一点兴趣都没有,放心吧,我不会乱来的。"温雅黛翻了个白眼说道。

"那就好,咱们这小县城,有一点事整个县城都会传开,你这样说,我就放心了,苦了你了。"沈敏玲拍了拍温雅黛的肩膀接着说道,"调整一下,如果跟火旺还有旧情,就多想想他的好,一个家最好还是不要散掉。"

温雅黛默不作声,摆弄着手机,也不知道在想着什么。沈敏玲看她不说话了,就回厨房刷碗去了。

到了晚上,沈敏玲忍不住给杨火旺打了电话,简单讲了一下今天跟温雅黛聊天的情况,也鼓励杨火旺多关心一下雅

二宝协奏曲

黛,不过不要去逼她,说不定她很快就不生气了。"

杨火旺很感动,在电话里动情地说道:"妈,你比我亲妈还亲。"

沈敏玲也很高兴,说道:"你这两天有空带旭升和璐菁出去玩玩,雅黛也肯让你带孩子出去转转。"

"妈,不知道该不该问,我今天打电话,听雅黛那边声音不大对,她最近有没有啥不对劲的?"杨火旺还是没忍住问了出来。

"唉,这两个人不在一起,就是事多。你要相信她,我今天也问过她了,放心吧,她最近都在练瑜伽,没啥事。"沈敏玲没好气地说道。

"噢,我也没脸问她了,我现在打她电话,她都不接的。那明天我带旭升和璐菁去看桃花吧,据说东岭山那边的桃花开了,很好看。妈,你要不要一起去?"杨火旺问道。

"我就不去了,你带两个孩子好好玩玩,他们也很想你,前两天还在问,你咋还没回来。最近你爸咳嗽得很厉害,看了好几次医生了,也没见好,我这两天陪你爸去榕州的医院看看。"沈敏玲担忧地说道。

"好,那我明天就带他们两个去玩,你带老爸去看看。老爸抽烟太凶了,还是要控制控制。"杨火旺说道。

"要是我说了他能听的话,早就戒掉了。"沈敏玲没好气地说道,"不说这个了,你明早直接来家里接旭升和璐菁就行了,我和你爸早点出发去榕州,这样上午就能挂上号看

238

第四十五章 小聚

一下。"

"嗯,你跟两个孩子说下,我明早带他们出去吃早饭。"杨火旺跟沈敏玲通完电话,心情大好,白天的担心和郁闷也一扫而光。

第二天一大早,温国栋就开着车带着沈敏玲赶往榕州,本来沈敏玲想给温雅晴打个电话,被温国栋制止了,准备给他们一个惊喜。

到了医院,很顺利地挂上了号,到了呼吸内科,专家听了听温国栋的肺,二话不说,就让他去拍个胸片。沈敏玲从医生严肃的表情上感觉到了一丝不妙。

温国栋很不情愿地在那里排队,嘟囔着:"一个咳嗽还要拍啥片子,大医院就是这样,稍微得个病都要这检查,那检查的,检查费都要一大堆钱。"

"你少说两句,大医院检查得更准确,肯定要做这些检查啊,你就少说两句吧。"沈敏玲打断了温国栋的抱怨。

"你信不信,这个医生肯定还要我做别的检查,说不定还要做CT(电子计算机断层扫描)之类的,不安排一个全套的检查不会放过我。"温国栋笃定地说道。

"你呀,就不能想点人家的好,人家医生也是谨慎才让你做检查,你看咱们那小县城,随便听了听就开了一堆药,钱是省了,但是病呢?不是没治好吗?人家大医院有自己的一套流程,你别说了,一会儿医生听见了不好。"沈敏玲说道。

二宝协奏曲

"这也是我不愿意到大医院看病的原因,光这一套流程就要大半天,看个病也真是麻烦。我中午本来还想去雅晴那儿吃饭,现在看来不一定来得及了。"温国栋失望地说道。

"看病要紧,我们晚饭可以过去跟他们一起吃。"沈敏玲安慰道。

第四十六章 恶性？良性？

温国栋和沈敏玲两个人一路上一个吐槽一个劝说，回到了诊室。虽然没出胸片，但是医生在电脑上已经能够看到电子胸片了。医生认真地看着电脑屏幕的胸片，还小心翼翼地不时放大到局部去看，眉头也越锁越紧，这也让温国栋和沈敏玲的心慢慢地悬了起来。

过了好一会儿，医生吐了一口气对着温国栋说道："先办住院手续吧，还需要进一步诊断，我还不能下结论。对了，您抽烟吧？"

还没等温国栋说话，沈敏玲抢先说道："抽，三十多年的老烟枪了，烟瘾大着呢，一天一两包烟，还喜欢抽那种劲大的烟，怎么劝都不听。"

医生点了点头，说道："这几天先戒了，不能再抽了，抓紧去办住院手续吧，还要做进一步的检查。"

温国栋一听还要做进一步检查，心里有点火了，说道："我说，你们大医院的医生就会这检查那检查，到底还要多少检查项目，你能不能一齐开出来。到现在，你还没给我讲病情。"沈敏玲在旁边猛拉温国栋的袖子，温国栋不客气地甩开了沈

二宝协奏曲

敏玲。

医生扶了扶架在鼻梁上的眼镜,浅浅一笑说道:"大叔,您别着急,在没有确定病情之前,我没法给你说病情,说重了,你说我危言耸听,说轻了,你说我医术不行,所以我没有把握不会乱说,但是我说要住院,确实是有必要的,绝不是您所想的那样。具体病情还要等下一步的检查,我才能告诉您,您少安毋躁,如果今天不能住院,最迟明天也要住院,后续还有一些检查项目。"

温国栋还想再说话,被沈敏玲拉住了。沈敏玲满脸堆笑地说道:"好的,医生,我们这就去办住院手续,谢谢您了。"说完拿着医生开具的住院证,就拉着温国栋走了。

看着沈敏玲拉着温国栋走了,医生沉思了一下,呼了口气,按了下呼号器,叫下一个病人就诊。

温国栋和沈敏玲到住院部办理了住院手续。沈敏玲心中有点忐忑,但是看着温国栋无所谓的样子,她心中稍定。沈敏玲询问了医生,下午和晚上都没有检查项目。温国栋和沈敏玲决定下午到温雅晴家,去看看外孙子和外孙女。

两个人买了一大堆礼物,敲开了温雅晴家的门。温雅晴非常欣喜,前一天还做梦回到荣平了,今天温国栋和沈敏玲就来了。

沈敏玲抱着吴云翎,不住地啧啧称赞:"国栋你看,这二宝长得多俊啊,鼻子是鼻子,眼睛是眼睛的。"

"看你这话说的,鼻子怎么能不是鼻子,眼睛怎么能不

第四十六章 恶性？良性？

是眼睛。"温国栋开起了玩笑。

沈敏玲白了温国栋一眼，说道："一点正形都没有，你看，这大双眼皮，随雅晴，这鼻梁也很高，这一点很像宏伟，小美女一个啊。"说着话，沈敏玲用指尖轻轻地点着吴云翎的小鼻子。吴云翎可能是觉得很好玩，张开嘴巴笑了起来。

"快看，二宝对我笑了啊，她对我笑了啊。"沈敏玲像发现了新大陆一样，高兴地叫了起来。

"外公外婆，你们来了以后就没正眼看过我，就知道二宝二宝的……"吴云飞站在旁边嘟囔着。

"走，外公陪你玩。让你外婆带二宝玩。"温国栋摸摸吴云飞的脑袋说道。

"我想玩大富翁，外公你陪我玩吧。"吴云飞拉着温国栋的手，一蹦一跳地说道。

"外公不会玩大富翁啊。"温国栋为难地说道。

"很简单的，我教你，走。"吴云飞拉着温国栋就走。

"外公，你这手腕上是什么啊？"吴云飞看到了温国栋的住院腕带，好奇地问道。

"这个是手镯，走，咱们玩大富翁去。"温国栋赶紧把住院腕带往袖子里塞了塞。

"给我也弄一个吧，我也想要。"吴云飞继续说道。

"这个是大人用的，小孩子用不了。大富翁咋玩，快教教外公。"温国栋赶紧岔开话题说道。

吴云飞毕竟是个小孩子，马上就被大富翁吸引了。不一

二宝协奏曲

会儿,房间里传出了一老一少开心的大笑声。

"六六六!唉,又掷了个一。"

"这次要掷个二,二,二,二,哈哈哈,坐飞机喽!"

"外公你这次要掷个三出来啊。"

"为啥要掷个三出来?"

"因为掷个三你就会罚停两轮,我就可以连掷三次。赶紧掷,赶紧掷。哈哈哈……真的是个三!哈哈哈!"

听着房间里温国栋和吴云飞开心的笑声,沈敏玲本来想跟温雅晴说住院的事情,忍了忍没说。

"妈,你们这次来就是为了看我吗?"温雅晴漫不经心地问道。

"主要是为了看你,顺便给你爸体检,最近他咳嗽得厉害。"沈敏玲刚说完,隔壁房间温国栋就开始大声咳嗽起来,咳了好一阵子才停下来。

温雅晴担心地说道:"感觉老爸这咳嗽有点严重啊,那要赶紧去医院检查啊。"

"预约了明早检查,晚上我们就不在家里住了,你爸咳嗽起来影响大家休息,我们住宾馆就行了。"沈敏玲说道。

"没关系的。晚上二宝也经常醒,也会哭一阵子。大家也习惯了。"温雅晴说道。

"不用了,宾馆订好了,吃完晚饭就过去,你爸也得好好休息一下,省得相互影响。"沈敏玲说道。

"那好吧,明天让宏伟陪你们一起去检查吧,在医院检

第四十六章 恶性？良性？

查跑上跑下也不方便，让宏伟给你们跑跑腿。"温雅晴说道。

"真的不用了，你爸找了一个熟悉的医院，很快的。你们就不用过去了。"沈敏玲赶紧阻止道。

温雅晴狐疑地看了沈敏玲一眼，总感觉今天有点不对劲，于是说道："妈，你是不是有什么事情瞒着我？"

"能有啥事情，就是过来检查检查，你爸的病在我们那小县城看不好，反反复复的，来榕州大医院检查检查才能放心。没事的，你放心吧。对了，你大姐马上也要生了，你们到时候回去吗？"

"到时候让宏伟回去看看吧，我这携家带口的，哪里也不好去。家里要买个车了，要不然出门还真是不方便。"温雅晴说道。

"嗯，车还是要买的。差多少钱，妈给你出。"沈敏玲说道。

温雅晴不好意思地说道："算了，先不着急。等我过段时间断奶了，我也开始工作，这样就能攒到钱了。"

沈敏玲恍然大悟，说道："是啊，你还没上班，靠宏伟一个人，一大家子要吃饭，确实攒不住钱。没事，你们先看车型，定下来跟我说，别跟你爸说，我来给你想办法。"

"妈，不用，不着急。"温雅晴虽然嘴上说着不用，还是有所心动的。

"开饭了。"客厅里，吴运来喊了一嗓子。

二宝协奏曲

第四十七章 忐忑不安

温国栋和沈敏玲在温雅晴家吃过饭,婉拒了吴运来和张秀琴的盛情挽留,回到了医院,准备明天的检查。

当天晚上,温国栋睡得很不好,因为隔壁病床的一个病人不知道得的什么病,晚上咳嗽得吓人,跟拉风箱一样,一咳嗽起来很难停下来。更要命的是,隔壁的病友一开始咳嗽,温国栋的嗓子就痒痒的,也要跟着一起咳嗽,每次都憋不住咳嗽,很是痛苦,这也让他下定决心,一定要好好配合医生进行治疗。

第二天,医生查完房以后,就安排温国栋进行检查,先去做肺部的CT。有医院的护工带着去做,省去了不少麻烦,很快就做完了检查。

温国栋做完检查回到病房后,沈敏玲被医生叫到了医生的办公室。

还是之前门诊的那个戴眼镜的医生,看到沈敏玲进来,说道:"请坐,叫你过来,是想跟你谈一下你爱人的病情。"

沈敏玲有一种很不好的预感,眼睛盯着医生,木然地点了点头。

第四十七章 忐忑不安

"从胸片和 CT 结果来看,你爱人的肺部有个肿瘤。在临床上,肺部的肿瘤基本上都是恶性的。"医生慢慢地说着,就好像说一件微不足道的事情一样。

沈敏玲没有听清楚医生在说什么,就听到了"肿瘤""恶性"等字眼,如同被一道晴天霹雳击中一样,感觉浑身一软,幸好是坐在椅子上的,不然说不定一屁股就坐地上了。

医生看到沈敏玲木然的样子,也知道这个消息对于病人亲属来说是难以接受的,于是说道:"当然,也有例外,胸透和 CT 都不能作为最终的诊断结果,如果要确诊,还要做病理学的检查,我们尽快安排。你爱人还有没有别的方面问题?我们检查的时候会重点关注。"

沈敏玲稍微有点回过了神,说道:"他血压高,一直在吃药,其他方面没啥问题。"

"如果有高血压的话,可能比较麻烦,也要同时检查一下。这么说吧,不管这个肿瘤是不是良性,都需要进行治疗。如果有高血压的话,会棘手一些,手术条件不成熟可以先进行保守治疗。"医生耐心地讲解道。

沈敏玲不知道自己是怎么离开医生办公室回到病房门口的,她感觉天好似坍塌了一样,自己的腿也像灌了铅一样,根本挪不动步,呼吸也极度不畅。

沈敏玲在病房门口站了很久,不停地调整着自己的呼吸,想尽量使自己的心情平复,尽量自然地面对温国栋。

回到病房,坐到温国栋身边,看着温国栋,没有说话。

二宝协奏曲

温国栋看着沈敏玲问道:"咋样?医生咋说?我这病我自己心里清楚,我身体好着呢,无非就是烟抽多了,我这两天基本上就没抽烟了,应该问题不大吧?"

沈敏玲握住了温国栋的手,重重地握了握,说道:"嗯,没事的,医生说你高血压还要好好查一下,咳嗽的毛病好治,但是如果不把烟戒了,谁也治不好你。"

就在这时,隔壁病床的病人又开始了一轮歇斯底里的咳嗽。温国栋听得难受,就起来到走廊去了。

下午的时候,医生对温国栋检查,他的高血压检查结果还不错,药物控制得不错。于是去做了穿刺病理检查。此时,温国栋意识到了自己病情的严重,乐观情绪也在逐渐收敛。

回到病房门口,看到隔壁病床的亲属在门口聊天。只听其中一个女的说道:"进这个病房,没有几个能够好好地出去的。咱爸这病已经到了晚期了,估计没多少天了。"

一个男的说道:"是啊,咱爸这简直就是受罪,年纪也大了,不敢直接做手术。这放化疗太痛苦了。"

另外一个女的说道:"不管咋样,还要给咱爸治,只要有希望,咱们就不能放弃。"

"嗯,这两天我去凑钱,还是要给咱爸治下去,姐,你们多陪陪爸,好好开导他,咱爸这几天有点想放弃治疗。"

"嗯,你去筹钱,算咱们三个借的。这边有我们,你快去吧。"其中一个女的说道。

听到这里,温国栋进了房间,看了一眼隔壁病床好不容

第四十七章　忐忑不安

易睡着的那个病人，心道："老哥，你养了几个好儿女啊。"

病房里，沈敏玲心里想着要不要通知几个女儿，思来想去，还是认为要缓一缓，万一是良性的呢，虽然她知道这种可能性比较渺茫。看到温国栋回来了，沈敏玲赶紧调整一下自己脸上的表情，给了温国栋一个不自然的微笑。

接下来两天，温雅晴和温雅黛打来了电话，沈敏玲都以检查结果没出来，自己和温国栋去看朋友顺便逛一逛的理由搪塞了过去。

到了第三天的时候，一大早医生来查房的时候，提醒沈敏玲今天可以去拿活检报告了，沈敏玲知道这是最终的结果了。

温国栋经过这两天的思考和观察，自己也用手机上网查了相关的情况，也知道了自己的情况不容乐观。看到沈敏玲木然的样子，他知道沈敏玲是关心则乱，脑子有点转不过弯来了，反应是慢半拍。

这两天，温国栋跟隔壁病床的病人也混熟了，两个人没事的时候就把中间的帘子拉开，两个人天南海北地聊天，聊到开心处，笑声中夹杂此起彼伏的咳嗽声，接着就会被家人制止他们聊天。

温国栋轻轻拍了拍沈敏玲的手背，说道："去吧，不管是啥结果，咱们都要面对，你去吧，我不怕。"

沈敏玲担忧地看了看温国栋，坚定地点了点头，深吸一口气，抿着嘴去拿活检报告了。

这时,隔壁病床的病人说道:"老弟,吉人自有天相,你身体还很硬朗,说不定就是良性的。"

温国栋爽朗一笑,说道:"借你吉言了,如果是良性,我一定要先到外面抽支烟,这几天可把我憋坏了。"

"还抽啊,你还是别抽了,我要是早戒烟,就不会这样子。"说完,隔壁病床的病人又开始了新一轮的咳嗽。

第四十八章 尘埃落定

虽然温国栋嘴上说着不在乎，其实心里挺担忧的，因为他的父亲就是得肺癌去世的。当时父亲才五十五岁，发现的时候癌细胞已经扩散了，虽然做了手术，但是于事无补，不到半年就撒手人寰了。

温国栋在床上躺了很久，下了床站在病房的窗户边，远眺着榕州的楼房，心中有万般不舍。如果自己的肿瘤是恶性的，自己该怎么办？自己的四个女儿，最放心的是雅红和雅芳，不管怎样，这两家比较稳定。最放心不下的是雅晴和雅黛，雅晴家底比较薄，现在一大家子在榕州生活，压力比较大，雅黛和火旺的复合还遥遥无期，不管怎样，得把这两家的事情解决，不然就是走了也不放心。

且说沈敏玲目不斜视迈着沉重的步伐去取报告单，心中一直在默念着"良性"，不知不觉走错了楼层都不知晓。

回到取报告单的楼层，看着那一排取报告单的机器静静矗立在那里，三三两两的人在取着报告单或者化验单，有的人看完脸上洋溢着笑容，有的人充满了悲戚的神情。沈敏玲走到了机器前，犹豫了一下，没敢插就诊卡。后面的一个人

说了句:"你还取不取啊?"沈敏玲回头看了一眼,说道:"你先取吧,我等下再取。"说完,让开了身子让后面的人先取。

犹豫了再三,沈敏玲咬了咬牙,心中默念:"老天保佑,老天保佑……"她毅然决然地走向了取报告单的机器。

沈敏玲把就诊卡插向插卡槽的时候,手不禁颤抖了起来,一咬牙,将就诊卡插了进去,也许是没有插到位,机器并没有识别出就诊卡。沈敏玲呼了口气,用颤抖的手又插了一次。这次成功识别出了就诊卡,上面显示有一份报告单未取。沈敏玲的心脏怦怦地剧烈跳动起来,她感到有点喘不过气了,用左手按住跳动的心脏,用颤巍巍的右手点击了打印。冰冷的机器很快就把报告单打印了出来,沈敏玲拿起了报告单,没敢看,就扭头离开了。走了四五米,后面的人喊道:"哎,你的就诊卡没拿。"沈敏玲这才意识到自己把就诊卡落在机器里了,转身过去拿了就诊卡,小声地说了声"谢谢",就离开了。

回到了住院部,沈敏玲没敢回病房,站在走廊上深呼吸了几次,展开了报告单,只见上面写着"肺泡腺瘤"。沈敏玲并没有看懂,直觉告诉她,这应该不是癌。

沈敏玲拿着报告单,直接进了医生工作间,找到了戴眼镜的那个主治医生,把报告单递给了他。主治医生认真看了看报告,抬头笑着对沈敏玲说道:"恭喜你,你中奖了。这是我去年以来看到的第一例良性肿瘤。手术把那腺瘤切除就好了,应该没啥大问题。"

第四十八章 尘埃落定

"真的吗?太好了,太好了,感谢医生,感谢医生,太谢谢你了……"沈敏玲激动得有点语无伦次了。

"去吧,把这个好消息告诉你爱人,我们准备一下,安排一下后期的手术。"主治医生说道。

"好的,好的,我这就把这个好消息告诉他。"沈敏玲兴奋地说道,说完用不符合她这个年纪的速度跑向了温国栋的病房。

进了病房,沈敏玲一眼就看到了温国栋站在窗前寂寥的背影,眼泪刷的一下就流了下来,之前坚强的伪装在这一刻完全卸掉了,她快步走到温国栋的背后,从后面紧紧地抱住了他。温国栋身体一僵,意识到是沈敏玲回来了,便拍了拍她的手说道:"没事,不管咋样,我都不会倒下的。"

沈敏玲哽咽着说道:"死老头子,你没那么容易走,是良性的。"

温国栋猛地一转身,瞪大眼睛看着沈敏玲问道:"你再说一遍!"

"良性的!"沈敏玲含着泪说道。

"哈……哈哈……哈哈哈……"温国栋开心地大笑了起来,连日来的憋闷一扫而空,忽然感觉病房里的空气都是新鲜的。

沈敏玲看着温国栋开心地笑着,自己也含着泪笑了起来。

温国栋好不容易止住了笑,忽然想起了一些事情,连忙问沈敏玲:"你没有把这些消息告诉女儿她们吧?"

"没有啊,连住院的事情她们都不知道。"沈敏玲纳闷道。

"我刚才还在想这些事,我忽然有一个绝妙的主意,可以帮助雅黛和火旺复合,不过你得配合我,还要医生配合一下。"温国栋笑着说道。

"咋回事啊,你有啥好主意?"沈敏玲问道。

"装病,就说我时日不多了,说肿瘤是恶性的。"温国栋说道。

"你!你怎么能这样子,还有人故意说自己得癌症的,可真有你的啊!"沈敏玲没好气地说道。

"哎,你想想,如果我快不行了,我的遗愿就是看到雅黛和火旺复合,你说他们会不会复合?嘿嘿……"温国栋露出了老狐狸般的微笑。

"哎,你还别说,这一招说不定还真行。不过,他们能信吗?"沈敏玲担心地说道。

"这有啥不信的,都住到医院了,只要医生稍微配合咱们一下,就搞定了。到时候你就看我表演吧,你可以把这个消息告诉她们了。"温国栋大手一挥,说道。

沈敏玲赶紧说道:"好,我这就去跟她们说。"

温国栋赶紧叫住了沈敏玲,不放心地说道:"这样吧,你还是要跟雅红、雅芳和雅晴说清楚,让她们配合一下,不然雅红快生了,雅晴还在喂奶,万一一着急出点啥事就不好了,这事就瞒着雅黛和火旺一家吧,你千万要搞好啊,让他们尽快来,说我有话要交代,说严重一点没事的。"

第四十八章 尘埃落定

沈敏玲比了个"好的"的手势,走出了病房,准备到休息区去打电话。

"什么?我爸得了恶性肿瘤?还是肺上?可能时日不多?咋回事啊,前些天不还好好的吗?"温雅黛在电话的另一头,着急地问道。

第四十九章 苦肉计

在给温雅黛和杨火旺单独打过电话以后,沈敏玲分别给温雅红、温雅芳和温雅晴打了电话,简单地说了温国栋的病情,并跟她们说了让她们配合演好这场戏,争取让温雅黛和杨火旺复合。

当天下午,除了温雅红孕晚期不方便来榕州,其他几个姐妹和各自的丈夫都来到了医院,围到了温国栋的病床前。

此时的夕阳格外红,阳光透过窗户照到了温国栋的病床上。温国栋头发乱糟糟的,嘴唇有些干,脸色也透着一种苍白,整个人散发着一种迟暮的气息。

沈敏玲看着丈夫温国栋的样子,想着这几天内心受到的煎熬,再也忍不住,低声啜泣着。虽然知道父亲和母亲在演戏给温雅黛和杨火旺看,看着温国栋生命垂危的样子,温雅芳和温雅晴忍不住落下了眼泪,不住地安慰着沈敏玲。温雅黛也跟着哭了起来。

温国栋吃力地抬了抬手,示意几个人不要哭,有气无力地说道:"我这辈子生了四个女儿,每一个都很棒,我都为你们感到骄傲。我觉得值了,但是,我还有很多事情没有做完,

第四十九章 苦肉计

还有很多事情放心不下啊。"

"爸,你还有什么心愿,我们帮你完成。"温雅晴哽咽着说道。

温国栋心中暗暗为温雅晴点赞,不动声色地说道:"我最放心不下的就是雅黛和火旺,你们现在这个样子,我就是走了,走得也不安心。"

"爸,是我对不起你。""爸,对不起。"温雅黛和杨火旺不约而同地道歉道。

"你们都知道,你们的爷爷是得肺癌走的。现在虽然医疗条件好了很多,技术也先进了很多,但是癌症仍然是不治之症。我想,我的时日也不多了。雅黛、火旺,我真的很希望在走之前,能看到你们复合。"

温雅晴看了看温雅黛和杨火旺,小声说道:"你们快答应爸啊,让爸也高兴高兴。"

温雅黛和杨火旺互望了一眼,两个人都没有说话。温雅芳站在杨火旺的后面,用手指点了点杨火旺的后背,意思是想让杨火旺主动点。

杨火旺领会了温雅芳的意思,犹豫了一下,说道:"爸,妈,雅黛,我知道我错了,我当时处理事情的方法大错特错,逃避不是解决问题的方法,更不是为自己开脱的理由。"

温雅黛听着杨火旺的话,并没有看他,但是紧抿的嘴唇显示着她内心无比纠结。

杨火旺接着说道:"这段时间以来,我认真做事情,在

这一带的评价很高,很多公司都愿意跟我合作,不出意外的话,我很快就能把原先的窟窿补上,甚至在不久的将来,我能够再开一个厂,一定能够打一个漂亮的翻身仗。雅黛,你就给我一次机会吧,我绝不再做那个逃避的懦夫了。"

温雅黛哭着说道:"你知道你不辞而别,我抱着两个孩子有多绝望,就好像是天塌下来一样。一帮要债的登门,你能想象我一个弱女子是怎么应对的吗?"

杨火旺满怀歉意地说道:"我对不起你们,更对不起两个孩子。雅黛,我发誓,这种事情永远不会再发生了。求你给我一次机会吧,也让我用下半辈子来赎罪,好吗?"

温雅黛并没有说话,手紧紧地抓着病床上的床单,她的内心很纠结。

温国栋听着杨火旺和温雅黛的对话,知道还欠点火候,自己得加把火了,于是他开始了一轮惊天动地的咳嗽。这一下子可把围在床边的女儿女婿们吓坏了,几个人手忙脚乱地倒着水,扶温国栋坐了起来,不停地拍着他的后背,希望能让他呼吸顺畅一些。

"雅黛,答应爸爸,跟火旺和好吧,就算是为了两个孩子,也为了我,你就再给火旺一次机会吧。"

温雅黛看着父亲,满眼含泪地说道:"爸,我答应你,我跟火旺复合。你一定要好好的,你可不能抛下我们啊。"

"复合就好,复合就好。雅晴,这么多人,你们家也住不下,一会儿你在酒店订几个房间吧,大家不用都在医院了,

第四十九章 苦肉计

轮流来照顾你爸就行了。"沈敏玲说道。说完,朝温雅晴使了个眼色,把她叫出了病房。温雅晴不明所以地跟着沈敏玲走出了病房。

沈敏玲小声说道:"你把雅黛和火旺安排在一个房间吧,这夫妻床头吵架床尾和,都不在一张床了怎么合。"

温雅晴点了点头,说道:"我这就去办,晚上大家一起吃个饭,就是不知道老爸能不能出去吃?"温雅晴知道温国栋的病情虽然没那么严重,但是即使是良性的,也是一个手术,对身体的伤害也是不小。

晚上,沈敏玲要陪护"病重"的温国栋,就没有出来吃饭。温雅晴和吴宏伟就请姐妹和连襟在外面吃了饭。在大家的撮合撺掇下,温雅黛和杨火旺的隔阂消除了不少。最后温雅芳和温雅晴私下商量了一下,决定跟温雅黛和杨火旺摊牌,把温国栋的病情如实说出来,毕竟两个人的隔阂也消除了,到了这一步了,应该不会再反目成仇了。

最后由温雅芳把温国栋的病情说了一遍,温雅黛和杨火旺大感欣慰,都由衷地为温国栋高兴。饭桌上的氛围本来很压抑,这下好了,几个人开始喝起了酒,越喝越高兴,杨火旺很快就被灌得差不多了。温雅芳和温雅晴让温雅黛把杨火旺扶回酒店休息,几个人看着温雅黛扶着杨火旺远去的背影,心中终于舒了口气。

温雅黛扶着杨火旺到了酒店,好不容易把杨火旺弄到了房间。进了房间,杨火旺扑通一声跪到了温雅黛的面前,抽

着自己的嘴巴，说道："雅黛，我对不起你，对不起孩子，你打我骂我都行，千万不要不理我，你知道我多后悔多痛苦吗？我这些天每天都在想着你们……"

"你快起来，你再不起来，我就走了！"温雅黛受不了杨火旺这个架势，作势要走。

"我起来，我起来，我起来你就不走了是吧？"杨火旺赶紧爬了起来。

"你没喝多啊，刚才是装醉的啊？扶你的时候，你还故意压着我，累死我了，出了一身汗。"温雅黛看出杨火旺没醉，生气地说道。

"我要是不装醉，还不被他们灌趴下啊。雅黛，今晚别走了……"杨火旺眼巴巴地看着温雅黛说道。

"不走可以，但是你不能碰我，我还没有原谅你。"温雅黛说道。

"不碰你，不碰你，我很乖的。你先去洗个澡？"杨火旺说道。

"嗯，你不许偷看！"温雅黛瞪了杨火旺一眼说道。

"嗯嗯，去吧……"杨火旺一副乖乖的样子。

俗话说，久别胜新婚。一阵半推半就的温存过后，温雅黛和杨火旺之间的隔阂彻底消除了，两个人说了半宿的话，说到伤心处，两个人抱在一起大哭了一场。

第五十章 沙参百合润肺汤

对温国栋进行了详细的检查后,医生会诊拿出了治疗方案,认为温国栋的身体各项指标符合手术的基本要求,建议尽快手术。在得知了肿瘤是良性的以后,温国栋和沈敏玲的心终于放下了,也对医生表示会全力配合治疗。沈敏玲让女儿女婿都回去了,自己一个人照顾温国栋。

温国栋和沈敏玲也难得这种相处机会,两个人聊了很多,聊着聊着就聊到了和婆婆的相处之道上。其实沈敏玲和婆婆的关系并不融洽,最主要的原因就是沈敏玲没有生出男丁,这在荣平是很让人诟病的事情。让沈敏玲和婆婆关系彻底恶化是在生完温雅晴之后,沈敏玲不想再生了,自己偷偷去做了结扎。当婆婆得知沈敏玲做了结扎手术后,跟沈敏玲大吵了一架,别看沈敏玲平时不争不闹,其实也是很执拗的一个人,这也更加坚定了她再也不当生育工具的念头。

温国栋在其中也很难做,一方面是家族和家里老人的压力,一方面是自己妻子坚决不生的压力,当时他两方面做工作,总算都安抚了下来。其实在他的内心里,也不想生了,连着好几年,每年都在怀孕、生孩子、再怀孕、再生孩子中度过,

身心俱疲。真的要说生个儿子有多重要,其实温国栋也没有太在意,所以他也没有去逼迫沈敏玲,而是顺其自然。事实证明,这么多年过来,生的几个女儿都是很贴心的,确实都是小棉袄。

温国栋的手术很顺利,但是年纪不饶人,恢复起来有点慢,再加上温国栋长期抽烟,肺部已经被污染得很厉害了,在治疗周期上也要慢一些。几个女儿除了温雅红,轮流到医院来照顾温国栋。因为在榕州,温雅晴也是想方设法地熬一些汤送过来给温国栋补身体。

这天早上,隔壁病床的病友老梁很羡慕温国栋,说道:"老温啊,我很羡慕你,你这四个女儿多好,每天都有人来照顾你,陪你说说话。我跟你不同,我生了三个儿子一个女儿,三个儿子都很忙,两个还在外地,就出现了一次。一个儿子虽然在榕州,公司里事情很多,忙得走不开。女儿在婆家也很忙,就靠我老婆子一个人忙里往外。别说久病床前无孝子,我这也没让他们伺候我,我也见不到他们。"说着眼眶就红了。

沈敏玲连忙劝道:"老梁。您可别这么说,男人这个阶段都在忙事业,男主外女主内,他们腾不开身也是正常的,您就别伤心了。"

老梁接过老伴递过来的纸巾,擦了擦眼泪说道:"我自己的身体我很清楚,现在能活一天是一天,说不定哪天就走了。这些天在医院看到了很多,也想了很多,以前很多不懂的人生道理也好像忽然懂了,又好像更糊涂了。生老病死,

第五十章 沙参百合润肺汤

在我去年看来,还是比较遥远的事情,今年忽然就离不开医院了,年轻时候的很多梦想都没有来得及去实现,现在也没有机会了。"

"是啊,我前几天跟你一样,想了很多很多,总感觉有好多事没有做,很多不舍,人在医院就会感觉到健康的重要性了。我这次说什么都要把烟戒了,再也不能抽了。"沈敏玲投来了赞许的目光。

老梁叹了口气说道:"年纪不饶人啊,咱们那个年代的人到现在很多都走了,我高中同班同学已经走掉了四分之一了,今年的同学聚会,我估计也参加不了了。"

温国栋点头说道:"我们也是,很多已经联系不上了,也不知道人还在不在。参加聚会的人一年比一年少。现在医学这么发达,老梁,你千万不要消极悲观,一切都会好起来的。你这种情况,再活个一二十年的大有人在啊。"

"没事,你们不用劝我,我想得开,这种事情也由不得我们,听天由命吧。兄弟姐妹多还好一些,起码他们遇到事情可以商量着来。我那几个孩子都不愿意生二胎,说生得起养不起,气死我了。不过我跟我老伴也确实没精力去帮他们带孩子了。"

"现在生二胎,确实需要勇气,特别是在大城市。我们那小县城倒还好,我四个女儿都生了二胎。现在这个年代也不像我们那时候,多一口人,大不了多加一瓢水。现在不光是吃饭,关键是教育这块投入很大,越是大城市的人越是注

重这些。"温国栋唏嘘道。

"是啊,我的孩子们就是主要考虑这个问题才不想生的。我和老伴也劝过他们,他们都不听我们的了。"老梁说道。

"儿孙自有儿孙福,别管他们了,不想生就算了,由着他们吧。只要他们过得幸福,比啥都强。"沈敏玲说道。

正说着话,温雅晴拎着保温桶进来了,说道:"爸,今天炖了沙参百合润肺汤,你尝尝,味道很不错。"

"不是跟你说不用这么麻烦了,我这些天都胖了五六斤了。"温国栋佯装生气地说道,嘴角的弧度暴露了心里的真实想法。

"上次你不是说猪肺汤喝腻了嘛,这一道汤是我新学的,还挺成功的,我觉得挺好喝的。对了,老梁叔,我这次煮的多,你也尝尝。"温雅晴说道。

"不用了不用了。老温啊,还是女儿好啊,多贴心啊。"老梁艳羡地说道。

温国栋嘿嘿直乐,说道:"老梁,千万别客气。雅晴,你去拿个碗,匀一半给你老梁叔。"

"老梁叔,自己家炖的,可能没有外面的那么好吃,但是吃着放心。我给您盛一碗。"温雅晴说着就盛了一碗端了过去。

"哈哈……我也有口福了,哎呀,这么多啊,谢谢,谢谢,闻着就很香啊。"老梁高兴地说道。

"雅晴啊,周末你把云飞也带过来吧,我有两天没看到他,

第五十章 沙参百合润肺汤

挺想他的,小时候都是我们带他,这小孩子一上学啊,比咱大人都忙。咱们想见孩子啊,还要等他有空才行。"温国栋说道。

"可不是,孩子一上学,我的心一下子空落落的。都不知道自己要干啥了,有时候送到学校门口,我还在门口晃悠半天才回家,隔着栏杆,希望能看到孩子的身影。你说咱这操心命啊,操心完儿女,还要操心孙子孙女,大半截都入土了。"老梁说道。

"你快吃吧,一会儿凉了,最近你也太喜欢回忆了,别老想以前的事,多想想将来,还长着呢。"老梁的老伴看他又开始感怀了,赶紧催他喝汤。

"对,咱们往前看,以后的路还长着呢,人不能活在回忆里,越往前走,就越有回忆。"沈敏玲赞同道。

温国栋和老梁喝几口就要夸一下好喝,弄得温雅晴都有点不好意思了。

二宝协奏曲

第五十一章 两头受气

经过这一次手术,温国栋最大的收获就是把烟戒了,这也让沈敏玲非常高兴,以前怎么讲都没有效果。温国栋出院这天,杨火旺开着温国栋的车把二老接回了荣平。把温国栋和沈敏玲送走,温雅晴的生活又回归了平静。

"妈妈,你陪我一会儿吧?"吴云飞眼巴巴地看着温雅晴。

"云飞,你看,妈妈要给妹妹洗个澡,等一会儿陪你好不好?"温雅晴为难地说道。

吴云飞噘起了嘴巴,说道:"洗完碗,你还要给二宝喂奶,哪有空陪我啊。"

"那咋办啊,就一个妈妈,我也不会分身术啊,要是妈妈会分身术就好了,一个陪你,一个陪妹妹。"温雅晴开玩笑地说道。

"又是这一招,每次都是这样讲,一点都不好玩。我去找爷爷玩了。"吴云飞说着不满地走了。

温雅晴摇了摇头,轻声叹了口气,看了看摇篮里的吴云翎,秒换表情笑着说道:"二宝,咱们去洗澡吧?"

也不知道吴云翎有没有听懂,手舞足蹈起来,脚踢到了

第五十一章　两头受气

挂在床头的摇铃,她踢得更加起劲了,嘴巴里含糊不清地发着"咿呀咿呀"的声音。

"高兴啊,那我们就去洗澡啦,你先自己玩一会儿啊,妈妈给你放水去了。"温雅晴摸了摸吴云翎的小脚丫,转身哼着小曲去卫生间放水去了。

把水放好了,试好水温,温雅晴就给吴云翎洗澡了。"小宝宝洗澡澡,宝宝喜欢小泡泡,小泡泡淘气包,刚刚抓住就跑掉……"温雅晴温柔地哼着歌曲,轻柔地给吴云翎洗着澡。吴云翎好像很喜欢洗澡,在水里很兴奋,不停地踢着水,溅起了好多水花。

"昨天刚洗过,今天怎么又洗了,这么冷的天,万一洗感冒了怎么行?"温雅晴正在享受给女儿洗澡的时光,张秀琴的声音很突兀地在卫生间门口响起。

温雅晴心里咯噔一下,心说:"得,老观念又要来跟新观念较劲了。"她不想跟婆婆争辩,就说道:"南方天气不算太冷,我还开着浴霸,挺暖和的,小孩子遇水就长。"

"我们老家那里的小孩子三四个月也不洗一次澡,不都是健健康康的,小孩子不能太娇贵,养得太精细不皮实。"张秀琴不满地说道,又搬出自己的育儿经。

"妈,放心吧,没事的,云飞小时候都是这样的,现在不也长得壮壮实实的吗?"温雅晴还是忍不住反驳道。

"你就不听我的,不听老人言吃亏在眼前。"张秀琴不忿地说道。说来也巧,吴云翎这时正好打了个喷嚏。张秀琴

二宝协奏曲

马上接着说道:"你看,你看,着凉了吧?快点擦干包起来吧,别洗了。"

"妈,你把卫生间门打开了,凉气进来了,热气全跑了。"温雅晴看了一眼卫生间的门说道。

"呀,你还怪上我了?刚跟你讲不能洗不能洗,你反而赖到我头上了,卫生间的门打开一下就让二宝打喷嚏了?"张秀琴生气地说道。

温雅晴不想说话了,默默地给吴云翎擦拭身体,吹了头发,无视了张秀琴的存在。张秀琴站在门口冷眼旁观,气氛一度极为尴尬。吴云翎似乎也感觉到了气氛的异样,也安静了下来。整个卫生间忽然变得安静,让温雅晴感觉很不舒服。

温雅晴给吴云翎擦拭了身体,用浴巾包住身体,准备抱到房间给她穿衣服,却发现婆婆张秀琴堵在门口。张秀琴迟疑了一下,让开了路。温雅晴也没吭声,抱着孩子回房间了。张秀琴有一种被当成空气被无视的感觉。站了一小会儿,就跺了下脚去客厅生闷气了。

"妈,谁惹你生气了?坐这里干啥呢?"吴宏伟下班回来了,看到张秀琴坐在那里生闷气,就问道,"爸,你又惹我妈生气了?"

吴运来朝吴宏伟眨了眨眼睛,摇了摇头,指了指温雅晴的房间。

吴宏伟又问了一句:"妈,咋回事啊?"张秀琴依旧是不接话茬。

第五十一章　两头受气

吴宏伟没办法，于是打开温雅晴的房门走了进去，温雅晴正在给孩子喂奶。吴宏伟坐在床边，轻轻地把手放在了温雅晴的胳膊上，轻声问道："雅晴，咋了？"

温雅晴不想说话，就没理吴宏伟。

吴宏伟两边都问不到什么，悻悻地摸了摸鼻子，继续问道："到底咋回事嘛？都不说，我去问谁？"

"老妈不让我给二宝洗澡，我洗了，她就生气了。就这事。"温雅晴言简意赅地说道。

"唉，南方媳妇北方婆，又是这种事。我妈又弘扬她的老观念、老传统了。没事，我去劝劝她。准备吃饭了。"吴宏伟听了以后明白了。

吴宏伟来到客厅，坐到张秀琴旁边，说道："妈，给二宝洗澡很正常，在医院，人家护士也是每天都要给二宝洗澡啊，小孩子见水就长，这没啥啊。"

"她眼里就没我这个当妈的，根本不听我的。"张秀琴气呼呼地说道，"你这个娶了媳妇忘了娘的，就知道帮你媳妇说话。"

"得，我又成了堵在风箱里的老鼠了，两头受气。放宽心，多大点事，是不是？"吴宏伟开导道。

"是啊，小事情，干吗生气。别生气了，雅晴还要喂奶，你这样闹腾，影响奶水质量。"吴运来扮演起捧哏的角色。

"你们都觉得我做得不对啊？这么冷的天，没出汗，有什么好洗的，二宝还打喷嚏了。"张秀琴还是有些不忿。

"奶奶,你别生气了,我快饿晕了,快点吃饭吧。"吴云飞在旁边嘟囔着。

"开饭,开饭,饭已经做好了。宏伟,去,叫雅晴出来吃饭吧。"吴运来赶紧说道,缓和这个尴尬的气氛。

"好的,妈,吃饭了,别绷着脸了。"吴宏伟说完,去房间叫温雅晴出来吃饭。

"雅晴,走,吃饭去。别生气了。"吴宏伟轻轻推了推温雅晴说道。

"我不饿,气都气饱了。"温雅晴说道。

"那我给你盛一点端进来?不吃可不行啊。"吴宏伟说道。

温雅晴犹豫了一下,说道:"好吧,多弄点汤。"

"好。"吴宏伟说着走出了房间,把餐桌上的饭菜拨了一些到大盘子里,盛了一碗汤端了进去。

吴宏伟忙乎完走出来坐到餐桌边,只听张秀琴嘟囔了一句:"这坐月子还坐上瘾了,就会指使我儿子。"吴宏伟顿时感觉一阵头大。

第五十二章 起床困难户

当天晚上,吴宏伟跟温雅晴聊了很久,最后做通了温雅晴的工作,让她明天跟张秀琴服个软,尽量维持好家庭的和睦。温雅晴勉为其难地答应了下来,但是她清楚地知道,这只是缓兵之计,很多观念上的差异,不是一朝一夕能改变的。温雅晴也知道自己丈夫夹在中间很为难,她也不想造成这种局面,总要有人让步。

第二天,吃早饭的时候,温雅晴没等叫她就坐到了餐桌那里,笑嘻嘻地跟张秀琴说道:"妈,昨天是我不好,我应该跟你商量商量的,其实也没啥大不了的,都是为了二宝,你说是吧?"

经过一晚上,张秀琴气也消了个七七八八,听到儿媳妇服软的话,也就顺坡下驴道:"我也想通了,其实是咱们沟通不够,有啥事咱们多商量,南方跟北方确实有差别,我有时候理解不了,你要多跟我说说,要不然容易误会。"

吴运来看话说到这分上,赶紧说:"吃饭,吃饭,说开了就好,本来啥事都没有,来尝尝这家的馒头,听说是老面

馒头,试一下。"

张秀琴拿起一块吃了一口,点了点头说道:"嗯,有点北方馒头的意思,比以前买的好吃多了。"

"确实不错,很有嚼劲,还有一种小麦的香味,这种馒头好吃。"温雅晴吃了以后也称赞道。

"是一个流动的三轮车的摊主卖的,有时候能碰到,有时候碰不到,我也是第一次买,想着尝一尝,没想到这么好吃。"吴运来说道。

经过吴运来把话题引到馒头上,张秀琴和温雅晴的龃龉似乎没有了后遗症,又回到了原来的状态。

当天下午,吴云翎尿湿了裤子。温雅晴又想给她洗个澡,可是一想到昨天婆婆张秀琴因为这事不高兴,就有点犯愁。想了想,温雅晴还是决定给女儿洗澡,不仅要洗,还要让婆婆也过来帮忙。她跟张秀琴说了请她一起给吴云翎洗澡的事,张秀琴居然愉快地答应了。

吴云翎乖乖洗澡的样子,萌化了张秀琴的心。张秀琴再也不说天冷少给孩子洗澡的话了,跟吴云翎在卫生间里玩水玩得不亦乐乎。看着这一幕,温雅晴心里暗暗打定主意:"以后做啥事,多拉着婆婆一起参与准没错,省得她指责自己的不是。"

最近这段时间,也不知道是长身体的原因还是懒的原因,吴云飞每天上学都是磨蹭到最后一刻才能出门。这天早上七点钟的时候,温雅晴推了推吴云飞,温柔地说道:"云飞,

第五十二章　起床困难户

起来了。"

"嗯……"吴云飞含糊不清地应了一声,翻了个身。

"你快点啊,起来刷牙洗脸了。"温雅晴看吴云飞有了动静,就关上房门出去了。

等到了七点十分的时候,还没有看到吴云飞出来刷牙洗脸,温雅晴就又推开了吴云飞的房门,发现吴云飞还在呼呼大睡,顿时就火了,大声喊道:"你咋还没起来啊,快点起来了,怎么回事?"

"嗯嗯,起来了,你快出去,我就起来了。"吴云飞把被子踢开,揉着眼睛,一副要起来的架势。

温雅晴看这架势就放心了一些,但还是说了句:"你速度给我快点,不然来不及吃饭了。"

"好了好了,你快出去吧,我马上就起来。"吴云飞不耐烦地说道。温雅晴出去准备早饭去了。

温雅晴看着客厅的钟表指针指到了七点二十,吴云飞还是没有起来,不禁更加生气了,气呼呼地冲到了吴云飞的房间,看到吴云飞趴在被子上又睡着了。"你给我起来,怎么回事,怎么又睡了。"温雅晴大声吼道。

吴云飞看妈妈已经有点歇斯底里了,赶紧爬了起来,半睁着迷离的眼睛,慢慢吞吞地往身上胡乱地套着衣服。

温雅晴就站在旁边监督吴云飞穿衣服,发现吴云飞衣服穿反了,更加火大了,用手拍着书桌吼道:"你睁开眼穿不行啊,衣服都穿反了!"

吴云飞这才睁开了眼睛,继续慢吞吞地穿着衣服,最后在温雅晴即将崩溃动手的时候,终于把衣服穿好了。胡乱地刷了牙洗了脸,草草地扒拉了半碗稀饭,吴云飞看看钟表,赶紧跟吴运来说道:"爷爷,快走,要迟到了。"

"你的饭还没吃完啊。"吴运来说道。在他看来,孙子长身体比长脑子重要,上学可以迟到,饭不能不吃。

"吃啥吃,这么磨蹭,别吃了,赶紧去上学,真是的。明天准备好棍子,起得慢了,屁股开花。"温雅晴威胁道。

吴云飞朝着温雅晴吐了吐舌头,背上书包跑出了家门。

"你这熊孩子,你看我明天怎么收拾你,还敢这样对我。"温雅晴有点哭笑不得。从小带吴云飞,他也知道温雅晴不会真打他,所以他一点也不怕自己。

上午太阳不错,温雅晴推着吴云翎到小区里晒太阳。还真别说,小区里的宝妈还真不少,都是趁着二胎政策的东风生的。

几个宝妈凑在一起就开始吐槽起来,最后都吐槽起了孩子磨蹭,那叫一个义愤填膺,生气起来恨不得把孩子塞回炉里重铸。

温雅晴说道:"今天早上刚被儿子气得七窍生烟,磨磨蹭蹭的,死活不起来。"

有一个年纪稍长的宝妈说道:"你下次试试,别叫他,或者只叫他一次,若迟到了,让他长长记性。"

"那怎么行,不叫他,他肯定起不来啊,铁定是迟到的。"

第五十二章 起床困难户

温雅晴说道,周围的几个宝妈连声附和。

"你们试试就知道了,当时我女儿也是这样子,后来我不管她了,她反而能够自己起来了,后来还能帮我做早餐了。你们狠下心试试。"年长宝妈故作神秘地说道。

"我还是有点不放心。"温雅晴说道。

"你们其实都错了,我们如果不停地催孩子起床,闹钟就失去了作用,我们的吼叫声才是孩子的闹钟。孩子会根据咱们发疯的程度来判断是否该起床了。咱们声音越来越大,孩子就觉得应该是差不多了,所以孩子是否起床,就看我们是否发疯。"年长宝妈继续说道。

几个宝妈若有所思,觉得有些道理。温雅晴说道:"听起来,还真是这么回事。每次我要发火打人的时候,我儿子才慢慢吞吞地起来。前面怎么吼都没用。"

"那就是这样了,你按我说的做,晚上跟他说,明天早上只叫他一次,如果起不来,那就不要去上学了,迟到就迟到,自己要为自己的行为负责。"年长宝妈说道。

"嗯,今晚回去试试?"几个宝妈相互看了看,试着问道,每个人都不想做第一个吃螃蟹的人。

"我来试试,我实在是被我儿子气得不行了,我都怕被气断奶了。"温雅晴说道,周围的宝妈哈哈大笑起来。

"其实我们没必要焦虑,孩子迟到没什么大不了的,我们越吼,孩子越慢。就像是越催越慢,再催熄火的感觉。所以说,我们放手就行了,孩子这么大了,其实他们心里

二宝协奏曲

也懂,就是有依赖性,所以才会造成这样的情况。"年长宝妈说道。

温雅晴点点头,说道:"很有道理,我晚上一定要试试,我这几天快崩溃了。"

第五十三章 迟到了

晚上吃过晚饭后,温雅晴很严肃地叫住了吴云飞,说道:"云飞,妈妈跟你说个事。"

"啥事啊,我还要去楼下玩,我约了朋友玩枪战游戏。"吴云飞急着出去玩,站在那里等着温雅晴。

"你等一会儿再下去玩,妈妈跟你说的事很重要。爸,妈,宏伟,你们也要配合。云飞,从明天开始,妈妈只叫你一次起床。如果你起不来,那就只能迟到了,受批评的话,你不能怪我们。"温雅晴严肃地说道。

还没等吴云飞说话,张秀琴就说道:"那怎么行,小孩子怎么可能起得来,都是叫都叫不起来的,你不叫他,怎么上学?"

吴运来在旁边也说道:"是呀,是呀,叫那么多遍都叫不起来,不叫的话,不知道要睡到几点呢。"

温雅晴看大家都反对自己,于是看了一眼吴宏伟,想让他帮自己说话。吴宏伟装作没看见,可能是心里也不怎么支持她的做法。

温雅晴坚持道:"这次你们听我一次,试试看,每天早

二宝协奏曲

上叫他起床,我都快崩溃了。"

吴宏伟想想也是,在温雅晴的眼神"鼓励"下,硬着头皮说道:"爸,妈,要不咱就试试?说不定有奇效。"

"你们就瞎折腾吧,那我和你爸明天早上就不叫了,云飞你自己要定好闹钟啊。"张秀琴不放心地说道。

"知道了,知道了,我会起来的。"吴云飞急着下楼找小伙伴玩,连声答应就下楼了。

看着吴云飞下楼了,吴宏伟悄悄问温雅晴:"你这是什么套路,能行吗?"

"唉,死马当活马医吧。早上在楼下,一个宝妈教我的,她孩子就是这样子,用这招治好了拖延症。"温雅晴说的时候也没啥底气。

"那就试试吧,明天早上看看情况。万一不行,咱再想别的办法。其实咱儿子晚上睡得不迟了,基本上九点多就睡了。"吴宏伟说道。

"这么大的孩子大体上都是这样,没有一个强大的心脏,早晚会被气死。你上班早,你都不知道一遍又一遍地叫儿子起床,多么让人崩溃,特别是临近迟到的那会儿。"温雅晴忍不住吐槽道。

"那我们拭目以待,看看你这个办法咋样?加油!"吴宏伟虽然不看好温雅晴的做法,但还是鼓励道。

第二天一大早,七点钟的时候,温雅晴去叫吴云飞起床。吴云飞是外甥打灯笼——照旧,翻了个身继续睡。

第五十三章 迟到了

到了七点十分,吴云飞还是没啥动静,估计还在睡。吴运来看了看温雅晴,张了张嘴想说啥,忍了忍没有说话。其实温雅晴知道公公想说啥,无非是"去叫一下吧,你那招不好使"。

到了七点二十分,吴云飞还是没有起来,这个时候张秀琴憋不住了,说道:"去叫一下吧,再不起来,来不及吃早饭了。"

温雅晴说道:"不叫他,来不及吃早饭就饿他一顿,谁让他起不来的。"

张秀琴摇了摇头,也不说话了,三个人就坐在客厅沉默着,都竖起耳朵听着吴云飞房间的动静,让人失望的是始终没有响动。

平常的十分钟可能不算啥,但是这天早上的十分钟对于客厅里的三个人来说,真的是漫长的十分钟。就这样,到了七点三十分,张秀琴实在是憋不住了,说道:"雅晴,已经来不及吃饭了,再不叫就铁定迟到了。"

温雅晴咬了咬牙,狠下心说道:"不叫他,迟到就迟到,让他长长记性。"

"唉,你这法子不行的,绝对是行不通的,还是去叫他起来吧。"吴运来说着就要去房间叫吴云飞起床。

"爸,你别去叫他,如果他还不起来,那就让他迟到一次,这样他也记得牢一些。"温雅晴坚持道。

"唉,你还真是的,啥法子啊,明明不行,还非要这样。"

二宝协奏曲

吴运来实在是没办法,摇着头不甘心地坐了下来。

就这样,三个人熬到了八点钟,吴云飞的班主任打电话过来,问吴云飞为啥没上学,温雅晴解释说起晚了,过会儿就到。吴运来和张秀琴的叹气声此起彼伏,让温雅晴更加心烦意乱,一度怀疑自己的坚持有没有意义。

就在温雅晴即将放弃自己的初衷,准备过去叫吴云飞起床的时候,吴云飞揉着惺忪的睡眼走出了房门,问道:"妈,几点了?你咋不叫我?"

"八点了。"温雅晴面无表情地回道。

"几点?八点?完了。我迟到了。快点,刷牙,快点,吃饭,算了,不吃了,算了,不刷了……"吴云飞有点急了,站在门口像个无头苍蝇一样,也不知道是先回房间换衣服还是先去刷牙,还是先吃饭,整个人愣在了那里。

"你赶紧去洗脸,然后去上学,饭就别吃了。"吴运来给吴云飞指了条道儿。

吴云飞立马照做,洗脸刷牙的速度飞快,用时不超过三十秒,回到房间,极快地换了衣服,三下五除二就站在门口整装待发了。

"爷爷,快送我去,我迟到了,你要跟门口保安爷爷说一下,不然我进不去。"吴云飞急切地说道。

温雅晴看着这一幕,没有再说话。吴云飞急着去上学,也没空埋怨大家没有叫他起床了。

吴运来带着吴云飞前脚一走,张秀琴就说道:"雅晴啊,

第五十三章 迟到了

你这套不行啊!你看,铁定是起不来的,今天迟到了吧。"

"今天让他长长记性,明天还不叫他,如果他还是起不来,那咱们再叫他。"温雅晴心里也没底,口气上软了下来。

这天晚上,温雅晴继续严肃地对吴云飞说道:"云飞,明天早上妈妈还是只叫你一遍,如果你起不来,你还是要迟到的。"

吴云飞不情愿地答了一声。

第二天,七点钟的时候,温雅晴把吴云飞叫醒了。吴云飞一骨碌就爬了起来,被子一掀,穿上拖鞋就往卫生间走去。

温雅晴在后面看着,眼珠子都快瞪出来了,话也说不出来了。回到客厅,吴运来和张秀琴也用探询的目光看着温雅晴,温雅晴笑着打了个"成功"的手势。吴运来和张秀琴长大了嘴巴,半天没有合上。

很快,吴云飞洗漱完毕,换好了校服,走到客厅,说道:"妈,我今天肯定不会迟到,我今天要第一个到学校。我肚子饿了,有吃的吗?没有的话,我在街上吃个包子就行了,那样比较快。"

"准备好了,有吃的,做了你爱吃的煎饼和稀饭,快来吃吧,我再给你热杯牛奶。"吴运来赶紧招呼道。

"牛奶不用热了,热的喝着慢。"吴云飞坐在餐桌边,风卷残云地吃着早餐,很快就吃完了,穿好鞋子,背上书包,喊了一嗓子:"妈,奶奶,再见,爷爷快点了,咱们该出发了。"还没等温雅晴和张秀琴反应过来,吴云飞已经窜出了家门。

二宝协奏曲

等吴云飞走了以后,温雅晴和张秀琴相视一笑,再也忍不住哈哈大笑起来。张秀琴朝着温雅晴竖起了大拇指,说道:"你这招好使,见效了。"

温雅晴高兴地说道:"还好见效了,要不然今天又要被你们说了。"

第五十四章 吴云飞给妹妹换尿片

吴云飞的早起困难被温雅晴成功解决了,一家人都很开心,温雅晴感觉自己的腰杆也挺直了。没过多久,温雅晴发现了一个现象,那就是吴云飞每天放学回来就把自己关进房间,以前还会逗一会儿妹妹,现在忽然就对妹妹失去了兴趣。

刚开始,温雅晴也没当回事,无非是孩子想独处,看看书,玩玩游戏什么的,后来她发现不对劲,儿子有问题。于是,温雅晴趁吴云翎睡着的时候,到了吴云飞的房间,发现吴云飞闷闷不乐地坐在窗台上看着窗外,书本扔在脚边也没看。

温雅晴走过去,坐到吴云飞身旁,轻声问道:"云飞,怎么了?"

吴云飞把头扭到了一边,不理温雅晴。

温雅晴试着问道:"咋啦?在学校受委屈了?"

"没有,我在学校好着呢,我现在每天都很早到学校,老师还夸我呢。"吴云飞扬了扬下巴说道。

"那你咋个下楼找小伙伴玩了?"温雅晴问道。

"不想去,我想让你陪我玩。你现在就知道陪二宝,也不陪我。我整天一个人孤零零的。"吴云飞说着说着有点要

哭的样子。

"傻孩子,在爸爸妈妈的心里你是最重要的。你是爸爸妈妈的第一个孩子,你是大哥哥。我和爸爸为你倾注了相当多的心血,你也应该感受到了。"温雅晴说道。

"那我现在感受不到了,你们一整天都围着二宝转,以前爸爸回来都是叫我的,现在回来都是直奔二宝,从来也不问我怎么样了。"吴云飞生气地说道。

"现在情况不一样了啊,妹妹出生了,她还小,更需要照顾。虽然妹妹出生了,但她并不能够代替你呀,也不能说明她比你重要啊。而且那句话怎么说,老大照书养,老二照猪养。妹妹将来玩你玩过的玩具,穿你穿过的衣服,都穿你剩下的,你竟然还觉得她比你更重要,是不是傻呀!你在爸爸妈妈心中才是最重要的!不过这个话,你将来可不能够告诉妹妹哟。要不然,妹妹会说爸爸妈妈偏心眼儿了!所以,这是咱们之间的秘密哟,你心里知道就好。"温雅晴摸了摸吴云飞的小脑袋说道。

"可是……可是……"吴云飞总感觉哪里不对劲,但是又不知道怎么反驳。

温雅晴笑了笑说道:"其实你也可以帮爸爸妈妈做事情啊,比如说给二宝换换尿片,冲冲奶粉,这些你也能做啊。你是大哥哥了,也应该学着照顾妹妹了。"

"二宝那么小,我不敢弄,怕弄疼她。上次我要抱二宝,爸爸都不让我抱。"吴云飞委屈地噘了噘嘴。

第五十四章　吴云飞给妹妹换尿片

"现在二宝还小,抱她需要很小心的,你看爸爸妈妈抱她的时候,都是小心翼翼的,因为二宝的骨骼还比较软,很容易受伤。爸爸不让你抱是因为怕二宝受伤。"温雅晴开导道。

"噢,可是我想抱她一下都不行。"吴云飞还是不太高兴。

"下次二宝醒了,你来换尿片,让你爸爸也看看,你也很能干的。他不相信你,你就做给他看看,你说行不行?"温雅晴鼓励道。

正说着,二宝在隔壁哭了。温雅晴说道:"走,二宝应该是尿了,该你上场了,给二宝换尿片了。"说完,拉着吴云飞去看二宝。

解开尿片一看,二宝居然拉臭臭了。吴云飞凑近一看,一股臭味扑面而来,熏得他往后退了一步。他扭头看了一下温雅晴,不好意思跑掉。

温雅晴在旁边鼓励道:"我给你录一段视频,等会给你爸爸看。去吧,你行的。"

吴云飞屏住呼吸,硬着头皮凑了过去。

"你先准备好湿巾,对了,抽一张。把二宝的脚丫子轻轻地抬起来,然后用湿巾把她的小屁屁擦一擦,擦干净一点。"温雅晴边拍着录像边指挥吴云飞。

吴云飞扭过头,大口呼吸了两口,然后扭过头继续帮二宝换尿片。温雅晴被吴云飞的样子逗笑了。

"对了,再用干纸巾擦一下啊,不然会潮潮的,二宝也不舒服。现在把尿片慢慢抽出来,要慢一点,对了,就这样。

二宝协奏曲

好,现在再换一个新的,先把尿片铺在二宝的身体下面,很好,然后绕过来,贴好就行了。真棒,完成了。"温雅晴对吴云飞竖起了大拇指。

吴云飞很高兴,仿佛完成了一件非常了不起的事情,开心地把地上二宝用过的尿片拎出去放进了垃圾桶。

过了一会儿,吴宏伟下班回来了。吴云飞看着温雅晴,没说话。

温雅晴一笑,知道了吴云飞的意思。她把手机拿出来,对吴宏伟说道:"来,给你看个视频。"吴云飞在旁边装作什么也不知道的样子,不停地摆弄手显示了他内心的不平静。

"啥视频啊,我看看。"吴宏伟接过了温雅晴递过来的手机。看着看着,眼睛越瞪越大、越瞪越圆,嘴巴也是越张越大。吴云飞悄悄地看着爸爸,心里别提多得意了。

"这,这是云飞?可以啊,厉害啊。爸,妈,你们也看下,云飞会给二宝换尿片了。"吴宏伟把手机递给吴运来,让他们也看看。

吴宏伟走到吴云飞旁边,说道:"云飞厉害啊,有大哥哥的样子啊,想吃啥好吃的?爸爸明天下班给你买。"

"嗯……我想想,我想吃酸菜鱼,就上次你带我去吃的那家。"吴云飞歪着脑袋说道,"对了,你看能不能打包带回来,爷爷奶奶和妈妈也可以吃。"

"对对对,打包回来,我一听酸菜鱼都要流口水了,好久没出去吃了,你打包一份带回来吧。"温雅晴赶紧说道。

第五十四章　吴云飞给妹妹换尿片

"好的,好的,明天一定弄一份。"吴宏伟说道。

吃晚饭的时候,爷爷、奶奶、爸爸、妈妈对着吴云飞一阵猛夸。吴云飞吃饭的时候也非常乖,连平时不爱吃的青菜也吃了不少。

刚吃完饭,二宝又醒了。吴云飞抢先说道:"该换尿片了,我来我来!"

大家看着吴云飞的样子,都开心地笑了。

二宝协奏曲

第五十五章 手好吃吗？

"妈妈，你看二宝对我吐舌头呢，可好玩了。"吴云飞放学后，就跑到了二宝旁边，二宝居然没有睡大觉。吴云飞就饶有兴致地逗弄起了吴云翎。

"是啊，你小时候也会这样玩，二宝其实是在用舌头探知这个世界呢。她其实是在跟你说话'哥哥你看，我在学习呢'！"温雅晴笑着说道。

"是吗？为什么她不用眼睛呢？"吴云飞发出了疑问。

"这个阶段叫'口腔期'，宝宝喜欢把东西往自己嘴巴里塞。宝宝嘴部的神经要比手上的神经发育得快，这样，宝宝肯定要用嘴巴来探索这个世界啦。作为嘴巴里面的'活跃分子'，舌头就冲在前面了。"温雅晴讲得自己都觉得有点深奥，这还是怀云飞时学的知识。

"噢，不过我还是不太明白。是不是现在二宝的舌头是最聪明的，那我跟她舌头玩就行了。"吴云飞似有所悟。

温雅晴拍了拍自己的额头，有点无语的感觉，说道："你小时候也会用嘴巴吃手，还吃过自己的脚丫子，你自己都不记得了。我那时候还拍了照片。"

第五十五章 手好吃吗?

"啥?吃脚丫子?我吃自己的脚丫子?我不信。"吴云飞非常诧异,一副难以置信的样子。

"我找找啊,我记得手机里就有,你等一下哈。"温雅晴拿出手机翻了起来,不大一会儿,说道:"找到了,哈哈,你看,啃得多香啊,口水都流出来了。"

"啊,快删掉,快删掉,太难看了。这是我吗?怎么这么胖!你骗我,这不是我。"吴云飞似乎给自己找到了台阶。

"好好好,不是你。不过你可要看好二宝了,她会抓一些东西往嘴巴里塞,你不能让她乱吃东西的。"温雅晴憋着笑说道。

"嗯,我会看好她的。妈,你看,二宝在握拳头。使好大劲啊,呀好臭。妈,二宝拉臭臭了。"吴云飞扭过头,憋住了呼吸。

"别吵她,让她拉完,拉完帮她换个尿片,你可以的。"温雅晴鼓励道。

"啊,又是我啊。那好吧。我先出去喘口气,等她拉完我再来帮她换。"说完,吴云飞就飞奔出了房间。等了一会儿,二宝在房间放声大哭起来。吴云飞知道二宝可能是拉完臭臭了,便进屋给她换尿片了。俗话说,一回生,二回熟。现在吴云飞给妹妹换尿片的动作越发熟练起来。

可是这一次似乎跟以往不一样,往常是换完尿片,妹妹就不哭了,这次换完了她接着大哭,而且小胳膊挥舞着,小腿也乱踢,似乎很不高兴的样子。

二宝协奏曲

"我来吧,二宝这是要抱抱呢,在撒娇呢。先让她哭一小会儿,没事。"温雅晴说道。

"咋回事啊,二宝怎么哭得这么伤心啊,来,奶奶抱,奶奶抱。"张秀琴走了过来,看着大哭的二宝,心软了。

"妈,你不能她一哭你就抱她,每次也不能抱太久,抱几分钟就可以了,抱久了会让她养成不抱就哭的习惯。"温雅晴说道。

"谁说的?"张秀琴白了温雅晴一眼,问道。

"书上专家说的。我带云飞的时候就是按书上说的办法,云飞就不怎么爱哭,很好带。"温雅晴据理力争。

"又是书上专家,我跟你说,有些专家不一定带过孩子,都是拍脑袋想的法子。孩子哭了,就是想要我们抱了,你看,这一抱不就不哭了吗?"张秀琴一副"尽信书不如无书"的样子。

说来也怪,张秀琴一伸手要抱吴云翎,她便不哭了。张秀琴轻轻地把吴云翎抱了起来,轻轻地拍拍她的后背。张秀琴示威似的看了一下温雅晴,似乎在说:"看,就是要抱了,一抱就好了。"

"奶奶,二宝又在吐舌头了,好好玩啊。"吴云飞看到吴云翎在吐舌头,高兴地叫了起来。

张秀琴连忙说道:"可不能老让她吐舌头,这样会长龅牙的,女孩子有龅牙了可就难看了。"

温雅晴作抚额状,心中无比地惆怅,心道"这是啥理论啊。

第五十五章 手好吃吗?

都什么年代了,还有人信这个。"

"呀,二宝在吃手指头了,奶奶你把二宝放下去,看看她能不能吃到自己脚丫子,我想看啊。"吴云飞兴奋地说道。

吴云飞话音刚落,张秀琴就把吴云翎放回到了小床上,轻轻地拍打她的小手,不让她吃手指头。

"妈,你这是干啥呢?吃手指头很正常啊,你让她吃就行了。"温雅晴不满地说道。

"怎么能让她吃手啊,这个习惯一定要改掉,手指头多不卫生啊,摸这摸那的,养成习惯了,随时随地往嘴巴里塞,怎么行?你要是下不了手打她的话,你就把她喜欢吃的那个手指头上贴上胶布,这样她就不吃了。"张秀琴振振有词地说道。

"妈,0~3岁这个时期,小孩子吃手是很正常的现象,没啥大惊小怪的,更不要去打她。再说了,她也不懂啊。如果嫌手脏的话,我明天给她买个安抚奶嘴,这样含在嘴巴里也行。"温雅晴解释道。

"不是吃手的问题,而是她乱往嘴巴里塞东西的问题!她现在塞手指,大一点,拿到什么都会往嘴里塞的。这种习惯一定不能养成,你都不知道,多少孩子因为乱往嘴巴里塞东西而出问题。"张秀琴说道。

"我还是觉得不能打,可以用别的方法来转移她的注意力,或者给她手里塞个玩具什么的,那样她就会忘了吃手的。"温雅晴说道。

二宝协奏曲

"我们老家还有往手上抹清凉油的办法,只要一吃,再也不会往嘴巴里塞了。百试百灵,你也别买那个安抚奶嘴了,买清凉油吧。"张秀琴对温雅晴说道。

温雅晴快崩溃了,想了一下,还是忍不住说道:"妈,婴儿怎么能吃清凉油呢,那本来就是外用的,你让她吃嘴里,没啥好处啊。"

"不是让她吃清凉油,而是让她不吃手,你咋就听不明白呢?"张秀琴有点不想解释了,"你要是下不了手,我来给她抹清凉油。"

"妈,你饶了二宝吧。等她再大一点,如果还吃手,我们再想办法,你那一套可千万别用到二宝身上,我想想都怕。"温雅晴试着打消张秀琴的想法。

第五十六章 鼾声如雷

到了晚上，温雅晴把白天发生的事情跟吴宏伟讲了一遍。听完，吴宏伟陷入了长久的沉默，也没有任何表态。

等了一会儿，温雅晴有点不耐烦了，说道："你说话啊，睡着了？"

"没呢，我不知道说啥好。老妈是用上一辈传下来的传统方法来处理问题，我不能说是错的，但是也不能说是对的，你的说法我也不知道是否是对的，你让我咋说？"吴宏伟无奈地说道。

"合着我白跟你说了这么多，你得支持我啊。我这是专家那里看的，老妈的那一套早过时了，再说了咱们只要能确保二宝手的卫生，凭什么不能吃手。老妈看问题的立足点是在老家那种卫生条件不好的地方，跟这里没法比。"温雅晴据理力争。

"话虽然是这样说，你觉得老妈那里的工作能够做通吗？你说我明天早上把这事摆在桌面上一说，老妈肯定知道是你吹了枕边风，老妈不会怪我，肯定怪的是你，你信不？"吴宏伟坏笑道。

二宝协奏曲

"我又没有让你明天早上去说,你要找个合适的时机,你一定要站在我这一边,要不然你以后别想碰我!"温雅晴佯怒道。

吴宏伟一听,连忙投降,说道:"好好好,我站在你这边,永远支持你。"

"这还差不多,你去看下,儿子睡了没。"温雅晴发出了"暗号"。

吴宏伟连忙到隔壁看了一下,吴云飞已经发出了鼾声,本来想赶紧回房间给温雅晴"交作业"的,但是他忽然觉得吴云飞的鼾声不对劲,因为有时候居然有呼吸骤停的现象。吴宏伟赶紧把温雅晴叫了过来,两个人一起听了一会儿吴云飞的鼾声,都听出了不对劲。

温雅晴小声对吴宏伟说道:"儿子也不胖啊,怎么呼噜声这么响,关键还影响呼吸,你看他基本上都是用嘴巴在呼吸,我看着都着急,是不是有什么问题啊。"

"是不是因为最近感冒的原因?鼻子有点堵?"吴宏伟想了想说道。

温雅晴反驳道:"应该不会啊,感冒已经是上个星期的事情了,已经好了。会不会是鼻炎?"

"算了,咱们也别瞎猜了,明天我带他去医院看下就知道了,咱们先回去吧。"吴宏伟催着温雅晴。

温雅晴知道吴宏伟想干啥,说道:"你晚上陪儿子睡,好好听听他这呼吸,我今天没心情伺候你,我先回去睡觉了。"

第五十六章 鼾声如雷

话音刚落,就听到隔壁吴云翎的哭声。

"得,你回去看看二宝吧,今晚没戏唱喽。"吴宏伟不爽地说道。

"明晚吧,乖……"温雅晴轻轻抚摸了一下吴宏伟的脸庞,翩然离去。

温雅晴检查了吴云翎的尿片,发现是干的,估计是饿了,喂了点奶,女儿就接着睡着了。温雅晴随着吴云翎的入睡,几乎同时也跟着睡着了。

吴宏伟听着吴云飞的鼾声,心里充满了担心,他上网搜索了一下这种情况,基本上都是说要重视,腺样体肥大的可能性比较大。吴宏伟越看越睡不着,越觉得带吴云飞去医院是刻不容缓,立马预约了榕州市儿童医院的耳鼻喉科。

第二天一大早,吴宏伟先请了假,再给吴云飞请了假。吃过早饭后,吴宏伟就带着吴云飞赶往医院了。到了医院,拿了预约号,就开始了等待。虽然预约了,只是拿到了预约号,还是要等。

吴宏伟带着吴云飞坐在候诊区,没一会儿,吴云飞就有点百无聊赖了,坐在椅子上扭来扭去,好像椅子上有钉子一样。

吴宏伟看吴云飞实在是坐不住,就说道:"儿子咱们聊聊天吧?"

"聊啥?对了爸爸,你说小孩子为什么要上学?"吴云飞问道。

吴宏伟想了想说道:"每个小孩子都要上学,只有学会

二宝协奏曲

了知识和本领,才能实现自己的梦想,成为想成为的那个人。"

"但是,我想做一个飞行员或者航海家,可是我现在学的知识,好像和我的梦想没什么关系啊。"吴云飞怀疑道。

"想做一名飞行员或航海家,你必须了解天文地理,还要懂数学,还要有强健的身体,像你这种坐公交车都会晕车的,要想实现自己的梦想,还需要学习很多知识,特别是要锻炼身体。要知道,身体是革命的本钱。"

"爸爸,什么是革命?"吴云飞听到了一个新的词汇,仰着头问吴宏伟。

"革命啊,这个……这个……"吴宏伟感觉自己所学知识有点不够用了。

旁边一位老大爷看吴宏伟被孩子问倒了,笑了笑说道:"小朋友,'革命'这个词是以前的说法,主要是指一种斗争的形式。现在说的'身体是革命的本钱',指的是一切行动的前提需要一个强健的体魄。"

"爷爷,啥叫体魄?"吴云飞瞪着大眼睛问道。

"体魄啊,就是身体的意思。"老大爷答道。

"噢,我明白了。"吴云飞似有所悟,接着说道:"那我是不是有了强健的体……哦,体魄,坐公交车就不会晕车了?晕车实在是难受。"

"身体强壮了以后,可能就不会晕车了。"吴宏伟好不容易找个机会赶紧插话,正好借机掩饰一下自己刚才的尴尬。

老大爷本来还想给吴云飞解释一下人为什么会晕车,听

第五十六章 鼾声如雷

到吴宏伟这样说，笑了笑就不再说话了。吴云飞有点信服老大爷，听完吴宏伟的话以后，他扭头看着老大爷。老大爷微微颔首表示赞同，吴云飞这才放下心来。

过了一会儿，轮到吴云飞就诊了，他很有礼貌地跟老大爷说了再见，就跟着吴宏伟去诊室了。

吴宏伟将吴云飞睡觉打鼾的情况跟医生详细说了一遍，并让医生听了他的录音。医生检查了吴云飞的喉部，二话没说就开了单子，让他去做个鼻咽部的CT。

一如既往地排队等候，在吴云飞已经无聊到系鞋带玩的时候，轮到了他。做完了CT，回到诊室，医生仔细察看了吴云飞的CT照片，然后说道："初步判断，应该是腺样体肥大。腺样体在小孩子半岁到一周时开始发育，随着生长发育，腺样体也会逐渐增大，保持在正常大小，腺样体可以发挥抵挡病毒、清理细菌的作用，但是等孩子身体有了更强的抵抗力与免疫力后，腺样体就成了身体的'鸡肋'，不再需要它了，所以腺样体通常在孩子五六岁后开始萎缩甚至消失。但是有些孩子可能由于感冒、细菌感染等情况，影响到腺样体的发育，它会变得非常大，这样的话危害就比较大。"

"嗯，医生，我昨天也查了，估计这种情况是腺样体肥大。那我儿子的情况严重不？"吴宏伟说道。

"您有过了解就好。孩子的情况比较严重，基本上已经堵了八成多。平时孩子感觉不明显，一旦睡着放松下来，就会被堵住，然后只能用嘴巴呼吸，久而久之，不仅会影响面

部形态,还会影响智力发育。我建议先住院,这种情况手术治疗是最佳方案。"

"啊,还要手术?这么严重吗?"吴宏伟喃喃自语。

"是的,挺严重的。我们一年要做很多例这样的手术,放心,我的判断是很准的。"医生说道。

"噢,我不是质疑您的医术,我是想孩子这么小,手术太受罪了。"吴宏伟解释道。

"这种情况越早手术,效果越好。如果您觉得可以等腺样体自行变小,也不是不可以,但是我觉得这种可能比较小。这样吧,您和家人商量一下,尽快决定。"医生耐心地说道。

"那好吧,我跟他妈妈商量一下,您先给下一个病人看吧。"吴宏伟说道。

吴宏伟拉着吴云飞的小手,走到走廊上,犹豫了一会儿,还是决定给温雅晴打个电话商量一下。

第五十七章 腺样体肥大

"什么？还要住院？还要手术？"温雅晴被吴宏伟的话惊到了，一点都不愿意接受。

"其实也没什么，这种情况在小孩子里面很常见。很多不动手术也可以自愈，但是咱家云飞的腺样体肥大的情况有点严重，我觉得我们没必要冒险，万一不会自愈，耽误了最佳治疗时机，咱们后悔也来不及了。"吴宏伟试着说服温雅晴。

"云飞那么小，就要做手术……"温雅晴说着说着就哽咽了。

吴宏伟知道温雅晴是心疼儿子，就说道："我知道你是怕儿子受罪，现在医疗条件好了很多，我们要相信医生，没事的。我先让云飞住院，尽快安排手术吧。"

"你决定吧，我还要在家带二宝，根本走不开。你能请假吗？"温雅晴说道。

"请假应该可以，不过可能要间歇性地请，咱爸咱妈到时候要到医院来替替我，这个手术要住院一周，需要全程陪护。"吴宏伟说道。

"爸爸,我不想做手术,我怕。"吴云飞在旁边专心地听着父母的通话,听到要做手术,连忙说道。

"雅晴,我先挂了,我跟云飞说一说。"吴宏伟怕温雅晴担心,赶紧挂断了电话,准备做一下吴云飞的思想工作。

吴宏伟蹲下来,扶着吴云飞的肩膀说:"儿子,你长大了,这个手术是一个很小的手术。到时候会做个麻醉,你睡一觉手术就做完了,一点也不疼的。"

"真的吗?我不信,电视上的人受伤了才要做手术,我又没有受伤,干吗要做手术。我才不要做呢!"吴云飞不为所动,坚持不做手术。

"云飞做完手术,你晚上才能睡个好觉。你觉得要不要做手术呢?"吴宏伟耐心地开导道。

"那要做啊,我想每天都做美梦呢。可是,可是我害怕……能不能不做手术就好了呢?我吃药也很勇敢啊。"吴云飞说道。

"刚才医生叔叔也说了,你身体里捣乱的小坏蛋吃药很难收拾,需要手术。你配合得好,那你很快就能好了。你想当飞行员,想当航海家,就要有好的身体,不把捣乱的小坏蛋收拾好,怎么去实现自己的梦想,你说是吧?"吴宏伟看着吴云飞的眼睛说道。

"我要当飞行员,我要当航海家,快点把小坏蛋收拾了,不能在我身体里面搞破坏。"吴云飞攥了攥拳头说道,似乎在为自己打气。

第五十七章 腺样体肥大

"这就乖了嘛，走，咱们去找医生叔叔。"吴宏伟拍了拍吴云飞的肩膀，站起来牵着他去找医生办住院手续。虽然去诊室的路只有十几米，吴宏伟却感觉走了好远好远。住院的手续办得很顺利。当天没有检查项目，吴宏伟就带着吴云飞先回家收拾东西，第二天检查一下就可以安排手术了。

第二天一大早，吴宏伟分别给自己和吴云飞请了假，就叫了辆网约车，和吴运来一道，三个人赶到医院。

经过术前检查，吴云飞各方面指标都符合手术条件。医生建议给吴云飞做最先进的低温等离子消融术，手术出血极少，基本不出血，恢复也比较快，但是价格比较贵，比传统的手术方式多七千元左右。吴宏伟毫不犹豫地决定用最先进的技术。

吴宏伟和医生商量吴云飞的手术方案时，吴运来陪着吴云飞在病房里看着手机里的动画片，他根本不知道父亲对他的爱是没有一丝一毫的犹豫。

吴云飞的手术被安排在下午。吴宏伟本来想给吴云飞做一做心理建设，没想到在进手术室前吴云飞没有哭也没有闹，而是很乖地在病房里配合着医生做检查。当吴云飞被推进手术室门即将关上的时候，吴云飞朝着吴宏伟挥了挥手，吴宏伟当场泪目。

吴宏伟在手术室门口不敢远离，中途连上卫生间都是小跑着去的。没过多久，手术室旁边的扩音器响了起来，

二宝协奏曲

请吴云飞的家属到谈话室。吴宏伟心里一惊,立马跑进了谈话室。

在谈话室的小窗口,一个包裹得严严实实的医生拿着一个小托盘,看到吴云飞和吴运来进来了,指给他们看,说道:"手术很顺利,这是切下来的组织,你们看一下,等一会儿麻药过后就能出来了,你们稍等一会儿。"

吴宏伟看了一下,虽然也没看太明白,说:"谢谢医生了,辛苦了。"

"没事,应该的。"医生客气地说道,"好了,你们先出去等吧,我先回手术室了。"说完,端起托盘回手术室了。

又过了一会儿,吴云飞被推了出来。他刚看到吴宏伟,就哭了起来,说道:"他们骗我,说让我闻一下味道,结果我就啥也不知道了。"

吴宏伟有点哭笑不得,解释道:"那是麻醉医生给你麻醉,这样的话做手术就不疼了,你现在还痛吗?"

吴云飞嘟嘴说道:"那他们也不能骗我啊,骗人就是不对的。"

"好好,骗人是不对的。咱们先回病房去,一会儿我跟医生说说,骗小孩子是不对的。"吴宏伟哄着吴云飞说道。

"嗯,手术做完了,我可以回家了吗?"吴云飞问道。

"那可不行,还要几天呢,现在只是把你身体里捣乱的小坏蛋收拾了,但是你要恢复好,还要几天呢。"吴宏伟说道。

第五十七章　腺样体肥大

回到病房，吴云飞感觉自己的嗓子里有一片树叶，老是想咳嗽，又咳不出来，干干的，很不舒服。

不一会儿，医生来到了病房，问吴云飞："嗓子是不是有点干痒，你要轻轻地咳，最好是能忍住不咳嗽，一会儿给你做个雾化，就没那么干了。"护士拿来了雾化设备。吴云飞一看到那个雾化设备，马上用嘶哑的声音喊道："你们又来骗我！刚才就是用这个把我骗倒的。我手术做完了，我不想被麻醉了。"

医生和护士相视一笑。医生解释道："这不是麻醉，这是雾化，让你的嗓子舒服一些。"

"我不相信你们了，爸爸，是这样吗？"吴云飞无助地看着吴宏伟说道。

"云飞，这个是雾化器，很多小朋友咳嗽时都会用到的。"吴宏伟说道。

"这个里面也有药水，但不是麻醉的，而是消炎用的，可以让你更快地好起来，你就可以早点出院了。"医生笑着说道。

"是这样吗？我还是不相信你们，爸爸，我要不要做这个？"吴云飞看着吴宏伟说道。

吴宏伟想了一下，说道："爸爸试一下，你看看爸爸会不会晕倒，如果不会，你再做行不行？"

吴宏伟正要把雾化面罩罩向自己，吴云飞叫住了他："爸爸，你别试了，我相信你，你帮我罩吧。"

二宝协奏曲

吴宏伟轻轻地帮吴云飞罩上了雾化面罩,吴云飞明显整个身体一紧,非常紧张。过了一小会儿,吴云飞发现自己没有晕倒,这才放下心来,配合着做完了雾化。

第五十八章 一孕傻三年

做完手术的当天晚上,吴云飞睡觉时果然不打鼾了,这让吴宏伟放下心来。

吴云飞住院期间,温雅晴趁吴云翎睡着的空档,只要能脱开身就跑到医院来陪吴云飞,看到儿子这么小就做了手术,温雅晴每次都是心疼不已,但是看到儿子这么坚强,她心里很是欣慰。

吴云飞恢复得很快,本来需要一周时间的,第五天的时候,吴云飞就顺利出院了。回到家以后,接下来的几天晚上,吴宏伟和温雅晴都会在吴云飞睡着后,在他旁边听一会儿他的呼吸声,似乎只有这样才能够放心。

就在吴云飞做手术期间,温雅红的二胎也顺利出生了,又生了个儿子。

当时在医院等候的温国栋非常高兴,对沈敏玲说道:"现在四个女儿都生了二胎,老大生了两个儿子,老二生了两个女儿,老三和老四都生了一儿一女,很好啊,这要是都回来的话,那家里可就热闹了。"

"是啊,现在放开二胎政策,几个孩子也赶上了好时候。

还是雅红争气啊,我要是当年能生个儿子,你老妈可能会更开心吧。"沈敏玲开玩笑地跟温国栋说道。

"这么多年了你还说这个,再说了生男生女不是因为男的吗?我可从来没怪过你啊,你可别冤枉我。都是咱们的孩子,你说是不是?"温国栋知道没有生儿子是她的心病,这也是沈敏玲和婆婆关系一直不够和谐的原因。

这时,陈志平凑了过来,笑着说道:"爸,妈,要不要老二跟雅红姓?我不介意的。"

温国栋一愣,心里一动,但是马上就说道:"不用了,还是跟着你们陈家吧。这么多年都过来了,都过了这个坎了。"

沈敏玲也接着说道:"都是我们的孩子,姓什么都是小事,还是跟着姓陈吧,不然兄弟两个名字怪别扭的,每个人都要问。老大叫陈涵涛,老二叫陈涵什么吧?"

陈志平说道:"名字还没起,因为之前不知道男女,所以也没起。爸,妈,你们帮忙取下吧。"

温国栋客气地说道:"让涵涛爷爷奶奶取吧,我们取不合适啊。"

"亲家,你们就别客气了,大家一起取,商量着来。"陈志平的父亲陈文胜在旁边说道。

温国栋阅人无数,自然听出了陈文胜的意思,既没有说让他取名,也没有说不让他取名,而是说大家一起取,这是自己也想取名的意思啊。温国栋于是笑着说道:"亲家,名字还是要你们取啊,我可以提供一下自己的想法,你们可以

第五十八章 一孕傻三年

做参考意见,你看这样成不?"

"嗯,那敢情好,亲家有空帮忙想想,这名字跟着一辈子,起个好名字很重要啊。"陈文胜不冷不淡地说道。

温国栋这下算是听出来了,这亲家使劲强调名字的重要性,这是很看重这个事啊,自己还是别掺和了,于是应付着说道:"嗯,那是那是,我回去还要翻翻字典,我一个做生意的,也没啥文化,你们也别指望我们了。"

沈敏玲也听出了自己丈夫的敷衍,连忙说道:"咱们去看看孩子,名字的事不着急。"

大家都心照不宣就没有再说取名字的事情了,一起去看孩子了。

回家路上,温国栋跟沈敏玲说道:"志平应该是没有跟父母商量,连取名字人家都不想让我们参与,怎么可能让孩子跟雅红姓,志平这是一厢情愿吧?"

沈敏玲点了点头说道:"我觉得也是,亲家似乎不太愿意,志平应该是没商量就自作主张了。还好没答应,你这要是答应下来,亲家再反对,那可就尴尬了。"

"其实吧,我当时确实有点心动,但是如果跟雅红姓的话,我怕她们姐妹间会产生间隙,这样就不好了。"温国栋说道。

"你做得对,咱们还是要一碗水端平,不能偏心,这么多年我们都是这样做的。"沈敏玲很支持温国栋的做法。

"这几天事情搅在一起了,云飞那孩子做手术,虽说是小手术,咱们也没去看一下,要不咱们过两天去一趟,去看

二宝协奏曲

看他。"温国栋说道。

"嗯。云飞这孩子还真是不错,不过我觉得他爷爷奶奶去了以后,这孩子有点被宠坏了的迹象。上次雅晴跟我讲,说云飞现在有点小脾气了,有时候还不听她的话了,有爷爷奶奶护着,现在也敢跟父母顶嘴了。"沈敏玲说道。

"这也算正常,隔代亲嘛。我看你带着他的时候,不也是要啥给啥!"温国栋说道。

"我就是担心嘛,现在雅晴有了二宝,我怕云飞心里不平衡。"沈敏玲说道。

温国栋笑了笑说道:"这个咱就不用操心了,现在得想想雅黛一家子咋办?雅黛虽然和火旺复合了,但是还没地方住,火旺还在外面跑物流,十天半月也不回来一趟,你看要不要帮雅黛他们一家弄个窝,天天窝在咱们这里啃老也不行啊。"

"你有钱给他们买房?"沈敏玲反问道。

"哪里有闲散的资金啊,现在生意也不好做啊,我身体也不像以前了,现在业务量也少了,我还准备过几年就休息,干不动了。你看让火旺接我的班咋样?"温国栋说道。

"这可是你一辈子的心血啊,你放心交给他?"沈敏玲问道。

温国栋思考了一下,说道:"浪子回头金不换啊,咱们再看看,火旺还算是做生意的料子。不交给他,咱也没人交啊。"听完温国栋的话,沈敏玲没有再说话。

第五十八章 一孕傻三年

吴云飞出院后，吴宏伟一家又恢复了常态。这天，吃晚饭的时候，吴云飞不乖乖坐在那里吃饭，吃两口就要下桌去玩一会儿，到后来就不来吃了，还要奶奶追着喂。

温雅晴有点生气，说道："妈，你别喂他，这么大了，还要追着喂。云飞，你自己吃，要不就别吃了。你看看楼上的丹丹，人家才三岁，就自己吃了，筷子也能用得很好了，你看看你，到现在筷子还用不好，还要大人喂。"

"我不吃了！丹丹，丹丹，整天都是丹丹，都是别人家的孩子好，我什么都不好！"吴云飞生气地说道。

"妈妈不是这个意思，我是让你向好孩子学习。"温雅晴有点无语地说道。

"向好孩子学习，就知道让我向好的学习，反正我就是不好的，我做什么都是不对的，你们眼里只有二宝，二宝什么都是好的。"说完，吴云飞跑回了房间。张秀琴端着饭碗，给吴云飞喂饭的勺子尴尬地举在那里。

温雅晴摇了摇头，说道："这孩子，现在太敏感了，说都不能说了。"

吴宏伟在旁边说道："二宝出生以后，云飞确实敏感多了，他的表现欲也强了不少，你看前段时间动手术的时候，他多坚强，他就是想证明给我们看。最近一说他哪里不好，他反应都很过激。其实他现在更在意我们的看法了。"

温雅晴陷入了沉思，过了一会儿，点了点头说道："你说得对，确实有很大变化。你要多开导开导他，咱们还是很

爱他的。"

不等吴宏伟说话，温雅晴揉了揉鬓角接着说道："一孕傻三年，我现在精力不行，你要多陪陪儿子，我自己觉都不够睡，女儿一晚上要醒好几次，我刚睡着她就醒了，每晚都这样。"

"嗯，我去做工作，咱儿子可能就是想要我们多关注关注他。周末如果天气好，咱们一家到森林公园转转，正好也散散心。"

"我也好久没出门了，都是在楼下逛。我过段时间开始找工作，明年咱们争取买个车，这样我们就能去远一点的地方郊游了。还是要多出去走走，这样的话，心情会舒畅一些。"温雅晴说道。

"没事，不急，我工资养家还是够的，等二宝断奶你再出山吧。"吴宏伟说道。

第五十九章 没你说话的分

周末,天气很不错,是个大晴天。温雅晴和吴宏伟带着两个孩子来到了中山公园,准备晒晒太阳。

到了中山公园,吴云飞就像出笼的野马一样,撒欢地跑着,嘴里还喊着:"爸爸,你来追我啊。"

吴宏伟看了温雅晴一眼,温雅晴挥了挥手说道:"赶紧去追,我带二宝晒太阳。"

吴宏伟应了一声:"哪里跑!"便追了上去,吓得吴云飞跑得更欢了。跑着跑着,吴云飞无路可逃了,就往草地跑去。

吴宏伟在后面喊道:"云飞,不能往那边跑,快回来。"

吴云飞站住了,疑惑地看着草地边上的爸爸。吴宏伟坚持让吴云飞出来,向他招了招手。吴云飞慢慢地走了出来。

吴宏伟指着草地边上的告示牌说道:"云飞,你看上面写着,'小草在成长,踏入想一想。'咱们不能在草地上玩。"

吴云飞扭头指着草地上三三两两的人们说道:"那他们都在那里玩,你看他们还在上面野餐。为什么他们可以,我们就不可以。他们在里面玩,也没有人管啊。"

吴宏伟挠了挠头,说道:"有些事情,别人可以做,咱

二宝协奏曲

们不能做。明明知道这样是不对的,咱们肯定不能去做,你说是不是?"

吴云飞被吴宏伟的话绕晕了,站在那里不知道说啥好。这时,温雅晴推着小推车走了过来,问道:"怎么了?云飞。"

"我想去草地玩一会儿,爸爸不让。"吴云飞不高兴地指着远处的草地说道。

"那肯定不行啊,你看这草地多绿啊,小草这么可爱,小草被踩就不会生长了。"温雅晴温柔地说道。附近的两个游客听到了温雅晴的话,本来迈向草地的脚步也停住了,不好意思地相视一笑,继续沿着道路往前走了。

温雅晴一家人也继续往前走着,走到了喷泉广场附近。几个和吴云飞差不多大的孩子正在踢皮球。吴云飞站在旁边看了一会儿,扭头对吴宏伟说道:"爸爸,我也想去踢球。"

"好啊,你去吧,跟那几个小朋友说一下,看他们让不让你加入。"吴宏伟说道。

吴云飞为难地说道:"我不敢说,他们不让我玩咋办?"

温雅晴在旁边鼓励道:"云飞,你要勇敢说,还没说怎么知道人家不愿意让你加入呢?说不定他们都盼着你加入呢,人多岂不是更好玩。"

吴云飞受到妈妈的鼓励,往前走了两步,又折了回来,眼巴巴地看着吴宏伟说道:"我不敢,爸爸你去帮我说吧!"

吴宏伟看了温雅晴一眼,温雅晴不着痕迹地摇了摇头。吴宏伟蹲下来,看着吴云飞说道:"云飞,很多时候要自己

第五十九章 没你说话的分

去试试的,你不去尝试,你永远不知道结果。你去试着说一下,若你失败了,爸爸再去帮你说。"

吴云飞看吴宏伟不肯帮自己,又扭头看着温雅晴。温雅晴笑了笑,挥了挥手说道:"云飞,你去说吧,爸爸妈妈支持你!"

吴云飞看没指望了,硬着头皮往前小步踱着。忽然皮球滚到了他的脚下。正在玩耍的几个小朋友喊道:"你快踢过来啊!"其中一个小朋友喊道:"要不要一起玩?来跟我们一队吧?我们老是踢不过他们。加一个人说不定能赢。"

吴云飞一听,眼睛一亮,喜上眉梢,连忙说道:"好啊,我加入你们的队伍。"于是几个小朋友聚在了一起,大家互相认识了一下队友,就开始玩了起来。

温雅晴和吴宏伟看着吴云飞跟小朋友们玩在了一起,欣慰地笑了。两个人逗弄着吴云翎,时不时看一眼玩耍的吴云飞,微风拂面,感觉甚是惬意。

"我想去上班了,在家里待久了,人都有点荒废了。前两天试着教云飞读英语,发现舌头都不是自己的了,发音都有点别扭了。"温雅晴说道。

"二宝还有点小,再过段时间吧。不过我们现在可以留意招聘信息了,有机会就可以试试了。"吴宏伟说道。

"是啊,看你一个人打拼,我有点过意不去,以前那点积蓄上次买房也投进去了。现在很难攒到钱了。"温雅晴唏嘘道。

吴宏伟看着远方,叹道:"城市的生活压力很大,不过,一切都会好起来的,你说是不是?"

温雅晴刚想说话,就听到刚才踢球的几个小朋友吵了起来。只听一个矮一些的小朋友指着一个高一些的小朋友说道:"你不讲规矩,刚才进球以后,你们换发球的,现在你们进球了,为什么还是你们发球?"

高一些的小朋友说道:"你们队有五个人,我们队只有四个人,让我们发球不是很正常嘛,你们五个人也踢不过我们四个人。"

吴云飞也很生气,说道:"我们五人个子小啊,你们个子高,你们也要按规矩来啊。"

高个子的小朋友看了吴云飞一眼,蔑视地说道:"你后来的,没你说话的分。"

吴宏伟有点听不下去了,刚想走过去维持一下秩序,被温雅晴拉住了。只听温雅晴说道:"小孩子的事情,让小孩子自己解决吧。小孩子在与不同的人交往的过程中,才能积累社会经验。就算是吵架,哪怕是打架,都是宝贵的人生经历。你关注一下就行了,让他们自己解决。"吴宏伟停住了自己的脚步。

事情并没有向温雅晴想的方向发展。其他孩子的家长看到孩子们起了争执,有两个家长赶紧跑了过去,当起了裁判员。一群孩子围住了这两个家长,七嘴八舌地控诉着对方的不是。两个维持秩序的家长瞬间头大了。其中一个挥了挥手,说道:

第五十九章　没你说话的分

"这样吧,你们都有道理,也都没道理。石头剪刀布,谁赢了谁发球,以后每次进球也这样,你们看行不?"小朋友们都齐声叫好。

这名家长说道:"双方队伍各出一个代表,来,石头剪刀布。"

那个高个子小朋友站了出来,挑衅式地看着对面,说道:"来,你们谁来?"

吴云飞和另外几个小朋友你看我,我看你,都不愿意上前,最后还是吴云飞站了出来。他看了一下比他高半个头的小朋友,虽有迟疑,但是马上就调整了状态,毫不示弱地盯着高个子小朋友说道:"来,我跟你石头剪刀布。"

"石头剪刀布!石头剪刀布!石头剪刀布!"

"我们赢了,我们发球!"

吴云飞赢了那个高个子小朋友,身后的小朋友们欢呼起来,比赢了球还要高兴。

温雅晴和吴宏伟看到这一幕,也高兴地笑了起来。

二宝协奏曲

第六十章 幼儿园开放日

"我不要穿你给我拿的衣服,我要自己挑。"吴云飞早上起床,闹起了小脾气。

"今天天气热,你穿这个毛衣会热的。"温雅晴耐着性子说道。

"我就要穿这件毛衣,我喜欢这件毛衣。"吴云飞执拗地抓着毛衣说道。

"那你穿吧,热了不要找我,也不要让老师帮忙脱掉。"温雅晴生气地说道。

"哼,就不脱。"吴云飞像头小驴子。

温雅晴感到一阵头大,拿儿子一点办法也没有。心中感叹不已,以前那么乖巧的儿子,说不见就不见了。说实话,温雅晴对吴云飞的成长记忆是相当美好的,仿佛一切都是优点:不爱哭、不怎么生病、不挑食、不跟小朋友打架、长得帅、长得敦实、爱学习、动手能力强等。那时的朋友圈每周都会发上几条,诸如三个月会翻身,十个月会走路,两岁能数到100,会拼图,认识字,能自己看书讲故事,会唱很多英文歌……一个接一个的惊喜,让她的朋友圈也

第六十章　幼儿园开放日

相当丰富，每当看到一连串的点赞评论，她都为自己能有这么一个聪明、健康、阳光的儿子而感到自豪和幸运。温雅晴想到这里，心中忽然一惊，自己的朋友圈已经很久没有发跟儿子相关的内容了，现在基本上都是二宝了。看来自己对儿子还是缺少关注，虽然一直在告诫自己，有了二宝之后，一定不能忽视儿子，但是事情并没有按照自己设想的那样发展。

吴云飞好不容易把毛衣穿好，就到卫生间洗漱去了。温雅晴在饭桌旁等吴云飞。吴云飞不太高兴地来到了饭桌旁。温雅晴看到吴云飞的眼屎也没洗干净，手上还有泡沫没有冲干净，气不打一处来，彻底失去了耐性，一阵劈头盖脸地数落，后来吴云飞被说得连饭都没吃就去上学了。

吴云飞去上学以后，温雅晴的气慢慢地消了下来。她忽然意识到自己对儿子越来越没有耐性了，是自己变了还是儿子变了，她陷入沉思。

周五，吴云飞的幼儿园举办开放日活动，并邀请家长们到园参观。本来吴宏伟要请假参加的，后来公司有事走不开，温雅晴便决定去参加。

家长们的到来，让孩子们更加兴奋和激动。幼儿园老师带着孩子们学唱歌、做游戏，都进行得很顺利。

"小朋友们，下面我们做一个'跟我一起做'的游戏好不好？"老师说道。

"好……"小朋友们托着长长的童音回应着。

老师很满意小朋友们的回答,说道:"接下来,我做什么动作,你们就做什么动作,明白了吗?云飞,你来给大家做个示范吧?大家鼓掌。"小朋友们兴奋地鼓起了掌。

吴云飞站到了小朋友的前面。老师说:"开始吧!"

"我不想跟你做动作,这样一点都不好玩。"吴云飞似乎对这个游戏一点都不感兴趣。老师一愣,温雅晴坐在后排,也是一愣。

老师似乎没弄明白这个平时乖巧的学生今天怎么了,于是顺着他的话说道:"那我们试试?"接下来,老师伸左手,吴云飞就伸右手,老师点头,吴云飞就摇头。小朋友们在下面乐开了花。看到老师不动声色地化解了尴尬,温雅晴这才放下心来。

老师也很开心,没想到这样一改动,小朋友们玩得更开心了。于是她说道:"那我们今天的游戏就叫'和你做得不一样',大家觉得怎么样?"

游戏重新开始,小朋友们都特别认真,老师每做一个动作,大家都仔细地看,然后做出不同的动作。一开始,有的孩子反应不过来,需要想一想,犹豫一会儿才做出动作。老师就慢一点,让小朋友们有反应的时间。玩了几次之后,小朋友们的反应速度明显快了,有的还乐得手舞足蹈。

虽然老师很机智地化解了吴云飞的不配合,但是这引起了温雅晴的注意,联想到最近儿子的反常行为,她意识到儿子似乎进入了叛逆期,总喜欢跟大人对着干。

第六十章 幼儿园开放日

放学的时候,老师叫住了温雅晴,小声说道:"云飞妈妈,最近云飞有点小叛逆。是不是家里有什么情况?"

温雅晴想了下说:"云飞有了个妹妹,这是最大的变化。"

"那就对了,这个情况在很多孩子身上比较常见。他跟大人对着干是为了引起我们的注意,其实不是变坏了。你们平时对他的关注应该是少了,他是想得到家人和老师的关注。你们要抓紧引导引导,现在刚刚有苗头。"老师说道。

"太谢谢老师了,我这几天也在纠结这个事,一个脑袋两个大,说了也不听,正愁不知道咋办。"温雅晴苦恼地说道。

"很简单,冷处理,他越想引起你们的注意,你们越忽视他,然后再多陪陪他,还是要多陪伴。快去接云飞回家吧,一会儿他该着急了。"老师说道。

"好的,谢谢老师了,太感谢了。"温雅晴茅塞顿开,终于找到儿子叛逆的症结了。

回去的路上,温雅晴也没有问吴云飞今天在幼儿园为什么跟老师对着干,而是默不作声。吴云飞跟在温雅晴身后,他在纳闷为啥妈妈不问他为啥在幼儿园表现不乖。他不知道的是,温雅晴已经完全洞悉了他的小心思,这会儿正在暗暗观察呢。

一路上,温雅晴忍住了训斥吴云飞的冲动,因为她知

道,自己训斥儿子,说不定儿子还暗自高兴,他这是在故意惹自己生气。吴云飞也是等了一路,温雅晴也没有说他,这也让他感到自己在幼儿园的表现根本就没啥效果,妈妈根本就没在意他的所作所为,这让他有种挫败感。

第六十一章 叛逆期

吃晚饭的时候,吴云飞故意用勺子磕碰饭碗,发出各种声音,吃饭还故意吧唧嘴。吴宏伟刚想出言阻止,却看到温雅晴看着他摇了摇头。吴宏伟很是纳闷,出于对温雅晴的信任,还是没有说话。一般温雅晴和吴宏伟在场的时候,吴运来和张秀琴是不怎么说吴云飞的。于是吴云飞像是独角戏一样,他自己也感觉很没意思。大家也心照不宣地"惯"着吴云飞,看他能折腾出什么幺蛾子。

吃完饭,吴云飞打开了电视,把声音调得很大。吴宏伟憋不住了,说道:"云飞,你这样声音太大了,会把二宝吵醒的。"

吴云飞装作没听见,怡然自得地看着电视。吴宏伟还想说,看到温雅晴摇了摇头,也就没继续。

吴云飞看了会儿电视,看大家没人管他,他自己也感觉没意思,于是关了电视,翻出了篮球,在客厅拍了起来。

吴运来憋不住了,说道:"云飞啊,你这样拍球,一会儿楼下的老爷爷要上来抗议了。咱还是别拍了。"

吴云飞气呼呼地说道:"啥都不让我做,真没意思。"

二宝协奏曲

说完重重地拍了一下篮球,回房间去了。

吴宏伟看着温雅晴,温雅晴点了点头,说道:"我来吧,这孩子这两天拗着呢。"

温雅晴推开吴云飞的门,看到他在玩拼装玩具,于是坐到了他的身边,轻声说道:"儿子,最近是不是怪爸爸妈妈没陪你啊?"吴云飞没有说话,表示默认了。

温雅晴笑了笑,说道:"在没生二宝之前,爸爸妈妈、爷爷奶奶都在陪你啊,现在二宝还小,更需要照顾,你现在也大了,你也可以照顾妹妹啊,你前段时间帮二宝换尿片就很棒。"

"都没人陪我玩了,每次爸爸回来都围着二宝转。爷爷奶奶又不会陪我玩,你一天到晚都是二宝二宝的。"吴云飞嘟着嘴说道。

"傻孩子,你和二宝都是爸爸妈妈的孩子,都是我们的宝贝。"温雅晴摸了摸吴云飞的脑袋柔声说道,"最近爸爸妈妈是陪你的时间少了点,你要学会适应,毕竟现在还有二宝。你想想,等二宝大了,她也可以陪你玩啊。"

"我才不傻。我也知道二宝需要照顾,可是你们都不陪我。"吴云飞撅着嘴委屈地说道。

"好了好了,等周末了,爸爸有空了,我们一家找个地方玩,你来选地方,怎么样?"温雅晴说道。

"好,我要去空气工厂玩蹦床,昨天同学说他爸爸妈妈带他去了,很好玩。"吴云飞满眼闪着星星地说道。

第六十一章 叛逆期

"好,那就去玩蹦床。那你自己要学着适应二宝的存在,爸爸妈妈又不是孙悟空,会分身术,一个陪你,一个陪二宝,你说是不是?"温雅晴说道。

"一言为定,我明天约一下我同学,看他们去不去。可以玩蹦床了,太棒了!"吴云飞高兴地喊道。

温雅晴赶紧说道:"嘘……别把二宝吵醒了,吵醒了,我可就陪不了你了。"吴云飞赶紧点头。

吴云飞说道:"妈妈,我不想玩拼玩具,我很想玩拆玩具,不过这样,爸爸会不会生气?这些玩具都是他跟我一起拼的。"

温雅晴被吴云飞冒出来的想法惊住了,不过她没有反驳他,而是说道:"你想拆就拆吧,拆完了还可以再拼起来,不是也挺好的吗?"

"好,那我就拆了,哈哈,我早就想拆了。"吴云飞高兴地说道。

吴云飞把拼装好的汽车、摩托车、坦克、飞机等,一股脑儿全拆了,散落的零件都堆在了床上。看着自己的战绩,吴云飞开心地笑了起来。温雅晴在旁边看得手痒,跟着一起把那些拼装的零件拆得更加零碎,直到全部分解完毕,两个人才罢手。看着满床的零件,温雅晴也像个孩子一样笑了。

听到温雅晴和吴云飞开心的笑声,吴宏伟推门走了进来。看到满床的拼装玩具零件,吴宏伟发出了"嗷"的一声惨叫,说道:"这是我的心血啊,全被你们拆了!"

看到吴宏伟心疼郁闷的样子,吴云飞和温雅晴更加开心

了。

温雅晴看吴宏伟很郁闷,就说道:"再给你一次机会,恢复原样。我有奖励哦!"说着咬着嘴唇眨了眨眼睛。

"恢复原样?然后再拆掉?"吴宏伟反问道,并没有像往常一样看到温雅晴这种表情就像打了鸡血一样。

"拆不拆,那是咱儿子说了算,拼不拼,是你说了算,你看着办吧。"温雅晴调皮地说道。

"慢慢拼吧,现在混到一起了,拼出来一个都很难了。你们可真会给我出难题。儿子,你要跟我一起拼啊。"吴宏伟硬着头皮说道。

"可是我现在不想拼了,我就想拆。这个变形金刚我想拆开看看里面,可以吗?"吴云飞指着桌子上的变形金刚摆件说道。

吴宏伟拿起来看了一下,说道:"这个不是拼装出来的,是工厂直接做好的,只是关节能活动而已啊。"

"我就是想拆嘛,这个变形金刚的眼睛还会亮,我想看看里面为什么会亮。"吴云飞执着地说道。

吴宏伟和温雅晴对视一眼,都表示难以理解。吴宏伟说道:"那你想拆就拆吧,不过你要记住顺序,拆完以后能够复原才叫厉害,知道吗?"

"知道了,我去拿工具了。应该需要一把小螺丝刀,没错,这里有螺丝。"吴云飞已经迫不及待地准备把变形金刚大卸八块了,立马开始研究起了变形金刚的结构。

第六十一章 叛逆期

还真别说,吴云飞拼装速度不快,拆玩具的速度那可真是一流,不一会儿就把变形金刚拆得七零八落了,也弄明白了变形金刚的眼睛为什么会亮了。吴云飞找到了连着变形金刚眼睛的两个小灯泡,兴奋地跟吴宏伟说道:"爸爸,你看,就是这两个小灯泡亮的,电线连着这里。咦,这是什么?"

吴宏伟一看,说道:"这个也是电池,叫作纽扣电池。这两个小灯泡叫二极管,耗电量很小,所以用纽扣电池就可以了。"

"噢,原来是这样啊。变形金刚里面真好玩。我现在要把变形金刚组装起来了,你们别打扰我了,出去吧。我要一个人完成!"吴云飞撸了撸袖子,把吴宏伟和温雅晴都赶了出去。吴宏伟和温雅晴相视一笑,打开房门走了出去。

二宝协奏曲

第六十二章 破坏狂人

"宏伟啊,你可得管管云飞啊,这几天我的手电筒也被他拆了,你的剃须刀也被他拆了,本来还要拆我手机的,被我拦住了。再这样下去,整个家都要被拆了。"吴运来看到吴宏伟回来,立马告状。

"啊,怎么这样?那可不行,这一定要打住。"吴宏伟非常诧异。

"我觉得这没啥啊,云飞表现出了很强的探索精神啊,我们大人关注一下就行了,不要让他拆一些不能拆的东西。"温雅晴并不觉得这是什么大不了的事情。

"可不能惯着他啊,今天拆手机,明天说不定就拆电视了,你看看他的玩具已经全部散架了。"张秀琴说道。

"我去说说他。"吴宏伟说着就去房间找吴云飞。温雅晴想拦住他,张了张嘴没有说话。

吴宏伟推开门,房间里一片狼藉,他气不打一处来,正要发火。正在埋头拆模型的吴云飞抬起头来,满脸堆笑地看着他。

吴宏伟看着讨笑卖乖的儿子,实在是骂不出口,忍了忍

第六十二章　破坏狂人

说道："儿子啊，你要拆东西的时候，要跟大人商量一下，不能看到什么拆什么？我们能把东西拆了，我们还要想办法把东西组装好，这样才更棒，你说是不是？"

"嗯，我准备把能拆的全部拆完，然后再慢慢装，我拆的我都记着呢，你们不要乱动，你们一动，我就找不着了。"吴云飞煞有介事地说道。

吴宏伟看着满床满地的玩具零件，说道："就这样，你还知道在哪里？"

"嗯。"吴云飞坚定地点了点头。

"我不信！你把我给你买的那个机器人组装好，我就相信你。"吴宏伟满脸写着不相信。

"好。我现在就把机器人拼装起来，你先出去吧。"吴云飞信誓旦旦地说道。

过了一会儿，吴云飞高举着一个机器人，迈着自信的步伐走了出来，脸上带着难以名状的笑容，目不斜视地看着吴宏伟。

吴宏伟两眼睁大了，慢慢地吐出了一句话："好，我相信你了！"

"这样很好，你每天拆一个，装一个，这样就不会乱了，你说是不是？"温雅晴适时地引导道。

吴云飞乖巧地点了点头，说道："嗯，好的。"

"好了，云飞去洗个手，吃饭了。"吴运来喊了一声，准备开饭了。

吃饭的时候,客厅里的电视开着。大家边看着电视边吃饭。电视里播着一个邻居之间因为拆迁的事情起争执的情节,吴云飞也有一下没一下地瞄着电视。

"妈妈,他们为什么要打架?他们都是坏人吗?老师说打架是不好的。"吴云飞扭过头问温雅晴。

温雅晴没想到吴云飞会问这么难回答的问题,憋了半天也没说出个所以然。

"好人和坏人没有写在脸上,他们也未必是坏人,也未必是好人。"吴宏伟说道。

吴云飞眨着大眼睛,满脸写着没听懂。

温雅晴被逗笑了,说道:"这个问题很难回答,有些人看起来像坏人,时间久了,你会发现他其实是个好人,就像你爸爸一样。"

"哈哈,对对对,我爸爸看起来就像个坏人。哈哈哈……"吴云飞高兴地哈哈大笑起来。

"俗话说,害人之心不可有,防人之心不可无。你们老师也说过不要轻信陌生人吧?我们自己不能有害人之心,否则我们就是坏人了。当然,我们也要提防那些心怀不轨的人,保护自己不被伤害。不管陌生人是好人还是坏人,作为小孩子,你都要警惕一些,知道吗?"温雅晴说道。

"嗯。"吴云飞似懂非懂地点了点头。

"你这样讲也是不对的。云飞,这个世界上好人还是大多数。但是有一点你一定要记住,如果是陌生人向你问路,

第六十二章 破坏狂人

十有八九都是坏人。还有,到学校接你放学的人,一定是你熟悉的人,爸爸妈妈不会委托陌生人去接你,知道吗?"吴宏伟担心地说。

温雅晴没好气地说道:"这个咱儿子几年前就知道了,还用你讲。你爸说得对,我们周围基本上都是好人,坏人很少的,你也不用担心,知道吗?"

吴云飞眨巴了一下眼睛说道:"我知道,我们学校老师也说过,但是也跟我们说了,不能相信陌生人,因为我们还是小孩子。"

吴宏伟点了点头说道:"也不是不能相信,是不能轻信陌生人。等你再长大一点就知道了。"

"对了,我今天接了个电话,说周末有个英语的试听课,我想让云飞过去听一下,你带着去?"温雅晴对吴宏伟说道。

"可以啊,在哪里?离家近不近?"吴宏伟说道。

"我把地址和联系方式发给你,周末有空你就去一下,我到时候如果二宝在睡觉,走得开的话,我也去一下。"温雅晴说道。

"你去比我去好,你是专业的。内行看门道,外行看热闹啊。"吴宏伟说道。

"嗯,我到时候也过去看看。"温雅晴点了点头说道。

"妈妈,我想上一个拆装玩具的班,不知道有没有?"吴云飞问道。

"拆装玩具的班?"吴宏伟说道,"有这种班吗?"

二宝协奏曲

"玩具拼装的班是有的,我记得一个传单上有,专门教小孩子拼装玩具的,可以开发想象力和动手能力。"温雅晴想了一下说道。

"对对,好像是叫什么'小火花'的培训机构吧,那周末也去体验一下,如果喜欢就报一个吧,咱儿子也得拓展一下知识面。如果可以,两个班都报。"吴宏伟说道。

"我准备出山了,这个月底还有个应聘,离咱家不远有一个私立学校,我到时候去试试。我这些天再把教学的内容捡起来,有很多都已经忘了。"温雅晴说道。

"嗯,好的,二宝现在吃奶也少了,可以添加辅食了,如果离家近的话,你可以中途回来喂喂奶,不耽误事。我支持你。"吴宏伟高兴地说道。

"你是经济压力大了吧?哈哈……"温雅晴似乎看穿了吴宏伟的想法。

第六十三章 亲子辅导课

这些天,吴宏伟下班后多了一项工作,那就是担任吴云飞的副手,专门帮吴云飞找玩具的零件。还真别说,吴云飞挺有这方面的天赋,可以坐在那里两个多小时,安安静静地拆装玩具。

吴宏伟每次都是百无聊赖地翻找着零件,时不时还要被吴云飞数落两句,说他跟不上自己的节奏。吴宏伟虽然很想帮吴云飞快点把玩具组装好,也快点结束这种煎熬。每当吴宏伟坚持不下去的时候,温雅晴就会抛出糖衣炮弹,说晚上有奖励,后来他也就想开了,不管能不能培养动手能力,权当培养专注力了。

时间就这样一天天地过去了,吴云翎也是一天一个变化。从会抬头,到会翻身,再到会坐,再到能说爸爸妈妈,每一次都给了温雅晴无限的惊喜,让温雅晴更为高兴的是女儿的成长过程中,吴宏伟没有缺席。儿子的成长过程中,吴宏伟绝大部分时间是缺位的。

这天下午,吴云飞放学后,和温雅晴一起逗吴云翎玩。温雅晴发现,只要自己一抱吴云飞,吴云翎也会伸手要抱抱,

如果等一会儿不抱的话，就会哭闹。吴云飞找到了乐子，便不停地逗弄着吴云翎，看到吴云翎着急的样子，他哈哈大笑。看着吴云飞和吴云翎两个人的互动，温雅晴由衷地高兴。

人总是会长大的，远在荣平的温雅芳也迎来了开心的日子。事情要从一次学校的辅导课说起。吕温怡佳的学校要举办一次家庭亲子公益辅导课，名额非常少。温雅芳第一时间就找班主任报了名，很幸运地就通过了申请。

辅导课这天，吕伟广没有时间，于是温雅芳就带着吕温怡佳参加了。上课的是一位专门研究亲子关系的老教授，满头银丝显示着他的睿智与博学，第一眼就能给人以信服感。

参加辅导课的共有五组家庭，在自我介绍了以后，大家普遍都是因为亲子关系紧张而参加这个辅导课。温雅芳观察了一下，五组家庭中，有四组家庭生了二胎，亲子关系逐渐紧张基本上都是因为生了二胎。

老教授在听大家介绍情况的时候，始终面带微笑，并没有因为大家的情况而有所变化，有一种泰山崩于前而面不改色的气度。也许是这种情况见得多了吧。

听完了家长的介绍，老教授没有做任何点评，而是让孩子说说最难以接受父母的三种行为。轮到吕温怡佳说的时候，她快速地说道："爸爸妈妈看到妹妹就笑容满面，看到我就变了脸色；爸爸一有空就玩手机；爸爸妈妈对我失去了耐心，动不动就要我像个大姐姐。"

老教授笑着问温雅芳："怡佳妈妈怎么看怡佳说的这三

第六十三章 亲子辅导课

种情况？是不是存在这种情况？"

温雅芳还没有从吕温怡佳的"控诉"中反应过来，直到老教授又问了一遍，她才反应过来，说道："我觉得这三个问题，也就第二个存在吧。我和怡佳爸爸都是一碗水端平的，不存在差别对待。"

"怎么不存在？我能有一天不挨训就烧高香了，你们训过妹妹吗？"吕温怡佳听到妈妈这样说，马上反驳道。

"这样吧，怡佳妈妈你再回想一下。怡佳的说法应该是从她个人的感受来讲的，你可能没有意识到这个问题。"老教授引导着说道。

温雅芳思考了一下，缓缓地点了点头，说道："相对而言，我跟她爸爸确实经常训斥怡佳，而对妹妹比较宽容一些，即使妹妹有些时候不对，我们也以还小来为其解释。"

"嗯，这就是问题所在。你们并没有真正地做到一碗水端平。这就是一个双重标准的问题，你们人为地以年龄来划分，你们觉得怡佳应该像个大姐姐一样，帮助你们照顾妹妹。可是你们却忽视了，她依然是个孩子，可能在没有生二胎之前，你们觉得她还是个孩子，但是生了二胎之后，你们已经不把她当孩子了，从而提高了对她的要求，凡事都要让她有个姐姐的样子，而没有考虑过她是否想当个姐姐。你们甚至还给孩子冠以不懂事、自私的标签。"老教授慢慢地分析道。几个二胎家庭的家长听完以后也缓缓地点了点头。

"是啊，其实我跟怡佳爸爸也意识到这个问题，但是我

真的没有能力去改变。我和怡佳爸爸的努力方向就是想让怡佳成为一个大姐姐。"温雅芳说道。

"这就是问题所在,怡佳并没有成为一个姐姐的准备。我冒昧地问一下,当时你们要生二胎时,怡佳是什么态度?"老教授问道。

"反对的。但是我和她爸爸想着时间会改变一切,没想到矛盾会激化,怡佳有几次甚至离家出走。"温雅芳无力地说道。

"其实问题的症结不在这里,而在于环境改变了,你们全家都没有适应这个环境的变化,而是想当然地去尝试改变别人,而没有改变自身。你和爸爸肯定也是爱怡佳的,不然也不会参加今天的辅导课。对吧?你们想着怡佳能改变,或者说期待着她开窍。而怡佳呢,估计还想着回到妹妹没有出生之前的状态。这本来就是一个不可调和的矛盾。怎么去改变?"

顿了一下,老教授接着说道:"我们其他几组家庭估计也有这样的问题。我们不要试着去改变现状,而是去适应现状。特别是二胎家庭,已经生了二胎,平时要让老大参与到照顾弟弟妹妹当中,培养他们的责任感。最重要的一点,家长要多陪伴孩子,让他们知道,虽然有了弟弟妹妹,爸爸妈妈依然是爱他们的,这不能停留在口头上,要体现在行动上,最直接的就是陪伴,说白了就是花时间。家长在家里千万不能一有空就抱个手机,而要求孩子去做这做那。我有个建议,

第六十三章　亲子辅导课

平时多叫几个家庭,大家可以组织活动,在亲子互动过程中,互相学习、互相借鉴、互相提高,长此以往,亲子关系何愁不改善。"

教室里响起了热烈的掌声。同时,温雅芳和吕温怡佳都陷入了沉思。辅导课结束回家后,吕温怡佳破天荒地没有把自己关进房间,而是去陪妹妹玩了。这也让温雅芳和吕伟广甚感欣慰。

二宝协奏曲

第六十四章 游乐场的小冲突

转眼间,吴云翎已经一岁半了,圆圆的小脸蛋白里透红,脑袋瓜上面黑油油的头发自然地垂下来,盖在饱满的额头上方,那两道浓淡相宜的小眉毛下面,有一双水灵灵的大眼睛。温雅晴一直觉得自己女儿最漂亮的就是这双眼睛,无比清澈的眼睛,好像会说话似的,还流露出一丝调皮的神色哩!那双美丽的大眼睛下面有一个微微上翘的小鼻子,还有两片红红的小嘴唇,粉嘟嘟的,惹人怜爱。

每天到小区游乐场玩耍成了吴云翎的必做之事。温雅晴发现,吴云翎很喜欢跟在几个大孩子的后面玩,嘴里还含糊不清地喊着"哥哥姐姐"。

这天,吴云翎在游乐场玩的时候,一位五六岁的小女孩拿着布娃娃逗她。这个小女孩把布娃娃递给吴云翎,每次吴云翎伸手即将接到布娃娃的时候,她都会迅速收回,说着:"就不给你,抢不到吧?"然后哈哈大笑。

刚开始,吴云翎愣了一下,发现小女孩哈哈大笑,以为是逗自己玩,也跟着哈哈直乐。就这样,七八个回合后,吴云翎意识到这个小女孩不是在逗自己玩,于是哭了起来。吴

第六十四章 游乐场的小冲突

云翎的哭声引起了温雅晴的注意,温雅晴走过来把吴云翎抱走了。

过了一会儿,刚才欺负吴云翎的那个小女孩在游乐场跳起了舞。吴云翎看到了,想从温雅晴的怀抱中挣脱出来,非要走过去跟那个小女孩玩。温雅晴说道:"她欺负你,你还跟她玩?"吴云翎根本听不进去,非要过去不可。温雅晴毫不留情地把吴云翎抱走了,结果引来了她的大哭。

温雅晴被吴云翎弄得没办法,旁边的一位大妈劝道:"小孩子喜欢跟大一点的孩子玩,这很正常,我们大人多看着点就行了。"

"跟大孩子玩是没错,但是大孩子不喜欢跟小孩子玩,会欺负她呀。"温雅晴不爽地说道。

"欺负啥啊,无非就是拿小孩子寻开心,大孩子找找优越感而已,其实没啥。"大妈说道,"话又说回来,就算是被大孩子欺负,也是一种经历,我们大人多关注一下就好了,只要不受伤,我觉得这都没啥的。"

温雅晴听了以后,觉得大妈说得很有道理,点了点头说道:"是我关心则乱啊,总感觉小孩子跟大孩子玩不安全。"

"没事的,没事的,放心吧。小孩子跟大孩子一起玩,反而能更快地成长。"大妈说道。

"那行。我让女儿跟大孩子去玩。谢谢你啊,大姐。"温雅晴由衷地感谢道。说完把吴云翎放下地。一落地,吴云翎就屁颠屁颠地向大孩子那边跑去了。

二宝协奏曲

就这样过了几天,温雅晴发现吴云翎跟着大孩子学会了一项技能,那就是"尖叫"。这一招,吴云翎很快就掌握了,运用得淋漓尽致,特别是在家里对着吴云飞尖叫。

在家里,只要吴云翎在玩玩具或者干别的,吴云飞靠近的时候,吴云翎马上就会发出尖叫,好像是在保护自己的领地一样。

吴云飞向温雅晴抱怨道:"现在妹妹都不让我靠近,老是用'尖叫攻击'。太可怕了,妈妈你要批评她。"

温雅晴哭笑不得,说道:"我批评她好几次了,可是她听不懂啊。"

"那你就惩罚她,不让她吃饭,不陪她玩。"吴云飞出着主意。

"好,我试试。她一叫,我脑袋就要炸了。楼下那几个小朋友很喜欢尖叫,你妹妹这两天学会了。"温雅晴揉了揉自己的太阳穴说道。

"我把我的玩具分享给妹妹,她会不会让我靠近?"吴云飞想了想说道。

温雅晴眼睛一亮,说道:"你去试试。"

吴云飞一蹦一跳地跑回房间找玩具去了。过了一会儿,吴云飞拿出了一堆弹珠,装在一个铁罐里,摇晃着发出了"哗啦哗啦"的声音。

吴云翎被弹珠的声音吸引了,眼巴巴地跑到了吴云飞的面前,伸出了胖乎乎的小手。

第六十四章　游乐场的小冲突

吴云飞坐在地上，把弹珠倒了出来，说道："这个弹珠要装在罐子里玩，不能拿出来知道吗？我们一人一半，我分你几个。"于是他数了一下弹珠，分给了吴云翎五个弹珠和一个小罐子。

吴云翎拿到小罐子，继续伸手抓吴云飞的弹珠，嘴里说着"要"。

吴云飞以为她还想要，于是从自己的罐子里倒出了一个弹珠。放进了吴云翎的罐子里，说道："再给你一个，你现在比我多了。"

吴云翎继续伸着手，嘴巴不停地说着"要"。吴云飞没招了，看着温雅晴。

温雅晴笑了笑，也蹲了下来，说道："二宝，我们三个人分弹珠玩吧！我们把弹珠全部倒出来吧，看总共有多少个？"于是把弹珠全部倒了出来，"1，2，3……总共有10个，二宝一个，哥哥一个，我一个……哎呀，还剩一个怎么办？"

吴云翎被温雅晴这样一打岔，就没再要了。吴云飞在旁边说道："剩下的一个给爸爸留着吧。"

温雅晴带头鼓起掌来，说道："好主意，就这么办。"吴云翎不明所以，看大家都鼓掌，也跟着鼓起掌来。

温雅晴朝着吴云飞竖起了大拇指，说道："看，妹妹让你靠近了吧，也不尖叫了。"

吴云飞高兴地笑了。

第六十五章 温雅晴应聘成功

在吴云翎一岁以后,温雅晴一直在尝试找工作,但是很多岗位不是太远就是不太合适,她参加了一次公务员招考和事业单位招聘,但是所考的知识并不是英语专业知识,最终只能铩羽而归,这也让温雅晴更加坚定了继续当老师的念头。学校招聘的机会并不多,学校的岗位大多是针对三十岁以下的应届毕业生,对于温雅晴这种应聘者,机会是少之又少。

有些时候,机会来了,挡都挡不住。这天,温雅晴在网络上看到一所私立学校急聘英语老师,这所私立学校距离她家不远,走路也就十分钟的路程,最关键的是这所私立学校相当不错。

温雅晴毫不犹豫地就在网上报名了。很快,她就接到了学校的通知,让她周末到学校参加招聘考试。温雅晴非常重视这次应聘,为了不被吴云翎打扰,她每天带着复习资料到附近的图书馆静心学习,以期"临阵磨枪,不利也光"。

很快就到了考试的这一天。让温雅晴没想到的是,这所私立学校的一个教师岗位,居然来了七十多人应聘,顿时感到压力很大。

第六十五章　温雅晴应聘成功

拿到试卷后,温雅晴的心静了下来。考卷的难度很大,让温雅晴有点考翻译证试卷的错觉。

两个小时的考试时间,温雅晴一直在奋笔疾书,全部都做完了,然后还挤出时间核对了一遍。交完卷以后,很多人都是垂头丧气地走出了考场。有的人在小声嘀咕:"招老师,又不是招翻译官,出这么难的考卷干什么?"旁边立马有人附和:"是啊,我连及格都困难。太难了。"温雅晴笑了笑没有说话,因为她知道只招一名老师,这么多人应聘,只能是优中选优了,自己发挥得还不错,希望能够入围面试吧。

学校改卷的效率很高,当天晚上,温雅晴就接到了第二天参加说课和面试的通知。温雅晴顺便多问了几句,了解到这次进入说课和面试环节的只有五个人。

第二天一大早,温雅晴化了个淡妆,拿出了很久没穿的职业套装和高跟鞋,试了试,又觉得太正式了,不像是参加教师应聘,反而像是参加公司高管应聘。又试了好几套,最后还是在吴宏伟的参谋下,选了一套。

"好了,战袍已上身,祝老婆大人旗开得胜!"吴宏伟张开双臂给了温雅晴一个大大的拥抱。

温雅晴笑呵呵地说道:"借你吉言,加油!"说着给自己打了打气。

"放心去考就行了,我帮你找过人了。"吴宏伟故作神秘地说道。

"哈?你认识学校领导不早说,你找的谁?快跟我说说。"

温雅晴惊喜道。

"先不说了,你也认识的。"吴宏伟继续卖着关子。

"我也认识,谁啊?快说……"温雅晴说着就要揪吴宏伟肋间软肉。

"好好,我说,我昨晚找了观音菩萨。"说完,吴宏伟就夺门而出。"加油,我先去上班了。"声音从外面飘了进来。温雅晴莞尔一笑,吴宏伟的玩笑也让她放松了不少。

上午,温雅晴早早地赶到了学校,等了一会儿,其他参加说课面试的四个人也陆续到了。经过抽签,温雅晴是第五个,也就是最后一个。

看着前面四个应聘者信心百倍地走进说课面试教室,又满面笑容地走出说课面试教室,温雅晴开始忐忑起来。终于轮到温雅晴了,她闭上眼睛深呼吸了几下,昂首挺胸走了进去。

说课面试教室里有五个人,其中一个是副校长,其他四位是英语教研组的老师。温雅晴拿到了一个关于交通安全的说课主题,准备时间只有十分钟。

说课环节,对于温雅晴来说并不难,一直以来,她在一些说课比赛中屡屡获奖。温雅晴的说课非常顺畅,看到台下面试老师频频点头,温雅晴的信心更足了。

接下来是面试,也不知道是面试老师有意还是无意,面试环节全程英语,温雅晴也做到了对答如流。流利的口语和标准的发音也让几个面试老师暗自称赞。

最后,副校长说道:"我们学校的工作强度比较大,新

第六十五章 温雅晴应聘成功

老师入职都要担任班主任，也就是说意味着更多的付出，你愿意吗？"

温雅晴毫不犹豫地说道："我愿意，这一点我有心理准备。"

副校长点了点头说道："你的笔试和面试成绩都很好，特别是笔试，是这么多人中唯一一个九十多分的，你的基本功是非常扎实的。你对初中的教学有过研究吗？"

温雅晴一愣，马上说道："有过一些研究，我相信自己能够胜任。"

副校长说："好的，你先回去等消息，我们把结果汇总后，要报校董事会审定。如果快的话，你明天能来上班吗？"

"啊，明天就要上班？"温雅晴有点猝不及防。

"是的，我们的一位英语老师出了一些情况，代课的老师也有事情脱不开身。所以呢，急需一个立马就能上课的老师。你各方面表现都很优秀，所以我想向校董事会重点推荐你。"副校长说道。

"可，可以。没有问题！"温雅晴的语气逐渐坚定起来。

"好，先回去等通知，也做一下准备。"副校长笑着说道。

温雅晴走后，副校长向几位面试老师交代了几句，就匆匆忙忙去汇报了。

下午的时候，温雅晴接到了学校的通知，让她过去签合同。温雅晴那颗一直悬着的心总算放了下来。

温雅晴第一时间就赶到了学校，签订了合同，办理了入职手续。看着胸前亮晶晶的校徽和教师卡，温雅晴打心眼里

高兴,终于可以重返讲台了。

接待温雅晴的正是上午的面试老师之一,叫鄢红春,也是英语教研组的组长。她热情地领着温雅晴与同事们见面,并向大家介绍温雅晴。温雅晴也感受到了大家的热情,心中暗自下定决心,一定要好好对待这份来之不易的工作。

第六十六章 大团圆

"噼里啪啦……噼里啪啦……"随着一通震天动地的鞭炮声,杨火旺的"火旺太子参酒庄"正式开业了。

"恭喜!恭喜!""恭喜!恭喜!"亲朋好友前来道贺的络绎不绝。

"火旺啊,好好干!跑运输太辛苦了,你这两年太拼了,腰都累出病了,现在安定下来也好。"温国栋拍着杨火旺的肩膀说道。

"爸,太谢谢您了,要不是您,我哪有今天,指不定还在哪里。"杨火旺说着眼圈就有点红了。

"大喜日子,别说这些了,以后好好干,好好过日子,把孩子培养好,我和你爸就放心了。"沈敏玲在旁边说道。

"嗯嗯,放心吧。这个酒庄二楼可以住人,下一步我准备把雅黛和两个孩子接过来住,要不然太麻烦你们了。"杨火旺说道。

沈敏玲一愣,说道:"也不麻烦,两个孩子住在家里也挺热闹。家里那么大,你们这一走,家里要变冷清了。"

"妈,我们还是搬出来住,毕竟火旺这里也算是个窝了。

再过几年,我们攒点钱再买个房子,现在就先住在店里。我们还是会经常回去的,孩子们可是吃惯你烧的菜了。"温雅黛说道。

"随你们吧,毕竟住在娘家别人会说闲话。你们想回来住了,随时回去住几天,你们这一搬出去,家里又剩我和你妈了。"温国栋不免有点小小的伤感。

"你爸这两年身体也恢复了不少,每年都定期检查,目前来看,戒烟后的效果还是很明显的。其实帮你们带带孩子,我们两个的身体还是可以的。"沈敏玲说道。

"不过这两年老爸的头发白了不少,老爸太子参的加工厂效益不如前些年了,我这个太子参酒庄如果开得好,我觉得加工厂也可以转型,重点做太子参酒。现在人们生活水平提高了,更加注重健康,更加注重养生。我很看好太子参酒。"杨火旺憧憬道。

"这几年很多人不愿意种植太子参了,因为卖不上价,销路也不是太好。这太子参酒也算是新产品了,你要是能把这个市场拓展开了,那你可是咱们荣平人的福星了。"温国栋高兴地说道。

"嗯,我一定努力。爸妈,你们稍坐一会儿,那边几个朋友过来了,我去迎一下。"杨火旺说道。

"去吧,去吧,你去忙活吧,不用陪我们了。"温国栋大手一挥说道。

看着小店热闹的景象,温国栋和沈敏玲相视一笑,两个

第六十六章 大团圆

人这几年最操心、最放心不下的就是杨火旺和温雅黛了,现在他们能够安安稳稳做做生意,两个人由衷地高兴。

不知不觉,又到了春节。温国栋这一次独断了一次,专门打电话给四个女儿,让他们今年全部回来过年。已经好多年没有集齐过了,今年说啥也要让孩子们都回来,好好热闹热闹。

沈敏玲也大肆采购了一番,家里冰箱放不下,又买了一个冰柜放东西。想想女儿、女婿和孩子们回来,沈敏玲就有点头大,好家伙,这可是十六个人啊,想不热闹都不行。

温国栋还把客厅的音响换了一套,准备春节的时候在家里弄个家庭春节联欢晚会。一说这个想法,几个女儿那可是双手赞成,发动孩子们准备才艺展示。孩子们也很激动,都铆足了劲准备节目。

大年三十的下午,大家陆陆续续都聚到了娘家,几个女儿在厨房和沈敏玲一道准备年夜饭,大一点的孩子们就围着电脑、抱着手机玩了起来,打起游戏来那叫一个热闹。几个女婿眼巴巴地看着孩子们玩得这么高兴,只能每个人领着一个"小尾巴"玩,毕竟二胎都还小,离不开大人。

一顿丰盛的年夜饭过后,一大家子人围坐到了客厅。在大家的喧闹声中,家庭春节联欢晚会拉开了帷幕。

只见吕温怡佳和杨旭升拿着话筒走到了客厅的中央。两个人鞠了一躬,客厅里响起了热烈的掌声。

"外公外婆,爸爸妈妈,姨丈姨妈,兄弟姐妹们,大家

二宝协奏曲

过年好!"两个小主持人有模有样地说道,引起了一阵热烈的掌声。

"又是一个冬去春来的佳节。"

"又是一个辞旧迎新的时刻。"

"又是一个举家欢聚的日子。"

"首先,请我们亲爱的外公作晚会致辞,大家欢迎!"吕温怡佳说完带头鼓起了掌。

温国栋一愣,咋还有致辞?他笑了笑站了起来,接过了吕温怡佳递过来的话筒,说道:"这几年,我们这一大家子发生了翻天覆地的变化。大家都在向着美好生活进发。有好几件可喜可贺的大事,志平、伟广和宏伟的职务都有了提升,在此祝你们百尺竿头更进一步!火旺的生意也步入了正轨,在此祝你生意兴隆、财源广进!涵涛、怡佳、旭升、璐菁和云飞的学习成绩都有了明显的进步,在此我祝你们天天进步、学业有成!最让人高兴的是,你们四个家庭都迎来了二孩时代,也为我们这个大家庭增添了更多的生机和活力!话不多说,大家要牢记'家和万事兴',我们是一家人,大家要团结一致,为幸福生活奋斗!现在,我宣布,首届家庭联欢晚会现在正式开始!"下面掌声雷动。

"第一个节目,请外公外婆表演《刘海砍樵》,大家欢迎!"

温国栋和沈敏玲表演了一段《刘海砍樵》,开始了晚会的表演环节。接着陈志平和温雅红的《知心爱人》、吕伟广和温雅芳的《常回家看看》、杨旭升和杨璐菁的《生僻字》、

第六十六章　大团圆

陈涵涛和吴云飞的双簧都获得了大家的掌声。特别是吴云翎也勇敢地站上去唱了一首《数鸭子》，更是让大家的手掌都拍红了。

表演还在继续，欢声笑语不断。最后，联欢晚会变成了联欢，每个人都上去表演，各种出糗反而给大家带来了更多的欢乐！温国栋和沈敏玲的脸上自始至终都洋溢着笑意。

不知不觉间，客厅挂钟的指针即将指向十二点，外面也陆续响起了鞭炮声。

温国栋搬出了准备好的烟花，带领一大家子来到了阳台上，随着新年钟声的响起，他点燃了烟花的引线。

只听"噗"的一声，只见烟花像一条条火龙腾空而起，接着在天空绽放，花瓣如雨，银光闪耀。

在激动人心的巨响和音浪中，整个城市的上空都被焰火照亮了，染红了。一团团盛开的烟花像一柄柄巨大的伞花在夜空开放；像一簇簇耀眼的灯盏在夜空中闪亮；像一丛丛花朵盛开。焰火在夜空中一串一串地盛开，最后像无数拖着长长尾巴的流星，依依不舍地从夜空滑过。

小孩子们在欢呼着、跳跃着……

大家抬头望着天空中璀璨的烟花，眼睛中闪烁着亮光……